KB242952

Slave Master
Slave Master
FANTASY FRONTIER SPIRIT
슬레이브
마스터
Slave Master

Slave Master 3
어두미 판타지 장편 소설

초판 1쇄 찍은 날 § 2005년 7월 4일
초판 1쇄 펴낸 날 § 2005년 7월 14일

지은이 § 어두미
펴낸이 § 서경석

편집장 § 문혜영
편집책임 § 한지윤
편집 § 이재권 · 유경화

펴낸곳 § 도서출판 청어람
등록번호 § 제1081-1-89호
등록일자 § 1999. 5. 31
어람번호 § 제1-0611호

주소 § 경기도 부천시 원미구 심곡1동 350-1 남성B/D 3F (우) 420-011
전화 § 032-656-4452 팩스 § 032-656-4453
http://www.chungeoram.com
E-mail § eoram99@chollian.net

© 어두미, 2005

ISBN 89-5831-548-2 04810
ISBN 89-5831-545-8 (세트)

Slave Master

Slave Master

FANTASY FRONTIER SPIRIT
어두미 판타지 장편 소설

슬레이브 마스터 3

새로운 시작

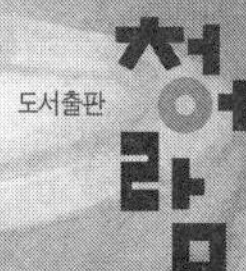

Contents

제12장

다가오는 위기

그것은 신이 내린 마지막 자비였고,
동시에 세상을 관장하는 세계의 철퇴였다.
이미 선을 넘은 이상 되돌릴 수 없다.
조각조각 찢어진 시체가 사지를 되찾을 때,
인류는 철퇴의 심판 앞에서 조각조각 찢겨 나갈 것이다.

제국은 제3황자의 출현에 대한 소문으로 인해 온 나라 안이 떠들썩해져 있었다.

근위대 대장 카이트가 직접 나타나서 그 황자를 모셔갔다는 소문의 현장을 실제로 본 이는 얼마 되지 않으나 이 소문의 출처는 기사들로부터 시작되었기에 높은 신뢰를 바탕으로 단시일 내에 발빠르게 제국 전체로 퍼져 나갔다.

소문에 민감한 사람들은 서로 앞 다투어 황제와 평민 여인의 열애설 같은 헛소문을 퍼뜨리기 시작했고 그에 따라 사교계 역시 뜬금없는 소재 거리로 인해 유래없이 활발해지기 시작했다.

제3황자가 제국 무투회 도중 난입해서 검의 신동과 싸운 것은 황제에게 인정받고자 한 행동이었다고 믿기 시작하는 사람들이 쏟아져 나오고, 그 유명한 검의 신동에게 이겼다는 사실에 아직 정확한 정체도 밝혀지지 않은 소년을 정식으로 인정해야 한다고 주장하는 이들이 무더기로 나올 정도로 온 대륙 사람들의 관심이 제3황자에게 쏠려 있었다.

귀족도 황족도 아닌 황제의 스캔들.
그렇다 보니 이 정도의 반응은 당연하다 할 수 있었다.
그만큼 커다란 소문이다 보니 소문에 지극히 신경 쓰지 않는 이 남자에게도 자연스럽게 흘러들어 가게 되었다.
베이호크 폰 에딕 공작.
현 근위대 사령관인 그는 그 소문의 상대가 바로 자신의 아들과 싸웠던 그 소년임에 다른 의미로 관심을 두고 있었다.
황제의 옆에서 가장 오랫동안 보필한 사람 중 한 명이 바로 자신이었다. 그렇기에 그 누구보다 첫 만남에서 심히 마음에 걸리기도 했다.
게다가 어떠한 이유에서인지 황제도 모든 알현을 거부하고 모습을 숨긴 채 나타나지 않고 있는 데다가 거의 동시라고 해도 좋을 만큼 현자 라이오트도 모습을 감추었다.
무언가 자신도 모르는 곳에서 어떠한 일이 벌어지고 있다고 의심한 에딕 공작은 다음날, 라이오트가 자택으로 돌아왔다는 보고를 듣고 그 즉시 라이오트의 집으로 향했다.
"소, 송구스럽습니다. 현재 라이오트님께서는 바쁘시니 다음에 뵙기를 원하신다고……."
땀을 뻘뻘 흘리며 애써 변명하는 집사의 태도는 의심을 확신으로 바꾸기에 충분했다.
"현자라고 받들어준다고 이젠 위아래도 보이지 않는 머저리였나, 자네의 주인은? 네 녀석의 목을 베어 그 어리석음을 경고하겠다!"

소리도 나지 않게 뽑아 든 검에 집사는 공포와 현기증을 느꼈다.

제아무리 현자라 해도 제국 삼대공작 중 하나이자 근위대 사령관인 그와는 비교도 할 수가 없었다.

그런데 아랫사람으로서 최소한 얼굴이라도 비치는 예의도 차리지 않으니 공작의 분노는 당연했다.

"사, 살려만 주십시오! 저는 정말 아무 죄도 없습니다! 분명히 제가 몇 번이나 말씀을 드렸음에도 불구하고 그 무슨 프로젝트가 어쩌고 하면서 무언가를 열심히 찾느라 정신이 없었습니다!"

그 주인에 그 집사랄까?

본신의 능력보다 빠른 눈치로 그 자리에 오른 주인 이상의 행동력을 보이며 변명에 혼신의 힘을 쏟아 부었다.

그 노력에 하늘도 감동했는지 기적과도 같은 일이 벌어졌다.

"프로젝트?"

"네네! 분명히 무슨 프로젝트라고 하셨습니다! 그리고 곧 이 제국은 자신을 중심으로 놀아갈 것이라고……. 희미하지만 분명히 그렇게 늘었습니다!"

자신이 말을 해놓고도 확신할 수는 없지만 일단 살아남을 수 있는 길이 보인 이상 쓸 수 있는 카드는 무엇이든지 내밀어봐야 했다.

"…프로젝트. 프로젝트……."

"이번에 황명으로 P프로젝트의 책임자가 되었네. 아, 물론 기밀이라서 자네에게도 말할 수 없어. 다만 한 가지! 이건 엄청난 혁명을 불러올 걸세."

"반역? 틀림없이 미친 황제의 입에서 흘러나온 말이겠지. 제국… 도서관… 1B—4… 세 번… 째… 책… 모든… 부탁……."

쨍그랑!

과거의 기억이 현실처럼 떠오른 충격으로 본의 아니게 일어서면서 테이블을 건드리자 그 위에 있던 찻잔이 중심을 잃고 바닥으로 떨어졌다.

지금도 이해할 수 없는 과거의 일.

무너진 자신의 가문을 부흥시키기 위해 황제의 명이라면 무슨 짓이든 시행했고 급기야 절친한 친구마저 직접 자신의 손으로 죽이고 말았던 일.

자책감과 괴로움 때문에 두 번 다시는 떠올리지도 않았던 그때의 기억이 눈앞에서 벌이지는 것처럼 너무나 선명하게 자신을 찾아왔다.

그리고 그날 결국 놓친 아기.

만약 그때 그 아이가 살아 있다면 딱 그쯤 되는 나이이지 않은가?

"고, 공작님?"

에딕 공작은 뒤에서 자신을 부르는 집사의 목소리조차 듣지 못하고 빠른 걸음으로 라이오트의 저택을 빠져나왔다.

제국도서관. 1B—4 세 번째 책.

그가 타고 온 마차는 빠르게 제국도서관을 향했다.

도서관에 도착하자마자 가장 먼저 도서관의 관장과 만났다.

그리고 자신의 용건을 이야기하자 관장은 고개를 저으면서 생각 끝에 몇 가지 자료를 찾아와서 대답했다.

"죄송합니다만 제국도서관에는 1B—4 그룹이라는 곳은 존재하지 않습니다, 에딕 공작님."

관장은 지도를 보이며 설명을 시작했다.

제국 도서관은 3층으로 이루어져 있는데 각 명칭은 101−1부터 시작되고 있었다.

즉 1B−4라는 그룹은 존재할 수가 없다는 것이다.

"혹시 약 십 년 사이에 확장 공사나 그 외의 이유로 체계가 변한 것은 아닌가?"

"그렇지 않습니다. 지난 이십 년 사이 외관의 약간의 보수 공사 외에는 손을 댄 곳이 전혀 없습니다. 게다가 대륙에 존재하는 책이란 책은 모두 이곳에 모이다 보니 도서관 직원만으로 도서관 전체를 새로 개편하는 것은 꿈도 못 꿀 형편입니다. 국가 차원의 지원 없이는 말입니다."

올해로 이십 년째 관장 직을 맡고 있는 이의 말이기에 충분히 신빙성이 있었다.

또 제국 도서관은 아무리 적다고 해도 하루에 만 명 이상의 사람들이 찾는 곳이다. 그런 사람들이 모여들다 보면 우연이나마 친구가 말해 준 그 책에 손을 대는 일이 절대 없다고 확신할 수 없었지만 그렇게 허술히 놔둘 친구도 아니었다.

이것이 아니다.

그 1B−4라는 말이 뜻하는 진짜 의미. 그것을 먼저 알아야 했다.

"그렇다면 먼저 1B라는 그룹은 없는가? 다른, 예를 들면 창고나 고서 보관소에 존재하는 곳 중에서 말일세."

관장은 기억을 더듬어가며 다시금 지도를 하나하나 들춰보기 시작했다. 이에 공작도 가세하여 약간의 시간이 흐른 후 두 사람은 끝내 찾을 수 있었다.

"찾았습니다! 아차, 이 당연한 걸 생각 못하고 있었다니. 개인 물품 보관소로군요. 1B—4에 대한 정보는 어디 보자… 아, 여기 있습니다. 십삼 년 전에 보관이 되어 있는 물건으로 보관자는 베이호크 에덕 공작……."

스스로 맡겼다면 모를 리가 없는 물건에 공작은 그것이라 확신했다.

"바로 그걸세! 그 물건은 어디에 있는가?"

버럭 외치는 공작의 태도에 관장은 저도 모르게 위축되고 말았다. 전쟁과 피로 다져진 그 위세에 물러서지 않을 사람은 그 누구도 없었을 것이다.

관장은 서둘러 아랫사람을 시켜 그 물건을 가져오도록 했다. 그리고 그 물건이 겨우 공작 앞에 선보여졌을 때 또 한 번의 난관이 존재하고 있었다.

작은 열쇠를 풀어봐라. 너는 이미 가지고 있다.

이 문장이 새겨진 상자는 굳게 잠겨 있었다.

"이 상자를 열기 위해서는 암호가 필요합니다. 틀린 암호를 넣거나 억지로 충격을 가하면 그대로 폭발하도록 마법 트랩이 설치되어 있습니다. 암호를 모르는 이상 저희들조차 열어볼 수 없게끔 되어 있는 구조에다가 암호를 맞히지 못한다면 들고 나가실 수조차 없습니다."

움츠러 있던 목소리가 점점 단호하게 변해갔다.

설령 공작이라도 원칙을 어겨서는 안 된다는 힐책까지 들어 있는 태도에 공작은 잠시 눈을 감았다.

암호는 총 네 자리의 숫자로 이루어져 있었다. 친구의 작품이라기에는 조금 허술한 감도 적지 않지만, 한번의 실수는 곧 마지막 진실의 상실과도 이어졌기에 부담이 컸다. 그리고 잠시, 아무리 기억을 더듬어도 암호로 생각되는 말은 떠오르지 않았다.

마음에 걸리는 것이라고는 '세 번째 책'이라는 마지막 발언. 분명히 거기에는 암호를 말해 줬어야만 정상이었다. 그렇다면 세 번째 책은 암호라는 것인데 이것이 의미하는 것은 과연 어떤 숫자란 말일까?

'세 번째 책. 도대체 뭐지? 연상되는 것은 존재하지 않는다. third book이라. 잠깐! 열쇠를 풀어봐라? 보통 암호를 풀어보라는 말을 쓰지 않던가? 그리고 이미 가지고 있다는 말은……'

에덕 공작은 상자를 잡고, 알 수 없는 자신감으로 뭔가에 홀린 사람처럼 숫자를 하나씩 맞추기 시작했다.

3. 6. 0. 0.

탈칵.

그러자 신기하게 상자는 당연하다는 듯이 열렸다.

즉 이것이었다.

'작은'이라는 말은 소문자를 뜻한다. 열쇠는 Key.

book은 600을, k는 열쇠를 뜻했다. 하지만 이것이 암호가 되기 위해서는 한 자리의 숫자가 더 필요했다. 여기서 필요한 것이 바로 세 번째. 세 번째라는 말에는 큰 의미가 없었을 것이다. 중요한 것은 셋이라는 숫자.

3600열쇠=암호라는 것.

상자를 열자 그곳에는 두껍고 손때가 많이 탄 지저분한 한 권의 노트가 보관되어 있었다.

그 앞부분에는 급하게 휘갈겨 쓴 글씨체로 '신께서 용서치 않으리라' 라는 심상치 않은 문구가 눈에 보였다.

"이제는 아무 문제도 없겠지? 가도 되겠나?"

"아, 네. 물론입니다."

배웅도 필요없다며 거절하고 쌩하니 바람처럼 등을 돌리는 공작을 보며 관장은 분명히 암호를 모르고 있던 눈치였는데 어떻게 이리도 빨리 풀었는지 놀라워하면서 이제는 비어버린 상자를 챙기기 시작했다.

황명인 탓에 반강제적으로 마차에 태워진 로빈은 약간의 시간이 지난 후 황성에 도착했다.

거기에서 극진한 대접을 받으며 아무 할 일 없이 시간을 보내기를 삼 일. 그리고 다시 돌아온 카이트를 따라 황궁으로 이동했다.

"근위대 대장 카이트 마이더스님께서 입장하십니다."

쿠궁. 드르르르르르르.

육중한 소리와 함께 굵직한 쇠사슬이 감기는 소리가 들리며 자신의 몸통만한 두께의 강철 문이 좌우로 열리기 시작했다.

평범한 이였다면 어느 나라나 화려하게 꾸민 문보다 오직 실용성을 중시한 제국 황성의 모습에 남다른 생각이 들었을지도 모르겠지만, 억지로 끌려오다시피 한 로빈에게 있어서는 지루하기 짝이 없는 모습에 불과했다.

이윽고 문이 열리고 로빈은 카이트를 따라 앞으로 걸어갔다.

붉은 융단이 길게 놓여 있는 길 좌우로는 하나같이 자기가 더 잘났다고 주장을 하듯이 꾸미고 있는 이들로 가득했다.

기름기 반질반질한 그 얼굴에 화려하기만 한 옷을 입고 있으니 마치 예전에 미리안과 린의 초대로 칼리엄 영지에서 벌어진 돼지 품평회를 보는 것 같아 우습기 짝이 없었다.

"킥킥!"

의외로 소리가 컸던 탓일까?

로빈의 웃는 모습을 본 귀족들은 어이가 없다는 듯 언성을 높이며 말을 주고받았다.

하지만 반면 그 당당하고 대담한 모습을 눈여겨보는 귀족들도 적지 않았다.

이곳은 대륙에서 상대가 없다고까지 하는 강대국, 프하이엄 제국의 모든 권력이 집중된 자리였다.

설령 일국의 왕이라 할지라도 이 자리에서는 속으로 벌벌 떠는 것이 정상이다.

여기 모인 사람 중 반수만 동의해도 제국은 언제라도 한 나라쯤은 가볍게 짓밟을 여력이 있었다.

"용감이 아니라 무식이 아닐지. 왜, 모르는 게 약이라는 말도 있지 않습니까."

누군가의 말에 몇몇 귀족들이 비웃음을 지으며 고개를 끄덕였다.

하지만 그들은 하나만 알고 중요한 다른 하나를 깨닫지 못했다.

이곳에 모인 귀족들 중에서 고작 열세 살 때 이렇게 많은 사람들 앞에 홀로 선 경험을 가진 이는 과연 몇이나 될까?

더구나 지금처럼 당당하다 못해 지루해하는 모습을 보일 수 있는 자를 뽑아본다면 장담컨대 여기 모인 사람들 중에서도 다해봤자 열 손가락 안에는 들지 못할 것이다.

"허허, 쉽게 볼 수 없는 배짱이야. 만약 저 아이가 제3황자가 아니라면 내가 손수 다듬어보고 싶군."

"외교부 장관의 말씀대로입니다. 하지만 배짱뿐만이 아닙니다. 지금부터 잘만 가르친다면 십 년 안에 기사단의 단장, 이십 년 안에 근위대 총사령관의 자리를 노릴 정도로 뛰어난 무인의 재능 또한 지니고 있습니다."

"그러고 보니, 자네는 저 아이와 잠시 만난 적이 있다고 했지? 매의 기사단의 단장인 자네가 그렇게나 말할 정도의 인재인가?"

수많은 귀족들 중에서는 아주 극소수이지만 마젤란처럼 잠시 얼굴을 마주친 정도의 인연이 있는 자도 있었다.

그 잠깐의 만남에서 로빈의 진면목을 꿰뚫어 본 몇 되지 않은 사람에 속하는 마젤란은 그가 할 수 있는 최고의 찬사로 로빈을 평가했다.

"부족함이 없을 정도입니다. 무엇보다 요행이라고는 하나, 제국의 신동을 이긴 유일한 또래 소년이니까요. 결승전도 아닌 고작 한 획에 그친 시합이 지금도 시민들 사이에서 입소문을 타고 퍼져 나가고 있다 합니다."

"허허, 잘만 하면 둘도 없는 복덩어리를 얻게 되는 셈이겠군."

자기들 딴에는 들리지 않게 말을 하고 있다지만 뛰어난 오감을 가지고 있는 로빈은 별 어려움 없이 들려오는 소리에 얼굴이 익어버릴 정도로 부끄러워졌다가 기분이 나빠지기를 반복했다.

척!

발소리가 하나로 합쳐지며 카이트가 제자리에 멈춰 섰다.

그 앞에는 남들보다 높은 곳에서 화려한 옥좌에 앉아 오만한 눈빛으로 모두를 내려다보는 한 늙은 황제가 있었다.

삽시간에 주위가 고요해졌다.

모두가 한마음이 되어 황제의 말을 기다리고 있었다.

"오느라 수고가 많았다, 아들이여."

대전(大殿)이 삽시간에 시장 바닥처럼 어수선해졌다. 그 탓에 뭐라고 반박하려던 로빈은 입만 뻥긋할 수밖에 없었다.

귀족들 모두 어느 정도 예상을 하고 있었지만 이렇게 느닷없이 그 건에 관해 이야기할 줄은 예상 못했다는 반응이었다.

황제의 긍정은 장차 이 나라의 세력 구도를 바꿀 수도 있는 발언이기에 우려의 목소리가 터져 나왔다.

"신 휠레가 아뢰옵니다. 저분께서 황제 폐하의 친자식인지의 여부는 아무런 것도 조사되어 있지 않습니다. 그런데 이렇게 섣부른 결정을 내리시는 것입니까, 황제 폐하."

"신 루피레스, 저 역시 재상과 같은 생각이옵니다. 조금 더 시간을 갖고 천천히 판단하심이 옳은 줄로 사료되옵니다."

"……."

제국의 권력 중심부에는 일명 세 마리의 사자가 존재했다.

프하이엄 제국의 개국공신으로 지금껏 그 권력을 단 한 번도 손에서 놓쳐 본 적이 없는 세 개의 공작 가문이 바로 그것이다.

제국에서 유일하게 사자의 깃발을 내걸 수 있는 세 개의 가문.

대대로 재상의 자리에서 벗어나 본 적이 없는 현명한 사자, 휠레 공작가.

암살에서부터 교섭까지, 그 누구의 손길도 닿지 않는 곳에서 모든 것을 좌지우지한다는 잠자는 사자, 루피레스 공작가.

그리고 황제의 검이자 이 나라 최후의 수호신이라 일컬어지는 성난 사자, 에딕 공작가.

이 세 가문의 가주가 뜻을 합치면 아무리 황제라 해도 한 발 물러서는 것이 관례이자 예의였다.

하지만 시간이 지나도 에딕 공작은 아무런 말도 하지 않았다.

"그대들과 달리 에딕 공작의 생각은 약간 다른가 보군. 한낱 미물도 제 어미가 누군지 알고 자식이 누군지 아는 법. 그런데 짐이 제 자식을 몰라볼 수 있는 일이 있으리라 생각하나! 그것도 잃고 나서 하루도 마음 편할 날이 없었던 자식을. 평생 나와 함께 길을 걸어왔다고 자부하는 자들은 보라! 저 모습에서 나의 아들이 아니라고 한다면 그 쓸모없는 눈 따위는 평생 감고 지내는 것이 나을 것이다!"

최근 들어 아무리 악평을 듣고 있다 해도 황제는 황제. 단 한 번의 발언으로 인해전술로 떠들던 어중이떠중이 같은 귀족 절반 이상이 모두 나가떨어지게 만들었다.

기백이나 의지에 있어 공작가의 세 사람을 제외한 나머지 애송이 귀족들은 상대도 되지 않았다.

그리고 저 모습, 황제의 유년기 시절과 판박이라 할 수 있는 로빈의 모습에 이미 노귀족들의 상당수가 옳다며 황제를 지지했다.

재상은 자신의 생각이 틀렸음을 인정했다.

무리해서라도, 저 아이와 황제의 만남을 좀 더 연기해 그동안 힘있는 귀족들을 더 불렀어야 했거늘.

국토로 치자면 이 대륙의 1/4을 차지하고 있을 정도로 넓은 제국이기에 자연스럽게 이렇게 되고야 말았다. 아무리 서둘러도 자신의 편들이 올 수 있는 것은 이틀 후의 일.

"아무런 말도 듣고 싶지 않소. 나의 아들 피닉스 프하이엄은 황제인 나 카이젠 프하이엄 9세의 이름을 걸고, 이 위대한 프하이엄 제국의 자랑스런 제3황자임을 공포하노라."

터져 나오는 탄식, 그 속에서 로빈은 볼을 붉적이고 있었다.

"저기, 하도 시끄러워서 지금껏 가만히 있었는데 내 이름은 로빈이야. 다른 이름 따윈 필요없어. 집에 가고 싶은데 풀어주지 않겠어?"

너무나 어이없는 모습에 대부분의 귀족들은 자신이 꿈을 꾸는 게 아닌지 의심했고 또 몇은 이 제국이 망할 징조라며 탄식했다. 또다시 필요 이상으로 대전 안이 소란스럽게 술렁였다.

그 소란 하나하나가 전부 자신이 잘못했다고 쏘아붙이는 것 같아 로빈은 기분이 나빠졌다.

"황제 폐하께서 끝내 그분을 제3황자로 임명하시겠다면 저도 더 이상 만류하지 않겠습니다. 하나 최소한 그 아이의 출신과 어머니의 신분은 밝혀주셔야겠습니다. 또한 왜 지금껏 그분의 존재를 저희들에게 숨겨왔는지에 대한 이유도 말입니다. 그것이 황제 폐하께 목숨 바쳐 충성을 다하는 저희들에 대한 최소한의 의무라 생각하옵니다."

현 제국 재상의 물음에 황제는 잠시 아무 말도 못하고 입을 다물었다.

거기까지는 자신의 생각이 들어맞은 듯, 재상은 식은땀을 흘리는 가운데 희미하게 웃음을 지었다.

제2황자파에 속하는 재상에게 있어 새로운 황자의 출현 소식은 당연히 반가운 일이 아니었다.

게다가 황제의 태도로 보아 아이의 출신은 천한 것이 확정적이다.

다만 궁금한 것은 재상의 기억 속에 있어 황제는 남을 믿지 못하고 언제나 고독하고 냉혹한 존재였다. 만약 그와 천한 신분의 여자 사이에서 자식이 생긴다면 은밀히 그녀와 아기를 처리해 버리는 게 당연할 정도로. 그런데 황제는 어째서 자신에게 불리하고 자칫하면 귀족들에 의해 둘도 없을 족쇄가 될지도 모르는 리스크를 무릅쓰면서까지 제 무덤을 파는 것인지 도통 이해가 가지 않았다.

"그 질문에 대한 답은 그대들도 어느 정도 짐작하고 있을 터. 십삼 년간 밖에서 부모도 모르고 고아로 힘겹게 자라온 황자다. 모든 것은 이 부족한 내게 책임이 있는 법. 저 불쌍한 아이를 뒤에서 헐뜯고 욕하는 자가 있다면 황가의 이름을 걸고 용서치 않음을 명심해라. 근위병들은 황자를 상아궁(嫦娥宮)으로 안내하도록 해라."

"황제 폐하, 상아궁은 역대 황제들만이 들어갈 수 있는 궁입니다! 어찌 황자에 불과한 분을……!"

"그대들이 이토록 살벌하게 칼을 갈고 있는데 내가 어찌 가만히 있을 수 있겠는가! 당분간 이 아이는 내가 지키도록 할 것이다!"

이것이야말로 언어도단의 극치이다. 눈앞에 있는 이 사내가 언제 이토록 인간다운 말을 내뱉게 되었을까? 언제 자식에게 관심이 있었고 또한 언제 희생이라는 단어의 뜻을 알고 있었던가?

"허허, 이런 전례에도 없던 일이."

"있을 수 없는 일이 벌어졌어."

귀족들은 전례를 깨뜨리는 황제의 어리석음에 한탄했다. 하지만 대개 속으로는 미소를 짓고 있었다. 하나 재상을 비롯하여 세 공작은 은근슬쩍 판단을 전혀 관계없는 이들에게 넘기며 빠지는 황제의 수법을 눈치챌 수 있었다.

"저를 따라와 주십시오, 제3황자 전하."

"잠깐, 날 또 어디로 데려가려는 거야? 다 필요없으니깐 빨리 집에나 보내달라고!"

로빈은 앞에 있는 병사를 밀치며 막 자리에서 벗어나려는 황제를 향해 목청 높여 외쳤다.

막 자리를 떠나던 황제가 고개를 돌리며 로빈과 눈을 마주쳤다.

그때, 로빈은 보았다.

방금 전만 해도 인자해 보이던 노인의 얼굴이 탐욕에 물든 상태로 입맛을 다시고 있음을.

그 순간, 로빈은 뱀 앞의 개구리 꼴마냥 얼어붙어 버리고 말았다.

'왜 난 저 얼굴을 알고 있는 듯한 기분이 드는 거지?

온몸에 오한이 들었다.

아니, 그것은 이 황성에 들어선 그날부터 시작된 것이었다.

알 수 없는 불안. 초조. 역겨움.

'가고 싶어. 여기는 싫어. 미칠 것 같아. 제발 날 좀 보내줘.'

털썩!

"3황자께서 쓰러지셨다! 서둘러라! 신관을 불러와라!"

마음속으로 계속해서 빌어보나 로빈은 그 어떤 소망도 이루지 못한 채 부축을 받으며 상아궁으로 옮겨졌다.

언뜻 보면 거대하고 화려한 궁에 비해서 초라하기 그지없으나 나름대로 소박함과 여백의 미가 느껴지는 방 안으로부터 두 사람의 대화가 들려오고 있었다.

"그런 생각을 하셔서는 아니 됩니다, 황태자 전하."

"황태자 전하라는 말은 그만 하세요, 미트 경. 저는 제1황자라는 것만으로도 충분합니다. 황위 같은 것에는 관심이 없습니다."

"어찌 그런 말씀을 하시는 겁니까? 이 제국을 이어받을 분은 당연히 장남이신 카미온 프하이엄 황태자 전하뿐이시옵니다. 그런데 어찌 그만백성을 위하는 자리에서 물러날 생각만 하시는 겁니까?"

흔들의자에 앉아 책을 읽고 있었던 것으로 보이는 제1황자 카미온 프하이엄은 한눈에도 유약해 보이는 청년이었다. 나이는 스무 살 가까이 되었을까? 하나 그 몸은 마치 십대의 소년처럼 빼빼 말라 있고 햇볕을 많이 쬐지 못했는지 얼굴은 백분(白粉)을 바른 또래 여자 아이마냥 하얀 피부를 가지고 있었다.

"미트 경, 저는 분수라는 것을 잘 알고 있습니다. 물론 아버님께서 이끌어오신 이 제국을 제가 이어받고 싶으나 제 능력이 미천하여 과한 것을 얻지 못할 따름인데 어찌하겠습니까?"

"능력이 부족하다면 쌓으면 되는 겁니다. '기사는 만들어지는 것이 아니라 거듭나는 것이다' 라는 말도 있지 않습니까."

"문무를 겸비하고 인품이 고르면 되는 기사의 경우라면 그렇겠지요. 하지만 왕은, 그것도 제국의 황제는 다릅니다. 왕과 황제는 거듭나는 것이 아니라 태어나는 것입니다. 저는 안타깝게도 황제로 태어나지 못했습니다. 그것뿐입니다. 헛된 욕심으로 능력에도 미치지 못하는 자리를 차지하기 위해 동생과 싸우는 어리석은 일은 벌이지 않을 겁니다. 뭐, 그 동생도 어지간히 문제가 없진 않지만요. 후후후."

제1황자파의 가신이자 명성 높은 기사인 미트는 더 이상 할 말을 찾지 못했다. 누가 이 남자를 보고 몸도 마음도 유약하기만 할 뿐인 남자라 칭했는가? 만약 그런 사람이 눈앞에 있다면 그 눈을 후벼 파고 싶은 심정이었다.

"매일 방 안에만 박혀 계신 줄 알았습니다만. 휴우, 말씀대로 제2황자파의 사람들도 고생이 많은 모양입니다."

"미트 경께도 그런 말을 듣게 되다니. 가슴이 아프군요. 실은 안 봐도 훤합니다. 누가 뭐라 해도 그 아이는 제 동생이니까요."

크게 한숨을 내쉰 미트 경은 지금은 적대 관계에 있는 그들을 동정하며 말했다.

"웃으시며 하실 말씀이 아닙니다! 천재들의 괴팍함이야 어제오늘 일이 아니겠으나 그분의 경우는 도가 지나쳐 이젠 질려 버릴 정도입니다. 말도 없이 황궁을 나가 한두 달 정도 안 들어오는 것은 예삿일에, 툭하며 유곽이나 슬럼가로 놀러 가는 바르지 못한 행동을 보란 듯이 저지르지 않나……. 솔직히 저희들에 비해 세 배 이상의 저력이 있어봤자 본인이 저렇게 도망만 다니니 제2황자파도 속이 시커멓게 탈 지경일 겁니다. 아앗! 문제는 그게 아닙니다. 이런 일이 지속되다가는 난데없이 일주일 전에 나타난 제3황자가 황제가 될 가능성도 있단 말입니다."

난데없이 나타난 제3황자.

비록 어머니가 누군지는 밝히지 않았으나 황제가 직접 인정을 했고 지금은 역대 황제만이 들 수 있었던 상아궁(嫦娥宮)에서 보호받으며 황자로서의 예법과 기본 지식을 배우는 중인 심상치 않은 자를 염려하며 그가 말했다.

"저는 그분을 잠시 보았습니다만, 돼먹지 못한 불량소년이 따로 없었습니다. 말투도 행동도 그렇게 무식해 보이는 꼬맹이는 난생 처음이란 말입니다. 그런 자가 이 제국의 황제가 된다면 이 제국은 그야말로 폭삭 망해 버리는 겁니다!"

"하하! 흥분을 가라앉히세요, 미트 경. 하지만 저는 그 아이가 황자가 되는 게 더 좋다고 판단됩니다."

"뭐라굽쇼!"

카미온은 방금 그 목소리가 자신들이 머물고 있는 내궁 전체에 울려 퍼졌다는 데에 1000리온을 걸 수도 있었다.

"목소리 좀 줄이세요. 귀가 아플 지경입니다. 현재로서는 저나 클라우드 둘 중 누가 황태자가 되든지 파벌이 예상됩니다. 하지만 여기에 정통성도, 능력도 미지수인 황태자가 등장한다면. 게다가 그 아이의 뒤에 있는 자는 다름 아닌 제 아버지이자 현 제국의 황제입니다."

쿵!

커다란 망치에 세게 머리를 맞은 듯 큰 충격에 잠시 이성적인 판단을 할 수가 없었다.

"그, 그런! 말이 안 됩니다. 설마 황제께서 그 제3황자님을 황태자로 생각하고 있다는 말씀이십니까?"

"동생은 물론이고 저 역시 한 번도 들어갈 수 없었던 상아궁에 머물고 있다는 것이 그 증거라고 보시면 됩니다. 또 일종의 경고지요. '나는 이 아이를 황태자로 생각하고 있다. 만약 누구라도 건드리면 반역에 걸맞는 엄벌에 처하겠다' 라고요. 눈치 빠른 몇몇은 이미 알고 있을 것입니다."

"이, 이럴 수가! 그분께서 어떻게 이렇게 터무니없는 일을……!"

카미온은 책을 덮고 자리에서 일어서 창문가로 다가갔다. 시원한 바람이 그의 머리를 스쳤다.

"나쁘게 생각할 것이 아닙니다. 오히려 저는 아버님의 뜻에 찬성하고 있습니다."

그 잘못된 생각에 미트의 감정이 욱! 하고 솟구쳐 올랐으나 제1황자의 진지한 얼굴을 보고 하고 싶은 말을 참았다.

"이 제국은 벌써 십오 년이 넘게 제1황자파와 제2황자파로 나뉘어 알게 모르게 내정을 어지럽히고 큰 문제를 제기할 가능성을 예기하고 있습니다. 이때 갑작스럽게 등장한 제3황자의 존재. 왠지 무척 인위적인 냄새가 난다고 느껴지지 않습니까? 저는 이 모든 것을 아버님의 회심의 책략이라 조심스럽게 예상하고 있습니다. 모든 것은 제국의 영원한 번영을 위해, 그 하나를 이루기 위해 십오 년 전부터 철저하게 준비해 왔다고 말이지요. 황태자의 자리를 제3황자가 이어받게 되면 두 개로 나누어진 그룹은 한마디로 닭 쫓던 개가 지붕 쳐다보게 되는 꼴 아니겠습니까? 그 중심에 어린 동생이 뿌리를 박고 그 옆에서 저와 클라우드가 함께 동생을 보필한다. 뭐, 이것은 저만의 생각입니다만, 이런 구도가 되면 이상적이지 않을까 하고 생각한답니다.”

미트는 카미온의 꿈을 들으면서 절로 머리 속에 하나의 광경이 떠올랐다.

유약하다고 소문이 나 있는 발톱을 감춘 제1황자가 외교와 국법을 맡고, 기사들의 절대적인 지지를 받고 있는 용맹스런 제2황자가 강병을 만들며, 현재 유래가 없을 정도로 백성들의 사랑과 관심을 받고 있는 어린 제3황자가 제1황자와 제2황자 두 거물의 힘을 짊어지며 민심을 안정시키고 내정을 평정한다.

이것이야말로 진정한 의미로의 삼위일체가 아닌가?

“정말 꿈같은 일이군요.”

“꿈같기에 도전해 볼 만한 가치가 있는 겁니다. 그리고 이 생각은 이미 황제와 제2황자도 알고 있습니다.”

“넷, 네?”

“후후, 가만히 앉아서 기다리고 있는다고 꿈은 이루어지지 않습니다. 해내고자 하면 움직여라. 옛 격언대로 따랐을 뿐이지요.”

작게 웃음 짓는 카미온을 보며 미트는 이 황궁에서 가장 무서운 사람은 바로 눈앞의 이 남자가 아닐까? 하고 생각하기 시작했다.

언젠가 한번 본 적이 있는 인형의 방은 예전과 크게 달라진 것 하나 없이 그때 그 모습을 유지하고 있었다.

달라진 것이라 봤자 벽에 걸린 액자처럼 존재하고 있는 슬레이브들이 입고 있는 옷이 달라진 정도뿐, 황제의 옆에는 여전히 아름답게 치장한 모습으로 술을 따르고 있는 미네르바가 있었다.

그 안에서 황제는 이 세상 부러울 게 없는 미소로 자신이 모은 슬레이브들을 구경하며 고급 와인을 음미하고 있었다.

"인간이란 달디단 이 와인처럼 강인한 힘에 매료되고 취하는 법. 준비는 다 되었는가, 라이오트?"

라이오트의 이름을 부르자 약간 떨어져 있는 휘장으로 가려진 곳에서부터 예의 작은 키에 커다란 안경을 쓰고 있는 쭈글쭈글한 외모의 노인이 대답하며 걸어나왔다.

"모든 준비가 순조롭게 끝났습니다, 황제 폐하. 귀족들은 설마 머리를 짜내고 짜낸 끝에 번 삼 일의 시간이 이런 식으로 쓰여졌으리라고는 생각지도 못했을 겁니다. 그 아이는 이미 상아궁에서부터 비밀 통로를 통해 연구소로 옮겨놓았습니다."

달리는 놈 위에 나는 놈이 있다는 말이 있다.

이미 귀족들의 반응은 모두 예상하고 있었다는 듯이 그는 귀족들이 힘겹게 마련한 삼 일이라는 시간 동안 무언가 다른 일을 꾸미고 있었던 것이다.

"그것이 각성하려면 얼마 정도 기다려야 하지?"

"지금 계산대로라면 이틀에서 나흘 정도의 시간이 걸릴 듯합니다."

황제는 다시 느긋하게 와인잔을 입에 갖다 댄다.

겉으로는 평소와 다를 바 없어 보이지만 그 속은 부모님에게 받을 생일 선물을 기대하는 어린아이마냥 기대감으로 잠을 못 이룰 정도로 들떠 있었다.

"길다. 하지만 지금껏 기다려 온 십삼 년에 비하면 아주 짧은 시간이지. 라이오트, 십삼 년 전, 전 현자이자 그대의 형인 레이오스는 나의 신뢰와 그토록 뛰어난 재능을 가지고 있음에도 불구하고 대륙의 평화를 위해서라는 웃기는 명분으로 나와 이 제국을 배반했다. 너는 어떻게 생각하는가, 나의 이상을 말이다?"

마치 별 뜻 없이 질문을 건네고 있는 것 같지만 두 번의 실패란 사전에 존재하지 않는 황제는 잠깐이라도 망설이는 태도가 보이면 그 자리에서 그의 목을 벨 생각을 하고 있었다.

"저를 그깟 반역자와 한통속으로 보시다니 제 충성이 겨우 그것밖에 되지 않았습니까? 그 비열한 자는 동생의 자질을 시기해서 깊은 감옥 안에 처넣고 그것도 모자라 얼굴을 이 모양으로 만든 섭생이옵니다. 저는 다릅니다. 제 꿈은 황제 폐하가 이룩하시는 천 년의 제국을 이 두 눈으로 직접 보는 것입니다."

"…후, 후후후, 하하하하하! 그리고 너의 목표는 그 권력의 한자리를 차지하는 거겠지. 좋다, 속으로 두 개의 마음을 품고 있는 녀석보다는 역겨워도 같은 미래를 보는 자가 훨씬 더 도움이 되는 법이지. 약속하마. 모든 것이 이루어지는 그날, 너는 이 제국의 이인자로서 평생 영광을 누리게 될 것이다. 그만 물러가도록 하라."

"영광이옵니다, 황제 폐하."

막 자리를 떠나던 라이오트는 다시금 부르는 목소리에 멈추었다.

"이걸 묻는 것을 깜빡했군. 나의 새로운 몸이 될 그 아이에게 특별한 문제점은 없던가?"

"문제점이 없는 것은 물론이고 오히려 그 신체 능력은 상상을 초월할 정도입니다. 솔직히 말해서 아무리 전 현자가 범상치 않은 자이긴 하나 이런 존재를 만들 수 있었는지 저는 아직도 의문입니다."

"과거 그자가 내게 한 말이 있지. 그 아이는 우연의, 우연의, 우연이 일구어낸 산물이라고."

과연, 라이오트는 황제의 말에 고개를 끄덕였다. 만약 마음먹은 대로 저런 존재를 만들어내는 자가 있다면 그자야말로 신이라 칭해질 것이라고 생각하면서 말이다.

우르릉— 쾅광!

사아아아아아아아아—

폭우가 내리는 깊은 밤.

어둠을 틈타 텐텐 산 인근 숲 속을 질주하는 일단의 무리가 있었다.

검은색 방수 로브를 펄럭이며 말을 타고 돌풍처럼 달려가는 정체불명의 괴한들.

번쩍!

근처에서 번개가 터지는 순간, 그 모습이 잠깐 나타났다가 사라졌다.

검은 투구와 검은 갑주로 완전 무장한 모습은 마치 죽음을 가져오는 데스 나이트와도 같다.

하나 누군가의 가슴에서 언뜻 보인 검의 문장이 제국의 기사들임을 증명하고 있었다.

선두에서 달리던 남자가 고삐를 당기며 손을 들자 뒤를 이어 일사불란하게 멈추었다.

찰나의 시간에 단 한 마리의 말조차 투레질 없이 대열을 맞추는 것으로 보아 수준 높은 훈련을 행해온 기사들임이 분명해 보였다.

멈춰 선 말들의 입가와 기사들의 어깨에서는 새하얀 김이 무럭무럭 피어오르고 있었다.

"슬레이브의 반응은?"

가장 선두에 선 기사가 뒤도 돌아보지 않고 물었다.

투구로 인해 얼굴을 볼 수 없지만 젊은 목소리다.

나이로 따지면 이제 이십대 정도.

"여전히 없습니다."

그의 옆에서 부하로 보이는 기사가 아이 손바닥만한 돌멩이를 주의 깊게 쳐다보며 대답했다.

"삼 개월간의 탐색. 오십 명의 동료들 중에서 반수의 죽음. 이제 남은 곳은 마지막 한곳인가."

안개 섞인 짙은 어둠과 세찬 폭우로 인해 범인이라면 한 치 앞도 보이지 않는 상황 속에서도 그의 안력은 거리도 짐작하기 힘든 저 먼 곳의 불빛을 잡아내었다.

마을이라 하기에는 위치가 묘하고 도적들의 산채라고 하기에는 규모나 정렬된 불빛의 모습에서 도시에서나 느낄 수 있는 정돈감이 느껴졌다.

비가 내리고 있다.

하늘도 대지도, 이 세상의 모든 것을 씻어주는 비가.

하지만 그들의 로브와 갑옷을 타고 흐른 빗물은 검붉은색을 띠고 있었다.

검은색의 갑옷은 단순히 어둠과 동화되거나 겁을 주기 위함만이 아니었다. 적의 피는 물론 아군의 피를 감추며 목숨이 다하는 순간까지 검을 놓지 않는 제국 기사의 정신 그 자체였다.

어느덧 멈춰 있는 그들의 발밑으로 붉은 호수가 이루어져 있었다.

그것만으로도 지금껏 그들이 얼마나 힘들고 고통스러운 나날을 보내왔는지 충분히 알 수 있을 것만 같았다.

모두가 하나같이 살기를 뿜어대고 있는 스물두 명의 기사들은 갈 곳을 잃은 이 강한 분노를 식혀줄 희생양을 원했다.

그때 뒤에 있던 한 기사가 앞으로 나오며 선두에 선 기사의 어깨에 손을 올렸다.

"흥분을 가라앉혀라, 미셸. 지금껏 오십 명 중에서 이렇게 반이나 살아남은 것도, 어둠과 세찬 비바람을 뚫고 달릴 수 있었던 것도 너라는 우수한 지도자가 있었기에 가능한 것이다. 자책할 필요 없다. 그러나 네가 여기서 흥분으로 자신을 잃어버린다면 그거야말로 어리석은 행동이다."

"…걱정을 끼친 것 같구나. 미안하다, 카셀."

카셀의 충고에 미셸이라는 이름의 기사는 살이 떨려오는 살기를 거두며 평상시 모습으로 되돌아왔다.

"몬스터 랜드 영향권 밖으로 빠져나왔다고 방심하지 마라. 또한 지금부터 우리들의 모습을 본 자가 있다면 여자, 아이 가리지 말고 죽여라. 이것은 위대하신 황제의 명이다."

달린다.

달린다.

계속해서 달린다.

본신의 실력을 다 보이지도 못하고, 활짝 피어보지도 못하고 개죽음 당한 동료들을 위해서.

그리고 이것이 마지막이기를 바라며.

그들은 이름도 알지 못하는 어느 높은 산을 향해 혼신의 힘을 향해 달렸다.

삼 개월 전 제국.

막 황제를 알현하고 나온 제국 근위대 대장 카이트 마이더스는 집무실에 들어오자마자 외투를 거칠게 벗어 던지고 담배에 불을 붙였다.

잠시 후, 막 네 번째 담배를 집어 드는 순간 밖에서부터 노크 소리가 들려왔다.

"실례하겠습니다. 근위대 소속 제2군 3연대 대대장 미셸 마이더스, 연락을 받고 막 도착했습니다."

"들어오도록."

문이 열리며 이제 갓 스무 살을 넘긴 청년이 들어왔다. 카이트에 비하면 애송이 중의 애송이에 불과하나 호걸로서 기질이 다분해 보이는 청년이었다.

"오느라 수고 많았다. 다름 아니라 이번에 자네를 부른 것은… 아니, 지금은 아버지로서 이야기하고 싶구나. 미셸, 우선 여기 앉아라."

늘 공과 사의 구분이 엄격한 아버지의 이런 행동에 미셸은 어느 정도 짐작이 갔다.

"뭔가 또 곤란한 일이 있으셨나 보군요, 아버지."

"…실은 방금 전에 황제 폐하로부터 직접 황명을 받았다. 목적은 다름 아닌 슬레이브의 강탈이란다."

"네에? 그런 터무니없는 명령을 황제 폐하께서?"

사람들은 용도 혹 쓰임새라는 말을 흔히 쓴다. 하나 한 물건에 꼭 정해진 용도라는 것은 대개 없다.

죽이기 위해 검을 드는 것과 살기 위해 검을 드는 경우처럼 말이다.

하나 그렇다 해도 정도라는 것이 있다.

근위대는 황제 및 황족을 보호하는 최강이자 최후의 방패이다.

현재는 거의 황제를 중심으로 모든 권력과 힘이 좌지우지되나, 불과 사오십 년 전만 해도 언제 어떤 불순한 무리들이 역모를 일으킬지 몰랐고 그 전란 속에서 근위대들은 언제나 눈부신 활약을 해오며 대대로 황제를 지켰다.

"슬레이브의 위력과 필요성에 대해서는 저 역시 잘 알고 있습니다. 하나 이제는 황제 폐하께서 슬레이브를 모으는 이유도, 목적도 전부 수군거리고 있는 이 마당에 또다시 수집욕을 채우기 위해 모으는 액세서리에 불과한 그것들을 찾기 위해 근위대가 나서야 한다니. 이건 오크 한 마리를 잡기 위해 군대를 출동시키는 것보다 훨씬 더 어리석은 짓입니다. 도대체 무슨 생각으로 이런 명령을!"

"이유는 간단하다. 하나는 누군가와 슬레이브가 계약을 맺었다는 것이고, 또 그 슬레이브가 있을 예상 지역이 바로 몬스터 랜드 근처이기 때문이지."

몬스터 랜드!

그 단어가 내포한 공포와 경외로 인해 미셸은 놀라 자리에서 벌떡 일어났다가 이성을 되찾고 다시 자리에 앉았다.

"…확실히. 그렇다면 납득이 되는군요. 근위대 정도의 실력자들이 아닌 이상은 가봤자 전멸일 테니."

슬레이브가 어떤 힘을 지녔을지 그 능력조차 미지수인데 몬스터 랜드라니. 이것은 활활 타오르는 불구덩이에 제 몸을 던지라는 말과 별반 다르지 않았다.

"그렇지. 하지만 아무리 몬스터 랜드라 해도 이런 얼토당토않은 행동에 명령을 내리면 어떤 일이 벌어질지 생각조차 하기 싫구나. 에덕 사령관께서도 만류해 보았지만 아무런 효과도 없었고. 게다가 황명이다. 도저히 피할 길은 없다. 그래서 이 건을 네게 부탁하고 싶구나."

이 이야기가 퍼지게 되면 적어도 근위대 내부의 사기 저하 정도로 끝나지 않을 터.

"슬레이브 강탈 임무를 제가요? 아아, 그렇군요."

카이트는 굳은 표정으로 고개를 끄덕였다.

"피할 수 없는 황명이라면 최소한 은밀하게 일을 끝낸다. 이것이 성공하기 위해서는 절대적으로 믿을 수 있으면서도 장기간 사라져도 아무런 영향노 끼칠 수 없는 인물이 필요하나. 미셸, 나는 거기에 네가 가장 적합하다고 생각한다. 네 생각은 어떠냐?"

황명인 이상 거스르게 되면 반역이 된다.

게다가 카이트의 말대로 근위대에서 대대장은 가장 많은 일을 처리하고 또한 지금처럼 상관들에게 불려 다니는 입장이라 장기간 모습을 안 보이게 되는 일쯤은 흔했다.

"이미 이런 일쯤은 군인이 되기 전부터 각오하고 있었습니다. 명령만 내려주신다면 저 미셸 마이더스, 임무를 수행하겠습니다."

카이트는 미간을 찡그리며 고개를 숙였다.

사자는 자기 새끼를 천 길 낭떠러지 아래로 집어 던진다고 하지만 이 세상 어느 부모가 자기 자식에게 이런 더러운 일을 떠넘기고 싶을까.

그것도 단순히 주인 없는 슬레이브를 가져오는 것이 아니라 마스터를 죽이고 강탈해 오는 것이다.

세상 모두가 용서한다 해도 기사로서의 프라이드가 용납치 않을 것이 자명했다.

"당연히 너라면 그렇게 말할 줄 알고 있었지만, 미안하구나. 네게 매번 이 제국의 추악한 면만 보여주게 되니. 이 서류 안에 이번 임무에 부여되는 모든 권한과 보급품 및 인원의 정보가 들어 있으니 가져가도록 해라. 모두 입이 무거운 자들로만 구성해 놓았단다. 보급품과 임무 자금은 황명이다 보니 무제한. 필요한 만큼 가져다 써도 좋다. 마지막으로 내 권한으로 특별히 네가 추천하는 한 사람을 작전에 참여할 수 있도록 손을 써놓았다. 용건이 없으면 이만 물러가도록."

추천하는 한 사람이라는 말에 미셸은 밝은 표정을 지었다가 사그라뜨리고 자리에서 일어섰다.

"아, 밖에 카셀도 함께 왔나?"

"네."

"그럼 잠시 카셀을 불러다오. 이야기가 조금 길어질 것 같으니 먼저 돌아가도 좋다."

"네!"

미셸이 문을 닫고 나간 후 잠시 뒤 다시 문이 열리며 한 청년이 안으로 들어왔다. 미셸과 또래로 보이는 어디서든지 볼 법한 청년이었으나 단 하나 커다란 차이점이 있었다.

다름 아닌 이마에서 코 옆까지, 왼쪽 얼굴의 절반을 가리고 있는 철가면이 바로 그것이었다.

"근위대 소속 제2군 3연대 대대장 미셸 마이더스의 부관 카셀 마이더스입니다."

"잠시 편하게 이야기하자꾸나, 카셀. 자, 자리에 앉으렴. 이번에 이야기 들었다. 부족한 미셸이 덕분에 여러모로 많은 도움을 받았더구나. 상부에서는 이미 너의 능력을 분석해서 이번에 군사(軍師)로 승격시켜 줘야 한다는 목소리가 커지고 있단다."

"그런 말씀은 하지 말아주십시오. 저는 지금 있는 자리가 가장 편합니다, 아버님."

딱딱한 목소리가 사라지고 어느새 좀 전과 같은 부자(父子)의 따스한 말을 주고받기 시작했다.

"나는 네가 결코 미셸에게 뒤진다 생각하지 않는다. 그 약한 마음만 바로잡으면 미셸을 능가하는 기사가 될 수 있거늘. 하긴 군사도 나쁘지 않지. 한데 왜 이 자리를 피하는 것이냐? 혹시 미셸이 질투할까 봐 걱정하느냐? 내가 말하기는 뭐하지만 친구를 질투할 정도로 형편없는 녀석은 아니란다."

"그건 저도 잘 알고 있습니다. 오히려 사람 좋기만 해서 애꿎게 주위 사람을 괴롭히는 때가 많으니…… 휴우. 하지만, 혹시나 해서 말씀드리지만, 결코 미셸 때문이라던가 제가 마이더스 가문의 양자라고 해서 거부하는 것은 아닙니다. 제 스스로가 그런 직위를 감당할 수 있을 거라는 자신이 없습니다. 그리고 무엇보다 저는 미셸의 옆에 있는 것이 좋습니다. 뛰어나지만 빈틈이 많은 녀석이라 그 녀석의 빈틈을 메우는 일에 매우 보람을 느끼고 있습니다."

본인이 이렇게까지 강하게 거부하니 더 이상 어떤 설득도 먹힐 것 같지 않아 카이트는 이쯤에서 접기로 마음먹었다.

"아직 너는 이번에 미셸에게 내려진 임무가 어떤 건지 모르겠지만, 겉으로는 아무렇지 않은 척해도 이번 일로 그 아이의 충격이 적잖이 클 것 같구나. 부디 미셸을 잘 부탁한다."

"걱정 마세요, 아버님. 예전에 죽어가던 목숨을 살려주신 그 은혜는 아무리 다해도 갚지 못할 겁니다. 아앗! 물론 지금 제가 미셸 옆에 있는 것은 절대로 제가 좋아서 있는 것이지만. 죄송합니다. 실수였습니다."

뒤늦게 자신이 커다란 실수를 했다는 것을 깨닫고 사과했으나 카이트의 화난 얼굴은 변하지 않았다.

"다시 한 번 말하는 거지만, 라디언스님에 맹세코 나는 너를 미셸과 똑같은 친자식처럼 생각하고 있다. 한 번 더 그런 은혜 운운하는 말을 하면 그때는 한 달간 자리에서 일어나지도 못하도록 지도를 시켜주마."

"네, 네. 명심하겠습니다."

카셀은 식은땀을 흘리며 자리에서 일어서서 힘껏 대답했다.

"휴우, 지도 한 달치라니. 차라리 죽는 게 더 나을지도. 어? 먼저 안 갔어?"

막 카이트의 집무실에서 나온 카셀은 복도에 서 있는 친구이자 의형제인 미셸을 보고 먼저 말을 건넸다.

"혼자 가긴 심심하잖아. 이렇게 슬쩍 시간 때우기도 하고 말이야."

"내 상관이 이런 사람이라니. 아아, 정말 불행하구나. 눈 딱 감고 대대장 자리를 맡을 걸 그랬는데."

"에에? 그럼 포기한 거야?"

미리 예상을 하고 있었다는 듯이 미셸이 되물었다.

"철부지 상관 하나 제대로 보좌하지 못하는 내가 부하들을 주렁주렁 달 생각하니 머리가 끔찍해져서 말이지. 그러므로 당분간 계속 네 부하로 있을 테니 앞으로도 잘 부탁해."

속으로는 친구의 진급이 늦어졌다는 사실에 안타까울지 몰라도 겉으로는 도통 기쁜 기색을 감추지 못한 채 웃음을 지으며 미셸이 말했다.

"너도 어지간히 바보구나. 다들 어떻게 하면 좀 더 빨리 승진해서 돈도 많이 벌고 멋진 여자 만나 가정을 꾸릴 생각뿐인데 말이야. 조심해라. 최근에 너의 게이설이 조금씩 흘러나오기 시작하니까. 절대 샤워실에서 비누 떨어뜨리지 말고. 누군가가 너의 엉덩이를 노리고 있… 크에에엑!"

"이 자식! 할 말이 따로 있지!"

"으아악! 부하가 상관을 폭행한다! 보안병! 하극상이다! 보안병!"

이런 일이 한두 번이 아닌 듯, 주위에는 꽤 여러 사람들이 돌아다니고 있음에도 모두들 한번씩 웃기만 할 뿐 아무도 보안병을 부를 생각조차 하지 않았다.

잠시 뒤, 발길이 뜸한 황궁의 한구석.

"그런가? 어쩐지 그런 임무를 받아서 아버님께서도 내게 당부의 말을 하셨던 거로군."

"문제는 그뿐만이 아니다. 이 서류 안에는 기밀 보장을 위한 민간인 살인 허가도 함께 들어 있다. 그것도 모든 것은 제국이 책임진다는 명령 하에 말이지. 자칫하면 전쟁도 야기시킬 수 있는 임무야."

무거운 침묵이 흘렀다. 아무리 제국 황제의 명령이라지만 이것은 제국 그 자체의 이념과는 너무나 달랐다.

"어째서 네가 매번 받아오는 것마다 이런 '밖으로 새어나가면 좋지 않은' 임무뿐인지. 끌려 다니는 내 생각도 좀 해줬으면 좋겠어."

"별수없잖아. 이게 대대로 이어져 오는 우리 마이더스 가문의 내력이니까. 그리고 군인인 이상, 명령대로 할 수밖에 없는 몸이고. 이번에도 도와줄 거지?"

"나이트 커맨더(기사단장)나 되는 주제에 서류 작성하고 머리 쓰는 일밖에 하지 않는 부관에게 기대지 좀 마! 하여튼 챙겨주는 것도 한두 번이지. 정말 사람 피곤하게 만드는 녀석이라니까, 너는."

두 청년은 그렇게 말한 뒤에 서로를 바라보며 씨익 미소를 지었다.

괴롭고 험난한 길이지만 함께라면 못 헤쳐 나갈 것도 없다. 그렇게 말하고 있는 것 같았다.

이틀 후 새벽.

제국의 수도 프하이엄에서 경비병들이 막 보초를 바꾸는 틈을 노려, 몇몇 사람들밖에 알지 못하는 비밀의 길을 이용하여 제국을 빠져나가는 이름도 정체도 알 수 없는 무리가 있었다.

그들이 향하는 곳은 몬스터 랜드.

그러나 이때까지만 해도 그들은 앞으로 자신들에게 어떤 일이 벌어질지 생각조차 하지 못했다.

과거 로빈이 칼리엄 영지의 두 아가씨를 구해준 것을 계기로 인해 텐텐 산채와 칼리엄 영지에는 약간의 교류의 끈이 이어졌다.

그때의 만남에서 우연찮게 산채의 사람들에게 무척 좋은 인상을 심어준 린과 미리안, 그리고 칼리엄 남작과 그 병사들로 인해 산채의 몇몇 젊은 청년들로부터 칼리엄 영지에 대해 호기심이 생겨나기 시작했다.

호기심은 곧 도전으로 이어졌다.

그 결과, 전만 해도 은밀하게 마을에 숨어들어 와 볼일만 보거나 혹은 용병으로 변장해서 마을에 들렀던 텐텐 산 산적들은 이제는 문지기들과 태평스럽게 인사를 나누며 영지에 들어오는 일이 잦아지게 되었다.

당연한 일이지만 영지의 주민들로서는 그다지 반갑지 못한 일이었다. 아무리 아가씨들을 도와준 은인들이라지만 그 본질은 산적들. 지금은 앞에서 웃는 모습을 하고 있어도 언제 칼을 꺼내 들고 행패를 부릴지, 아니면 몰래 돈을 훔칠지 모르는 일이었다.

하지만 자신의 생각들이 틀렸음을 알게 되는 데에는 그리 오랜 시간이 걸리지 않았다. 그중에서 대표적인 일화는 이러했다.

"저기, 실례합니다."

"무슨 일이시오?"

약 냄새가 잔뜩 풍겨 나오는 가게에 들어온 한 청년이 주머니를 풀어 자신이 지니고 있는 물건을 중년의 남자에게 보여주었다.

"텐텐 산에서 왔는데 돈을 여유있게 가지고 오지 않아 혹시 이 물건들을 처분할 수 없을까 해서요. 그냥 주머니에 담아놓아서 모양이 나빠져 그렇지 제법 좋은 효과가 있는 약초예요. 뭐, 그래 봤자 평소에는 거들떠보지도 않는 약초지만 푼돈이나마 받을 수 없을까요?"

칼리엄 영지에 단 한 곳밖에 없는 약재상 모어 씨는 인상을 찌푸리며 주머니를 열었다.

'나 원. 아무리 아가씨들 은인이라지만 저런 범죄자들이 아무렇지 않게 마을에 들어오도록 내버려 두다니. 도대체 영주님도 무슨 생각을 하고 있는지 원. 적당히 푼돈이나 쥐어줘야겠군. 뭐야, 이건? 어디서 쓸데없이 잡초나 뽑아온 거겠……!'

모어 씨는 자신의 눈이 잘못된 게 아닌지 다시금 살펴보고, 냄새를 맡아보고, 맛을 보고, 그래도 믿어지지 않는 듯이 멍하니 자신의 손에 든 약초를 살펴보았다.

"휴우, 역시 팔기에는 너무 형편없는 약초였나 보네요. 무리한 부탁을 드려 죄송합니다."

"자, 자, 잠깐! 자네, 도, 도, 도대체 이걸 어디서 구했나? 이 라이고를 말일세!"

"네? 그야 텐텐 산에서 구했죠. 그러고 보니 이 약초의 이름이 라이고였지. 별루 효과가 없는 거라 이름도 까먹고 있었네요."

텐텐 산 청년은 당연하다는 듯이 대답했다. 하지만 모어 씨는 그 말이 기가 찼는지 거칠게 반박했다.

"무, 무, 무슨 소리! 라이고는 찰과상이나 혹은 검에 베인 상처 등을 흉터도 없이 낫게 해주는 연고를 만드는 데 필수적인 약초라고! 이건 아무 약재상에나 갖다줘도 한 뿌리에 20리온(1리온=10키온/1키온은 약 800원 정도)을 받을 수 있다고! 상태만 좋으면 훨씬 더 좋은 값을 받을 수 있는 걸 이렇게 형편없게 보관하다니, 이 멍청한 녀석아! 핫!"

심상치 않은 청년의 눈빛.

그때서야 약재상 모어는 지금 자신의 앞에 있는 청년이 아무리 나이는 어리지만 저 무서운 텐텐 산 산적들의 일원임을 기억해 냈다.

이대로 살해당할까? 아니면 병신이 될 정도로 폭행을 당할까? 등 뒤로 식은땀이 흐르던 그때 눈앞의 청년이 말했다.

"에, 죄송합니다. 너무 말씀이 빠르셔서 그만. 저, 죄송하지만 5키온만이라도 쳐주시면 안 될까요? 선물하고 싶은 오르골을 발견했는데 그만 5키온이 모자라는 바람에."

그 눈빛의 정체는 다름 아닌 불안감이었다.

모어 씨는 순간 자신의 가슴 한구석을 강하게 채우고 있던 편견이라는 이름의 감정이 뚝 떨어져 나가는 기분을 느낄 수 있었다.

"이런 가게에서 물건을 처음 팔아보는 모양이지?"

"네. 산채에서는 돈이라는 것을 쓸 이유가 없었고, 무엇보다 괜히 부끄러워서."

똑같다.

비록 산적이라지만 그 본질은 아이 또래의 영지 청년들과 다를 게 없었다.

약간 미숙해 보이는 것은 산에서만 살아온지라 돈을 주고 물건을 사는 일반적인 사회 시스템에 아직 적응을 못해서인 것뿐, 그 심성은 영지 청년들 이상으로 순박하고 성실함이 느껴졌다.

결국 이 시골 영지는 텐텐 산 사람들이 볼 때는 거대한 도시와 다를 바가 없었고 텐텐 산 사람들은 막 도시에 온 촌놈과 똑같은 것이다.

그것을 깨달은 모어 씨는 한결 여유를 가지며 청년을 대했다.

"조금 전에 잘못 들은 게 아니라면 라이고보다 훨씬 더 좋은 약초를 가지고 있는 것 같은데?"

"음음, 피아칠레아, 밤, 워터민트, 라바테라, 뭐 이 정도. 약초는 제 분야가 아니라서 필수적인 것만 배운지라 더 이상은 잘 기억이……."

청년의 입에서 약초의 이름이 하나씩 튀어나올 때마다 모어 씨의 턱이 점점 아래로 쩌억 하고 벌어졌다.

노련한 약초꾼들도 하루에 두 개 이상 채집할 수 있으면 운수대통이라고 일컬어질 만한 약초들이 아무런 거리낌 없이 튀어나오고 있는 것이다. 물론 전부 믿을 수야 없지만 그렇다고 거짓말이라 하기에도 뭐했다.

"그, 그것들을 네가 구할 수 있느냐?"

"구하다니요? 널려 있습니다. 뭐, 가끔 그 근처에 오크나 코볼트 같은 몬스터들이 나타나서 종종 싸우는 일도 있지만요. 예전에는 트롤과 마주쳤는데 어렵사리 따돌려서 목숨을 구한 적도 있었죠."

제 딴에는 평소 생활을 이야기한 것뿐이지만 모어 씨에게는, 아니, 평범한 일반인들에게는 놀라울 따름이었다.

이후 모어 씨를 중심으로 퍼져 나간 이야기는 금방 화제가 되어 사람들 속으로 퍼져 나갔고 그 도중 이와 비슷한 사례가 여럿 발견되며 점점 텐텐 산 사람들에 대한 호감은 커져 갔다.

한편 영지 사람들이 자신들에게 호의를 갖고 있다는 것을 알게 된 텐텐 산 젊은이들은 영지로 내려가는 발길이 갈수록 늘어났다.

퇴폐적이고 난잡한 생활을 하는 산적들과는 달리 산채에서도 매우 성실한 삶을 살아가고 있는 이름뿐인 산적인 텐텐 산 산적들은 일반 영지 청년들에 비해 훨씬 더 매력적이고 듬직한 맛이 있었다.

물론 그뿐만이 아니었다. 꽃다운 나이의 텐텐 산의 처녀들은 특유의 건강미와 또 넘볼 수 없는 산이었다는 묘한 호기심 속에서 영지 사춘기 소년들의 가슴에 불을 지폈다.

텐텐 산의 식구들과 칼리엄 영지의 시민들이 하나처럼 가까워지게 된 직접적인 원인은 다름 아닌 시장이었다.

비록 작은 규모지만 보름마다 한번씩 열리는 시장에서 그들이 가지고 오는 물건들은 하나같이 눈이 휘둥그레질 정도로 멋진 것들뿐이었다.

천금을 주어야만 구할 수 있는 각종 귀한 약재들, 약초로 담근 명주, 영양가로 따지면 따라올 것이 없는 귀한 버섯과 산나물, 산 미꾸라지 등등은 물론 내륙 지방인 칼리엄 영지에서는 도통 맛볼 수가 없는 텐텐 산 호수의 생선들, 그리고 몬스터나 동물의 뼈와 가죽까지. 매번 밀이나 과일주밖에 존재하지 않던 시장에 거의 마을 주민의 절반과 인근에 존재하는 세 개의 영지의 소규모 상인들마저 참여할 정도의 대규모 사태를 불러일으켰다.

그날 이후 자신들이 가져오는 물건이 얼마만큼의 가치를 가지고 있고, 여러 사람들이 필요로 하고 있는지를 확실히 깨닫게 된 텐텐 산 산적들은 근처 자신에게 잘 대해주는 사람이나 혹은 관심이 있는 이성에게 선물로 주며 마음을 얻는 데 전력을 다했다.

정기가 강한 텐텐 산은 한 뿌리만 남겨놓고 모든 약초를 뽑아가도 한 달 정도 지나면 다시 약초가 가득 자라날 정도로 성장 조건도 좋았고, 거대한 산맥은 거의 전체가 약초밭이라 불려도 될 수준이었기에 전혀 아까울 것도 없었다.

그 덕분에 칼리엄 영지의 사람들은 잔병을 모두 떨쳐 버리고 또 남는 것은 보관하거나 팔아서 득을 챙길 수 있었고, 생활고에서 벗어나 마음의 풍요를 이루게 되자 모든 텐텐 산 사람들을 제 식구마냥 받아들여 주었다.

아무리 부족함없이 살아온 텐텐 산 산적들이라 해도 사람의 본질 때문인지 더 큰 집단을 원하는 마음이 있었다.

그들에게 있어 이 칼리엄 영지는 부러움의 대상이었다.

하나 그것은 어디까지나 많은 사람들이 모여 사는 것에 대한 부러움 뿐이었지 그들이 텐텐 산을 사랑하는 마음에는 변함이 없었다.

하여튼 이러한 일들로 교류가 활발해진 덕분에 덕을 보는 것은 칼리엄 영지뿐만이 아니었다.

한쪽에 좋은 영향이 있다면 다른 한쪽에도 좋은 영향을 받는 것이 당연한 법.

인구 수 약 오백 명이 조금 넘는 텐텐 산은 산채로서는 유래를 찾아보기 힘들 정도였지만 그중 1/4이 고아들이고 나머지 노동력이 될 수 있는 자들 중에서도 1/4가량이 이제는 늙어 빠진 텐텐 산채 1세대의 산적들이 대부분이라 노동력이 많이 모자랐다.

그것을 도와준 것이 바로 칼리엄 영지의 사람들이었다.

"안녕하세요, 에쎄님."

에쎄는 더 이상 할 말을 잃고 졌다는 표정으로 작게 한숨을 내쉬었다.

"안녕하세요. 오랜만이네요, 미리안 아가씨. 그런데 오늘은 동생 분께서 보이지 않으시군요."

"네. 린은 학교에 다니고 있거든요. 아직 호더 왕국의 귀족들은 대개 자택에서 가정교사를 불러 배우는 학습법을 선호하고 있는지라 툭하면 방학만 하는 학교지만요. 괜한 말이었나요?"

"아뇨. 미리안 아가씨는 매번 느끼는 거지만 배려가 너무 지나친 성향이 있으시군요. 저희들도 두목들에게서 사회나 귀족들에 대해 여러 가지를 배우다 보니 그 정도는 잘 알고 있답니다."

겉으로 보기만 하면 치열한 신경전인 것 같지만, 그 말에는 어떠한 다른 뜻이나 거짓됨이 존재하지 않았다.

그것을 잘 알고 있었기에 어느 정도 마음을 터놓고 있을 정도인 두 사람이었다.

에쎄는 함께 일하던 친구들과 아주머니들께 양해를 구하고 자리에서 일어섰다.

사적인 일로 자리를 비우는 것이었으나 텐텐 산채 여성들을 이끌고 있는 여장부이자 언제나 누구보다 많은 일을 담당하고 해내는 그녀가 잠시 쉰다고 해서 불만을 가질 사람은 없었다.

물론 거기에는 독수공방하고 있는 주부의 성격을 건드려서는 안 된다는 위험 부담과 라이벌(?)과 조우한 이상 같은 편인 자신들이 아낌없는 지원을 해줘야 한다는 망상 섞인 계산도 들어 있었다.

에쎄가 미리안을 데리고 온 곳은 과거 로빈이 자주 가던 비밀 장소인 엄마 나무가 있던 바로 그 갈대밭이었다.

시원한 바람이 불고 있는 언덕에서 두 여자가 서로를 마주 보았다.

"오늘은 어쩐 일로?"

"아버님께서 책을 잉크 두령님 앞으로 마차 한 대 분량 정도 선물로 주셨답니다. 그래서 산책 겸 이렇게 함께 오게 되었어요."

텐텐 산채의 문제점 중 또 하나라면 교육 시설과 선생의 부족이었다.

그중에서 책의 부족은 가장 큰 문제였다.

글을 배워도 쓰지 않으면 금방 까먹는다. 하지만 책이라는 게 부피가 크고 또 몇 권 되지 않아도 상당히 묵직하다 보니 어느 영지에 가서 책을 구입해 오는 게 여간 어려운 일이 아니었다.

"잉크 두령님께서 좋아하는 모습이 눈에 선하네요. 예전부터 로빈이 툭하면 못살게 굴던 분이다 보니 이젠 저도 모르게 잉크 두령님의 표정이 자연스럽게 떠오르네요."

"아……."

미리안은 갑자기 로빈을 언급하는 에쎄의 태도에 살짝 놀라움을 느꼈다.

로빈이 제국으로 떠나고 난 후 미리안과 린은 몇 번이나 에쎄와 만났지만 그녀는 그 어떤 대화에서도 스스로 로빈에 대한 이야기를 모두 배제했고 그녀 역시 그것을 깨닫고 로빈에 대한 이야기를 먼저 꺼내지 않았다.

"로빈님과 함께 있던 사람의 얼굴 표정까지 외울 정도로 로빈님을 사랑하시는군요. 당신은."

"부끄럽지만 네, 맞아요. 하지만 그것뿐만은 아니었어요. 어째서, 어째서 나는 그 과거의 일을 기억해 버린 건지. 실은 오늘 이곳으로 데려온 것은 당신께 꼭 부탁할 일이 있어서예요."

미리안은 살짝 눈을 감았다.

전부터 각오한 일.

도저히 그 인연의 끈을 스스로는 끊어버릴 수 없을 것 같아 누군가가 대신 끊어줄 이날만을 기다려 오고 있었다.

"저 대신 로빈 곁에 있어주세요. 제발 부탁드리겠습니다."

목이 메어서인지 제대로 들려오지 않는 목소리.

하지만 바로 그녀와 마주하고 있던 미리안이기에 그녀만은 똑똑히 들을 수 있었다.

"…왜 갑자기 그런 말씀을 하시는 건가요?"

“제겐 저만의 사정이 있습니다. 결코 피해갈 수 없는 사정이요…….”

에쎄의 한마디에 미리안은 자신 또한 그렇다고 말하고 싶었다. 하나 그 서글픈 표정이, 마치 얼마 전 거울 속의 자신을 보는 것 같아서 그 어떤 말도 하지 못했다.

그들 사이로 메마른 바람만이 몇 번이고 지나갈 뿐이었다.

그날 밤.

에쎄는 밤이 깊도록 잠들지 못하고 어두운 방 안에서 창밖을 바라보고 있었다.

이 대륙에는 로즈 레이디라는 이야기가 있다.

정확한 기원은 확실하지 않다.

다만 이 이야기는 아주 오래전부터 내려오는 것으로 때로는 동화로, 때로는 로맨스로, 때로는 시로 각색되어 왔다.

인쇄 산업의 발전을 백 년은 앞당겼다고 하는 불후의 명작답게 어린 아이부터 어른에 이르기까지 모르는 사람이 없을 정도이다.

이야기의 내용은 대충 이러했다.

씩씩하고 새로운 것을 좋아하는 활발함이 매력인 동생 레드 로즈와 얌전하고 항상 말이 적은 마음 착한 화이트 로즈 이 두 자매는 마을에서도 소문난 사이좋은 자매이나 두 사람은 한 남자와 사랑에 빠지면서 사건은 벌어진다.

몸도 마음도 남자에게 모두 줄 수 있을 정도로 사랑에 빠져 버린 레드 로즈, 화이트 로즈에게 청혼을 하는 남자, 사랑과 자매의 우애에서 갈등하는 화이트 로즈, 그리고 때마침 벌어지는 전쟁의 성화.

이야기의 결말은 화이트 로즈가 전쟁을 일으킨 나라의 왕에게 공물로 바쳐지고 그 후 그녀의 힘으로 대륙에는 전쟁이 사라지면서 이야기는 끝을 맺는다.

만월의 달빛을 바라보던 에쎄는 노래를 부르기 시작했다.

"당신께 내 모든 걸 주고 싶어. 아파하지 말아요. 나는 여기 있으니까. 그대를 닮은 이 하얀 장미를……."

천사의 목소리가 흘러나왔다.

노래가 눈에 보이는 것 같은 환상.

고요하면서도 아름답고 한없이 따스한 목소리는 가슴속에 스며들어오는 듯한 기분이었다.

"날개를 달고 하늘 저 멀리로 그대와 함께 갈 수만 있다면, 좋을 텐데."

그리고 에쎄의 머리카락이 점점 새하얗게 변해갔다.

이것은 착각일까? 아니면 환상?

인간의 머리카락이 제멋대로 색을 바꿀 수 있을까?

그럴 리가 없다. 그럼 도대체 그녀는…….

"드디어 찾았군. 슬레이브!"

어둠 속에서 들려오는 목소리에 에쎄는 놀라 의자에서 일어서며 집 밖으로 뛰쳐나가려 했다.

하지만 검은 갑옷의 기사는 약간의 쓸모없는 동작 하나없이 가볍게 도망가려던 에쎄의 팔을 잡고 끌어당기면서 주먹으로 배를 강하게 쳤다.

"아, 안 돼!"

에쎄는 그 말을 마지막으로 점점 의식을 잃어갔다.

제13장
몽환곡 (Fantasia)

내가 아니다.
남도 아니다.
서로의 존재도 확인하지 못한 채
우리들은 누구의 것인지 모를 꿈을 꾸고 있었다.
내 안에 존재하는 무수히 많은 다른 나와 함께
몽환(夢幻)의 경계(境界) 속에서.

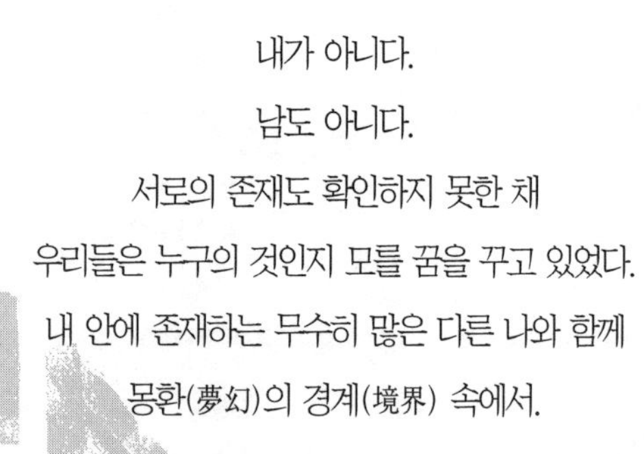

현실인지, 아니면 자신과는 전혀 관계없는 꿈속의 이야기인지도 모른다.

다만, 막연하게 이어지는 그 광경이 슬퍼서, 너무나도 기뻐서 계속 멍하니 지켜볼 뿐이었다.

벼랑에서 떨어지고 있는 한 여자와 아기가 있었다.

날개가 달려 있지 않은 이상 그 어떤 생명체도 살 수 없을 까마득한 높이의 절벽에서 떨어지고 있는 그들은, 한순간에 형체를 알아볼 수 없는 살점이 되어버릴 것 같았다.

하지만 절규를 외치던 여자의 몸이 움찔거림과 동시에 동공이 커지더니 제정신을 찾으며 동시에 연약해 보이는 손을 힘껏 절벽에 박아넣었다.

쿠구구구궁!

터무니없게도 딱딱한 암석을 뚫은 팔은 부러지지도 않고 강한 마찰과 함께 소음을 일으켰고 놀랍게도 점점 낙하하는 속도가 줄어들었다.

인간으로서는 절대 불가능한 방법으로 살아남은 여자가 받은 충격은 놀랍게도 마찰로 인해 절반 정도 찢어진 옷과 한두 시간 정도 운신을 못하는 것에 불과했다.

문제는 어린 아기였다.

제아무리 떨어져 내리는 중간에 아기를 보호했다고 해도 충격의 여운은 이 연약한 어린 생명체를 죽음에 이르도록 하고 있었다.

"마스터… 마스터… 아이와 함께 멀리… 도망… 소원… 위시(wish)."

정신병을 앓고 있는 환자처럼 여자가 말한다.

그러더니 갑자기 여자의 머리카락이 새하얗게 변하며 평범하기 그지없던 얼굴이 눈을 떼지 못할 만큼 아름다운 미녀로 변하기 시작했다.

그리고 죽어가는 아이를 향해 손을 뻗어 그 몸에 갖다 댔다. 그러자 영롱한 빛이 여자의 몸에서부터 발생하더니 손을 통해 아이의 몸으로 흘러들어 가기 시작했다.

빛이 아이의 몸에 들어가면 들어갈수록 아이는 안정을 되찾았고 반대로 여자는 고통과 함께 몸이 점점 작아졌다. 아니, 단순히 작아지는 것이 아니었다.

그것은 시간의 역행이라고밖에 설명할 수 없는 광경이었다.

이십대 초반의 여자는 그렇게 점점 이십대에서 십대의 소녀로, 십대의 소녀에서 다섯 살 정도의 어린아이로 변해갔다.

그리고 그 중간에 로빈은 잊을 수 없는 누군가의 얼굴을 그 소녀를 통해 볼 수 있었다.

정신을 차리고 눈을 뜨자 그곳은 난생 처음 보는 장소였다.

'에… 쎄… 꿈이었나. 뭐지, 이 투명한 벽은?'

얼마 지나지 않아 자신이 사방이 둥그스름한 투명한 벽에 갇혀 있다는 사실을 깨달았다.

그 투명한 벽 너머로 보이는 정체를 알 수 없는 이상한 물건과 금속으로 만들어진 기계들.

마치 완전히 다른 세계에 와 있는 기분이다.

'왜 나는 이곳에 있는 걸까?'

실낱같은 의지로 로빈은 지금껏 있었던 기억을 되새겼지만 둔한 머리로 떠오르는 기억은 거의 없었다.

다만 인지하고 있는 것이라곤 알몸이라는 사실과 갇혀 있다는 것뿐.

그 벽 너머로는 흰색 가운을 걸친 중년 사내들이 무언가 열심히 대화를 나누며 가끔 자신을 바라보고 있었다.

만약 죽은 후 박제가 된 짐승에게 의식이 있다면 이런 기분일 것이다.

'…말이 나오지 않아.'

벙어리가 된 것 같아 가슴이 터질 정도로 답답했다.

더구나 도움을 청하고 싶어도 몸은 깊은 수면에 빠진 듯, 움직일 생각도 하지 않았다.

평소의 수십 배에 달하는 피로감을 느끼며 몸을 조금이라도 움직이면 어느새 그것을 포착한 수십에 달하는 눈동자가 자신에게로 향했다.

인간 백정.

그 구역질나는 썩은 눈동자는 최소한 자신을 도와줄 이들이 절대 아니라고 말해 주었다.

"……?"

"……!"

"…….."

이 동그란 벽에 빈틈이 생긴 걸까?

처음에는 아무런 소리도 들려오지 않던 이곳에 희미하지만 점점 그들의 목소리가 들려왔다.

그리고 곧, 삼십여 명으로 보이는 인원들 중 한 중년 사내가 손을 들자 자신이 갇혀 있는 유리관 안으로 밑바닥에서부터 알 수 없는 액체가 채워지기 시작했다.

그제야 약간이지만 희미하게 기억이 되돌아왔다.

'아아… 맞아, 이것만 벌써 세 번째야.'

로빈은 벌써 세 번째 반복되는 일에 자신의 처지도 잊고 지겨워졌다.

그렇다고 해도 현재로서 그는 갓난아기처럼 무해한 존재. 저 이상한 액체에 완전히 잠기면 앞서 그래 왔던 것처럼 또 정신을 잃을 것이다.

"…완료. 에텔 용액 주입 시작했습니다. 1%, 2%, 3%…… 99%, 100% 완료. 에텔 용액의 주입을 멈추겠습니다."

액체에 닿는 순간, 희미하던 목소리는 아주 선명하게 들려오기 시작했다.

액체는 금방 차 올라 그 공간을 빈틈없이 채우면서 빈틈에 대한 가능성을 완전히 부정했다.

그럼 도대체 지금껏 들리지 않던 목소리가 어떻게 들린 것일까?

그 생각도 잠시.

액체로 인해 숨을 쉴 수 없게 된 로빈은 처음에는 괴로워했으나 곧 액체 속에서도 아무렇지 않은 듯 숨을 내쉬고 평상시의 모습을 유지하며 다시 나른한 모습으로 돌아왔다.

"'자궁' 과의 싱크로율 90%, '영웅인자' 활동 재개."

"에텔 용액을 흡수하기 시작했습니다."

"성장 반응. 라이오트님, 육체 능력, 지각(知覺) 능력, 신진대사 모두 전과 마찬가지로 기하급수적으로 오르고 있습니다!"

그들의 목소리가 차례대로 들려온다.

갈수록 선명하게, 정확하게. 이 감각은 예전에도 한번 느껴본 적이 있었다.

과거 몬스터 랜드에서 미리안과 린을 오크로부터 구해줬을 때 갑자기 오감이 예리해져 가는 기분. 바로 그것이었다.

"어떻게 이런 데이터 결과가 나올 수 있는 거지? 굉장해!"

"터무니없군. 이걸 인간이라고 부를 수 있는 건가?"

"현 인류에 비해 최소한 3단계 이상은 진화되어 있어. 과연 '전' 현자의 최후의 작품이라 불리는 P프로젝트의 유산이라 할 수 있군."

그때, 유리관 안에서 큰 변화가 벌어지기 시작했다.

우득, 우드드득, 우드득.

로빈의 손과 발이 반대로 꺾였다.

팔꿈치와 몸 여기저기에서 수축되어 가는 몸을 따라가지 못해 뼈가 살을 찢고 밖으로 튀어나왔다.

금방 빨갛게 물들어 버리는 유리관.

마치 사지가 잘린 인형처럼 점점 오므라든 모습은 사지가 잘려 낙태된 아기의 모습을 연상케 했다.

눈뜨고는 차마 볼 수 없는 끔찍한 광경임에도 이곳에 모여 있는 자들은 오히려 환희의 눈빛으로 변해갔다.

하나같이, 인간임을 포기한 눈동자는 야생 동물처럼 안광을 발하며 기분 나쁜 미소를 지었다.

"오오! 성장이 시작된다. 이제야말로 오랫동안 기다리고 기다려 온 진정한 P프로젝트가 시작되는 순간이다! 잘 들어라. 성장이 끝나는 즉시 머리에서부터 발끝까지, 혈액과 유전자 정보는 물론이고 샘플로 얻을 수 있는 것이라면 모두 채집하도록. 통일 제국, 천년 제국의 꿈이 머지않았다. 크흐흐흐!"

"천년 제국을 위해! 통일 제국을 위해! 황제 폐하 만세!"

로빈의 귀로 기뻐서 어쩔 줄 모르는 소리가 들려왔다.

아마 자신을 바라보며 뭐라고 말하는 것 같은데 의미를 알 수가 없었다.

어째서인지 평소보다 훨씬 더 빨리 잠이 오는 것 같다.

이건 아마도 기분 나쁜 악몽.

눈을 뜨면 자신은 고향으로 돌아가고 있는 마차 안에서 깨어날 것이다.

이런 좁은 곳은 더 이상 싫었다.

저 드넓은 녹음이 끝없이 펼쳐진 텐텐 산으로 돌아가고 싶다.

그렇게 뇌까리며 로빈은 다시금 잠에 빠졌다.

꿈. 꿈을 꾸고 있었다.

나 자신의 것일 수도 있고 혹은 생판 모르는 남의 것일 수도 있는 꿈을.

적자생존.

약육강식.

야생의 세계.

먹이사슬.

등등 이처럼 비슷한 말들은 많지만 결국 나타내고자 하는 것은 단 하나다.

‘즉, 강자만이 살아남는다.’

나는 태어나면서부터 천성적으로 몸이 약해서 스스로의 힘으로는 집 밖으로 한 걸음도 걸어나가지 못했고 점점 성장할수록 그 범위는 더욱더 줄어들어 급기야 다섯 살이 되어서는 침대에서 몸을 일으키는 것조차 불가능해졌다.

매끼 식사보다 약을 먹는 일이 잦았고 일주일에 한번은 의사나 혹은 신관으로부터 정기 치료를 받아야만 했다.

게다가 자주 발작을 일으켜 입 안은 언제나 상처투성이, 가끔씩은 혀가 떨어져 나갈 뻔한 일도 잦았다.

하지만 이런 나에게 신은 얄궂게도 그 누구도 따라올 수 없는 천재적인 뇌를 선사하였다.

‘나는 천재였다.’

나는 어머니의 자궁에 있을 때 일을 지금도 기억하며 아이를 위해서라도 젊은 부부를 위해서라도 죽음을 선택하라는 의사의 충고를 들으며 태어났다.

모국어를 포함해 4개 국어에 통달한 것이 다섯 살 때의 일.

여섯 살 때는 대륙 최고의 학자를 스승님으로 모셨으며 스승을 능가하게 된 것이 여덟 살 때의 일이다.

특히 그 이 년간의 일은 죽어서도 잊지 못할 만큼 나에게 많은 추억을 가져다주었다.

스승님은 자신의 인맥을 동원해 각 분야에서 큰 명성을 떨치는 자들과의 만남을 주선해 주었다.

물리학자 체르코는 재미없는 사람이었지만 그의 책은 매우 재밌었고 또한 유익했다.

내가 언젠가 글을 쓰는 노력의 반만큼 사람과 가까워지라고 충고를 했더니 그는 처음으로 큰 소리를 내며 웃었고 그 모습에 스승님은 놀란 표정을 지었다.

쉰 살의 노인이었지만 그의 삶은 이제부터인 것 같았다.

체스 챔피언 케산.

그는 매우 유쾌한 사람이었다.

그는 젊고 생생하며 언제나 낙관적인 삶을 지향하는 인물이었다.

비록 일주일 만에 체스로 그를 이기는 바람에 한동안 그의 입가에 웃음이 사라졌지만 나는 그만큼 사람을 기분 좋게 만드는 미소를 지닌 이를 두 번 다시 볼 수 없을 것이다.

최고의 요리사 루브—사의 요리는 매우 맛있고 또한 기발하면서 먹는 게 아까울 만큼이나 예뻤지만 그는 그 뛰어난 실력만큼이나 말이 많은 사람이었다.

그의 수다로 인해 튀어버린 침이 들어간 요리를 먹고 있다고 생각하니 음식의 맛이 뚝 떨어져 버렸지만 그래도 그의 요리는 예술에 비할 가치가 있었다.

그 외에도 나는 많은 사람을 만났고 많은 세계를 보았다.

나의 인생 중에서 가장 즐거웠던 이 년.

그러나 그 다음해 나는 부모님으로부터 버림받고 말았다.

사실 버림받았다는 말은 잘못된 것이다. 나도 그 사실을 알고 있고 부모님을 원망하지 않는다.

왜냐하면 나의 치료비로 그 많던 재산이 모두 사라지고도 거액의 빚이 있던 뒤라 더 이상 나를 치료하는 데 쓸 돈이 없었기 때문이다.

그렇다고 당장 죽을 날을 기다리고 싶지 않았던 부모님과 나는 스승의 충고에 따라 내가 속한 나라에 위탁할 수밖에 없었고 나는 나라의 재산이 되고 말았다.

그리고 그날 이후 나는 부모님과 스승님, 그리고 젊고 늙은 친구들을 두 번 다시 만나지 못했다.

가끔씩 날아오는 소식이라고는 누군가의 사망 소식, 혹은 더 이상 돈을 보내지 말라는 내용뿐이었다.

아마 허용 가능한 내용이 그것뿐이었을 터다.

그 어떤 암호조차도 나는 쉽게 해독할 수 있으니 주의에 주의를 기한 것이겠지.

물론 나는 그 어떤 편지조차 보내지 못했다.

오랜 시간이 흘렀다.

지금껏 내가 살아오며 이 나라에 공헌한 것은 수없이 많았다.

나의 업적은 사회, 정치, 문화, 예술, 과학, 자연 그 모든 곳에서 빛을 발하였으며 나라는 더욱더 나를 귀하게 취급했다.

'그들에게 있어서 나는 황금알을 낳는 거위일 테니까.'

다른 나라에서는 나의 머리를 탐내고 납치하거나 제거하려는 음모를 수도 없이 시도했지만 나는 운이 좋은 건지 나쁜 건지 지금까지 살아남을 수 있었다.

지금 나는 침대에 누워 신성력에 의지하며 간신히 반수면 상태로 살아 있다.

반쯤 빠져 있는 새하얀 머리카락과 마치 화성인의 상상도처럼 주름진 얼굴은 그 누구도 내가 이제 열일곱 살의 남자애라고는 상상 못할 것이다.

내가 지금 있는 곳은 영광스럽게도 제국의 황제만이 알고 있는 성에서 가장 은밀한 곳에 숨겨진 비밀의 방이었다.

스스로 이곳을 감옥이라 부르지만 말이다.

나는 많은 것을 바라지 않았다.

그저 스스로 걸을 수 있는 튼튼한 두 다리와 치즈 한 조각이라도 스스로 잡을 수 있는 힘과 체력뿐.

하지만 신은 나에게 그런 '사소한 것' 보다 '굉장한 뇌' 를 선사했지만 나는 하나도 기쁘지 않았다.

지금에 와서 고백하는 거지만 나의 수명은 머지않은 것 같다.

신기하다.

고래나 코끼리는 자신이 죽을 때가 되면 스스로 동족이 있는 무덤으로 찾아가 그곳에서 죽음을 맞이한다고 하더니 지금 딱 그 꼴인 것이다.

그토록 바라던 죽음이었건만 이 고통으로부터의 해방이건만 이상하게 진심으로 기뻐할 수가 없었다.

그것은 아마도 생명을 지닌 존재로서의 의무감과 본능 때문인 것 같다.

하루하루가 고통스럽고 언제 죽을지 모르는 힘든 나날이었다.

한참 외모에 관심이 많고 멋을 부릴 나이에 이 육체는 백 세 노인보다 더 형편없고 뼈밖에 보이지 않는다.

그것도 이제 곧 끝이 날 것이다.

그리고 새로운 삶이 시작하겠지.

나는 그렇게 서서히 눈을 감았다.

"……."

점점 멀어져 가는 의식 속에서 나는 아주 작은 소망 하나가 생겼다.

그 옛날, 집 안에서 밖으로 나오지 못하고 있는 나를 보고 약자라고 말하던 그들에게, 동정 섞인 눈빛으로 나를 보며 자신감을 되찾는 그들에게 지금 나는 말하고 싶다.

'나는 약하지 않아. 그렇게 생각하지 않아?'

스스로 강하다는 생각을 해본 적이 없다.

하지만 나는 최선을 다했으니까.

그리고 살아왔으니까.

그걸로 된 거야.

얼마나 지독한 삶인지 얼마나 행복한 삶인지가 중요하지 않아.

이제 쉬자. 푹 쉬는 거야.

그동안 수고 많았어.

그래, 이제는…….

쉬는 거야…….

영원처럼 긴 꿈은 아직도 끝이 보이지 않았다.

지금껏 봐온 꿈들만 이미 수십 편의 꿈.

그것은 전부 로빈 자신의 꿈이기도 하고 타인의 꿈이기도 했다.

머리와 몸은 점점 무거워지며 현실과 과거, 미래의 구분을 잃어갔다.

하지만 그러는 동안에도 또다시 한 편의 꿈이 눈앞에서 펼쳐지기 시작했다.

인간들은 모두 죽음을 두려워한다.

정정(訂正), 인간만이 아닌 모든 생명들은 죽음을 두려워한다.

왜 그럴까?

죽음이란 단어의 개념은 도대체 무엇이기에 두려워하는 것일까?

죽음에 대해서, 누군가는 사후 세계로 여행을 떠나가는 것이라 말하고 또 누군가는 낡은 육신을 버리고 새로운 육신을 갖고 태어나는 끝없는 윤회라고 말한다.

죽음을 무서워하는 나약한 인간들은 있지도 않은 존재를 갈망하며 구원을 바라고 돈이나 권력으로 영원한 생명을 탐낸다.

그러나 나는 죽음이 두렵지 않았다. 궁금하지도 피하고 싶지도 않았다.

왜냐하면 죽음이란 내게 있어 아주 친숙하기 때문이다.

그렇다.

나는 죽음 속에서부터 태어났고 피와 비극을 일으키기 위해 존재하는 자이다.

그런 나를 사람들은 사신이라 칭했지만 나는 사신이 아니다.

단지 내가 가는 곳에 사신이 함께하는 것뿐이었다.

과거의 나는 지극히 평범한 화전민의 아들이었다.

부모님, 여동생과 함께 전란을 피해 산속에서 몇몇 사람들과 마을을 일궈 평화로운 나날을 보내던 힘없는 천민이었다.

그들은 난데없이 나타나 이유없이 마을을 짓밟았다.

반듯한 검 문양이 새겨진 검은 갑옷은 그들이 왕국의 기사들이라는 것을 나타내 주고 있었지만 그 지저분한 꼴은 스스로 패잔병이라고 말을 하고 있었다.

난폭하고 무례한 기사들은 마을을 뒤집어엎고 맛있는 음식과 따뜻한 목욕물을 강요했다.

물을 끓이는 것이야 어떻게든 할 수 있었지만 항상 최고의 향신료로 조리된 음식만을 먹던 그들의 입맛을 맞출 수 있는 음식이 이런 산 깊숙이 숨겨진 마을에 있을 리 만무했다.

게다가 몇몇 되지도 않은 화전민의 부인들을 멋대로 추행했다.

아내들의 비명 소리와 울음소리가 남편들의 가슴을 찢어지게 만들었지만 상대는 왕국의 기사들이었다.

차라리 이렇게나마 물러나 주는 게 훨씬 다행이었지만 더러운 그들은 그러지 않았다.

"젠장, 요리도 계집도 전부 최악이야!"

"더러운 계집년들. 그래도 우리 같은 고귀한 몸에 안겼으니 그걸로 조금은 깨끗해져 보이는군. 카압, 퉤!"

기둥에 매달리거나 식탁에 엎어져 강제로 치욕을 당한 그녀들 역시 그저 눈물을 참고 흐느끼는 수밖에 없었다.

"여기 제법 괜찮은 게 있는데?"

기사는 막 도망치려던 나의 어린 여동생을 잡고 그 우악스런 손으로 입고 있는 옷을 단번에 찢어버렸다.

"이건 아직 아무도 건드리지 않은 것이겠지. 좋아, 이 몸이 특별히 시식해 주마. 영광으로 생각해라."

"아아아! 까아아아아아악!"

지금까지는 참았다. 하지만 이제 열 살이 된 어린아이의 고통에 찬 신음 소리와 그 위에서 헐떡이는 짐승의 행동은 더 이상 마을 사람들의 분노를 참을 수 없게 만들었다.

"……."

그 결과가 바로 이러했다.

방 안으로 보이는 것은 시체의 산.

전부 마을 사람들의 시체였다. 사랑하는 부모님, 여동생, 함께 뛰어 놀던 친구들이 모두 싸늘하게 죽어 있었고 그 속에서 나 역시 언제 죽을지 모르는 상태로 방치되어 있었다.

"기름을 전부 뿌렸어."

"좋아, 불을 붙여. 뭐, 들킨다고 우리들이 처벌받을 일은 없지만 이렇게 증거를 없애면 더 좋지."

불은 화르르 하고 소리를 내며 온 세상을 붉게 변하게 했다.

정겨운 얼굴들이 하나둘 불길 속에서 점점 사라지기 시작했다.

그 속에서 모든 것을 포기하고 불이 자신을 집어삼키기만을 기다리고 있을 때, 여동생이 내게 말했다.

〈오빠, 살려줘! 뜨거워. 오빠, 제발 구해줘!〉

나는 말했다.

〈조금만 견디자. 그러면, 곧 우리들은 저 세상에서 다시 만날 수 있을 거야.〉

〈싫어! 오빠, 뜨거워. 제발, 제발 살려줘!〉

동생의 육체가 붕괴된다.

익히 기억하고 있던 그 작은 육체의 사지가 잘려 나가고, 배가 갈라지며 내장을 쏟고, 두 눈과 귀, 코와 입에서 피를 흘리며 내게 살려달라고 외쳤다.

흘러내리는 눈물조차 증발되는 뜨거운 열기 속에서 나는 눈물을 흘리는 행위조차 할 수 없었다.

이대로 무력하게 죽는 것인가?

동생의 아픔도 친인들의 죽음도 복수하지 못한 채?

아냐! 절대 아냐!

난. 난. 난.

죽음 속에서 다시 태어났다.

탕! 탕! 탕!

세 번의 웅장한 울림이 나의 정신을 일깨웠다.

"그대가 기사들을 모두 죽인 천민이 맞는가?"

"…네."

프하이엄 왕국 수도의 대법원에 서서 수많은 참관인들로부터 둘러싸여 있는 나에게 한 자루의 검이 다가왔다.

"그대처럼 왜소한 이가 기사 다섯을 한꺼번에 죽인 그 힘을 지금 이자리에서 보여줄 수 있는가?"

나의 힘? 그딴 건 없다.

그건 내가 아닌 내 주위에 머물고 있는 사신의 힘이었다.

나는 손을 들어 앞에 있는 검을 잡았다.

그러자 그날 기사 한 명이 마을 사람들의 피가 묻은 더러운 검이라고 버리고 갔던 검을 잡았던 그 순간처럼 나의 몸에서는 무형의 힘이 솟아 나오기 시작했다.

"오오오! 세상에 태어나서 이런 믿기지 않는 광경을 보게 되다니!"

재판관의 외침 뒤로 참관인들의 얼굴이 하나같이 변해갔다.

그들이 놀라는 이유도 알지 못한 채 나는 그들의 동의 아래 다시 어디론가 이동했다.

그렇게 해서 도착한 곳이 바로 이곳, 기사들만이 쓸 수 있다는 연무장이었다.

"검술을 배워본 적이 전혀 없는데도 소드 마스터의 경지에 올랐다는 천재가 바로 네 녀석이냐?"

그 연무장에서 만난 삼십대 중반의 한 남자. 후에 알게 되지만 그는 그 당시 왕국에서도 단 여섯 명뿐인 소드 마스터 중 한 사람이었다.

"그리고 네가 프하이엄 왕국의 일곱 번째 소드 마스터란다. 십대의 나이에 소드 마스터라니, 굉장하군. 잘 부탁한다, 천재."

나는 기사가 되는 조건으로 기사들을 죽인 죄를 면하게 되었고, 평생을 왕궁 소속의 소드 마스터로 살게 되었다.

굶는 게 당연했던 예전과는 달리 항상 맛있는 음식을 배불리 먹고 따뜻한 곳에서 잠을 자며 백작이라는 작위와 높은 액수의 녹봉을 받았다.

하지만 이 모든 게 가족과 친인의 시체 위에서 이루어졌다는 사실이 나를 괴롭혔다.

무엇보다 가장 큰 문제점은 바로 검은 검 문양이 새겨진 갑옷을 입은 자를 보기만 하면 가끔씩 이성을 잃어버리는 것이었다.

왕궁에서 다섯 번째 왕국의 기사를 죽이게 되자 더 이상 방치할 수 없다는 결단을 내렸는지 다음날 나는 저 먼 전장으로 향하게 되었다.

"으아아아악! 어, 어머니!"

나의 검에 또 한 사람이 목숨을 잃었다.

나는 무표정한 모습으로 피를 털어내고 나의 보금자리로 돌아왔다.

나는 전장에 있는 것이 좋았다. 이곳에는 항상 죽음의 향기가 풍겨왔다. 아늑하고 그리운 가족들 같은 냄새가 말이다.

시간이 제법 흘렀다.

그사이에 프하이엄 왕국은 제국의 칭호를 가지게 되었다. 사람들은 나야말로 제국의 일등공신이라 칭해주었으나 내게 그런 것은 전혀 중요하지 않았다.

그러나 주위는 나를 가만히 놔두지 않았다.

내가 한번 검을 잡으면 내 주위에 있는 것은 그 누구도 살아남지 못했다.

나로 인해 그들은 자신의 나라의 인재와 영웅을 잃어야만 했고 또한 자신들의 고향을 잃어야만 했다.

그리고 어느새 나의 이름 앞에는 항상 프하이엄 제국 최강의 소드 마스터라는 명함이 함께 붙었다.

제국이 자랑하는 소드 마스터? 웃기는 소리다.

나는 제국이 싫다.

제국의 기사는 나의 가족과 친구를 모두 빼앗아갔다. 그런 내가 제국을 좋아할 리가 없지 않은가?

그런 나의 마음에 보답해 주듯, 제국은 다시 한 번 더 내가 가진 모든 것을 빼앗아갔다.

흔히 말하는 토사구팽이었다.

전장의 뒤에 꼭꼭 숨어 몸을 사리는 장군들에 비해 나는 언제나 병사들과 함께 죽음과 가장 가까운 곳에서 싸웠다. 단지 내가 좀 더 죽음과 가까워지고 싶었기에 한 행동이었으나 그 때문에 군에서 나의 신임은 갈수록 높아졌다.

그렇게 나는 권력을 가진 개들의 위험인자가 되어버렸다.

이왕이면 그들의 권력놀음에 낄 걸 그랬나?

그 어느 소속도 없던 나를 반란의 조짐이 있다고 고발하는 것은 손바닥 뒤집는 것보다 쉬운 일이었을 터다.

덕분에 나와 조금씩 친해진 동료들은 상부의 계책으로 인해 적군의 대대적인 기습을 받고 전멸에 이르렀다.

몇만의 죽음 속에서 나는 또다시 홀로 살아남았고 제국의 손에 나는 다시 모든 것을 잃어버렸다.

제국은 나의 생존을 용납치 않았다. 전장에서 이탈하여 살아남은 부하들에게 치료를 받고 간신히 도망쳐 간 곳은 죽음의 땅이라는 몬스터 랜드였다. 운 좋게 어느 산의 동굴 속으로 피한 나는 그날 밤 대지에서 빛나는 별을 보았다.

별처럼 반짝이는 돌은 그 하나하나가 전부 가족과 친구와 동료들의 영혼처럼 보였다.

내가 살아남은 이유는 무엇일까?

그토록 죽음에 가까워졌음에도 나만이 또 살아남은 이유는 무엇일까?

오랫동안 나를 괴롭히던 그 고민이 빛을 본 순간 모두 깨달았다.

나는 복수를 위해 살아남은 것이다.

그 누구도 쓰러뜨리지 못한 제국을 내가 무너뜨리는 것. 제국의 죽음이라는 존재가 되는 것이 바로 내가 살아난 의의라고 나는 생각했다.

나의 살육의 길은 멈추지 않았다.

오직 제국을 향해 일직선으로 향하는 동안 나를 막는 것은 그 무엇이든 박살 냈다.

그것이 민간인이든 병사든 병영이든 성이든 상관없다.

나의 앞길을 막는 것은 모조리 부수고 죽이고 베었다.

그런 나의 행동을 사람들은 마왕 강림이니 마왕의 행진이라는 등으로 표현하며 나를 듀라한 나이트라 칭했다.

듀라한 나이트.

그것은 미족의 저주를 받아 마계의 존재로 변한 기사를 뜻했다.

그들은 자신의 목을 스스로 잘라서 그것을 들고 다닌다.

손에 들린 얼굴은 푸르스름한 도깨비불 같은 빛을 띠는데 그 빛을 보게 되면 그 즉시 마계로 영혼이 빨려 들어간다고 사람들은 믿었다.

우연히 그 이야기를 듣던 나는 조소를 지었다.

만약의 경우를 위해 몬스터 랜드에서 캐내온 이 큼직한 마나석이 머리로 보였던가?

듀라한 나이트라. 왠지 마음에 든다.

살아 있으나 죽은 것과 다름없는 나와 죽어서도 살아생전의 명예를 지키려는 듀라한 나이트.

나는 그들이 원하는 대로 듀라한 나이트가 되어주었다.

슬슬 나는 지쳐 갔기에 허리춤에 매달아놓은 마나석을 담은 주머니를 손에 얹고 밤에만 제국을 향해 나아갔다.

이십여 개의 관문과 성을 돌파하는 도중 많은 상처를 입고 주저앉을 뻔도 했으나 그럴 때마다 먼저 죽어간 이들의 응원 소리가 들려왔고 나는 일어설 수 있었다.

도대체 내가 지닌 힘의 끝은 어디일까?

나를 죽이기 위해 덤벼들던 세 명의 기사의 검을 피할 필요도 없이 한 손으로 세 사람의 몸을 검과 함께 베어버렸다.

지금껏 나는 단 한 번도 체계적인 검술을 배운 적이 없었다.

단지 몸이 움직이려는 방향으로 검을 갖다 대기만 할 뿐. 그것만으로 나는 앞을 가로막는 모든 것을 베어버릴 수 있었다.

닿는 것은 모두 죽는다. 그렇기에 무적. 그렇기에 최강이었다.

인간이 이렇게 강해질 수가 없다.

그래서 스스로도 자신의 힘이라 생각한 적 없다.

이 힘은 인간의 영혼을 모으는 것이 취미인 사신이 많은 영혼을 가지기 위해 자신에게 빌려준 힘이다.

그렇게 생각할 뿐.

듀라한 나이트라 불리며 거대한 제국을 공포로 물들인 나의 행로의 끝은 아쉽게도 수도를 눈앞에 두고 끝을 맞이하게 되었다.

제아무리 강했던 나의 힘도, 지치고 상처 입은 몸으로 여섯 명의 소드 마스터를 동시에 상대하는 것은 불가능했다.

나의 삶은 몸에 꽂힌 여섯 자루의 검과 함께 끝을 맞이하게 되었다.

의식이 점점 사라지는 순간에 어째서인지 메말랐다고 생각한 눈물이 흘러내리기 시작했다.

'어째서 나는 이 힘을 조금만 더 빨리 알지 못했을까? 이 힘을 일찍 사용했더라면 나는 내 사랑하는 사람들을 지키기 위해서만 사용했을 텐데.'

하지만 이미 모두 끝난 일.

나는 강했지만 너무나 약했다. 그래, 단지 그것뿐이었다. 만약 내세
라는 것이 있다면 나는 강한 사람으로 태어나고 싶다.

그 누구도 상대하지 못하는 절대의 힘을.

나를 위해서도, 과시하기 위해서도 아닌 소중한 사람들을 지키기 위
해서.

서서히 죽음이 나를 반기는 동안 절실히 빌고 또 빌었다.

제14장
시작, 그리고 끝

시작이 있기에 끝이 있다.
끝이 있었기에 새로운 시작이 있다.
모든 사건의 시작과 그에 관한 결말은
또다시 새로운 이야기의 시작점이 되었다.
영원이 끝나지 않는 뫼비우스의 띠처럼.

"로빈이 황자라니. 이게 무슨 자다가 와이번 떨어지는 소리인지."

골치가 아픈 듯 머리를 어루만지고 있는 테카. 그리고 옆에서 테이번 역시 고개를 흔들 뿐이었다.

"로빈이 정말 황자인지는 모르시반, 최소한 관세가 없다고는 못할 것 같군요. 리켈푸스님은 어떻게 생각하십니까?"

리켈푸스는 자신의 앞에 놓여 있는 황제의 어릴 적 초상화 사본을 바라보며 말을 이었다.

"닮았습니다. 하지만 너무 닮았군요. 아버지와 아들이라기보다 바로 그 본인이라고 생각해도 좋을 만큼 말입니다."

"네에?"

"네에?"

왠지 들어서는 안 될 말을 들은 것 같은 기분으로 함께 놀라며 되물었다.

"십 년도 더 오래전의 일입니다. 제국은 한때 도플갱어 사건이라는 불가사의한 사건으로 인해 골치를 썩이고 있었지요."

십 년도 전의 일이라면 테카나 테이번 두 사람 모두 스스로의 발전을 위해 정신없이 바빴을 무렵이다.

그나마 제국 출신의 테이번은 곧 그 사건에 대한 기억을 떠올릴 수 있었다.

"도플갱어 사건이라면, 어느 날 갑자기 사라진 어느 집안의 가장이 한참이 지난 후에 세 명이 되어 나타난 그 미스터리한 사건 말씀이시군요. 결국 그 셋이 가족들 앞에서 서로를 찌르고 모두 죽어버리면서 사건은 더욱 미궁에 빠지고 말았던 것으로 기억하고 있습니다."

"그래서 도플갱어인가요?"

테카는 등 뒤가 섬뜩해졌다.

"그 사건으로 인해 크게 다뤄지지는 못했으나 실은 그쯤에 비슷한 사건들이 많이 발생했습니다. 예를 들면 실종되었던 가족이나 친우의 모습을 한 장소에서 두 번씩 보았다거나, 알 수 없는 병으로 노예나 노숙자들이 떼지어 죽었다거나, 유난히 부분적으로 기억을 잃어버린 부분 기억 상실증 환자가 부쩍 늘었다는 등등. 겉으로 보기에는 전혀 관계없는 사건들이라 할 수 있지만 그들은 묘한 공통점을 지니고 있었습니다. 그 공통점이란 바로 짧게는 삼 일, 길게는 몇 달간 행방이 묘연했었다는 것이지요."

"혹 납치의 가능성입니까?"

테카의 질문에 리켈푸스는 고개를 끄덕이며 긍정을 표했다. 그러나 이야기는 아직 끝나지 않았다.

"더 이상한 것은 그때 실종되었다가 되돌아온 사람들 중에서 오십여 명이나 되는 이들이 얼마 살지 못하고 죽었다는 겁니다. 전체 인구 수에 비하면 아무것도 아닐지 몰라도 이 사건에 휘말린 사람들 중 절반이 넘는 수치였지요. 이것을 눈치챈 제국 가드(Guard)들은 비밀리에 조사반을 조직했고 그 결과 놀라운 사실이 발견되었습니다. 그 죽은 오십여 명의 시체를 해부하니 안에는 당연히 존재해야 할 장기가 하나같이 절반 이상 존재하지 않았던 겁니다. 하지만 아무런 공통점도 증거도 남아 있지 않은 시체의 연속이기에 결국 그들은 아무것도 알아낼 수 없었습니다."

"어떻게 그런 일이……."

"당시 노숙자들에게 자원 봉사를 하던 도중에 저도 알게 된 사실이랍니다. 이 그림을 본 순간 어쩐 일인지 그 사건이 가장 먼저 떠오르는군요."

한번의 실패는 곧 죽음을 맞이하는 비즈니스의 세계에서 이미 몇십 년째 부동의 1위를 차지하고 있는 리켈푸스의 직감은 결코 무시할 수 없었다.

그때 노크 소리와 함께 문밖에서부터 총관 겸 집사인 칼트의 목소리가 들려왔다.

"주인님, 지금 베이호크 폰 에딕 공작님께서 만남을 원하고 계십니다. 어떻게 할까요?"

베이호크 폰 에딕 공작의 갑작스런 등장은 난해한 이 구도에서 어떠한 변화를 가져올지 상상조차 할 수 없었다.

단 한 명 리켈푸스만을 제외하고 말이다.

"아마 마지막 퍼즐 한 조각이 지금 막 도착한 것 같군요."

저 왜소하기 짝이 없는 몸이 태산처럼 웅대하게 느껴졌다.

사람에게는 저마다 그릇이라는 게 있다.

그 그릇에 따라 인간은 다스리는 자와 다스려지는 자로 나누어지게
되는 법.

육체적인 능력으로 보면 이제 살날이 얼마 남지 않았을 것 같은 힘
없는 늙은이에 불과하지만, 두 사람은 똑똑히 그릇의 차이를 느낄 수
있었다.

죽었다 깨어난다 해도 눈앞의 이 사람을 이길 수 없다는 불변의 진
리를, 그리고 왜 자신들이 이곳에 남아 있는지 스스로도 자각하지 못하
고 있던 그 진실을 말이다.

이십 년 전, 어느 이름도 없는 산촌의 동굴에서 작은 발견이 있었다.
최초의 발견자는 인근 마을에 살고 있던 중년의 남자.

처음에는 단순히 대형 몬스터의 화석이라고 생각한 그는 제법 괜찮
은 값에 팔 수 있을 거라는 생각으로 잘 알던 광부 친구 두 명과 함께
그 화석을 파내기 시작했다.

그때, 단순한 우연인지 아니면 건드려서는 안 될 부분을 건드렸는지
동굴이 붕괴되기 시작했다.

그곳에서 기적적으로 살아남을 수 있던 세 사람. 그들의 눈앞에 모습
을 드러낸 것은 좁은 동굴 안에 존재하던 어마어마하게 거대한 공동(空
洞)의 세계와 그 한편에 있던 이 세상에서 가장 거대하고 강한 폭군의
잔해였다.

드래곤은 원래 죽으면서 자연으로 귀속된다고 한다.

그러나 그것은 의지로서 맞이하는 죽음에 의한 것일 뿐.

누군가에 의한 강제적인 죽음으로 인해 죽은 드래곤의 육체는 그대로 이 세상에 남게 된다.

당시 이 놀라운 발견을 알게 된 수뇌부들은 최초 발견자는 물론이고 그 일대에 존재하는 모든 마을에 전염병이라는 핑계를 대고 마을은 물론 사람과 가축, 모든 것까지 폐기시켜 버리면서 극비리에 제국과학연구소로 가지고 오는 데 성공했다.

그러나, 제아무리 뛰어난 원석이라도 그것을 가공하려면 그에 걸맞는 장인이 있어야 하는 법.

거기에 선택된 자가 바로 레이오스라는 이름의 학자였다.

당시 레이오스는 ‘슬레이브와 인공인간’ 에 대한 연구를 하고 있었다.

그는 슬레이브는 신이 만들어낸 축복이 아니라 고대 인간이 만들어낸 무기에 불과하다고 주장했다. 그리고 고대 인간이 그들을 만들어냈다면 지금의 우리들 역시 그 슬레이브와 같은 존재를 만들지 못할 리가 없다는 게 그의 생각이었다.

때마침, 이 드래곤의 잔해를 어떻게 하면 유용하게 쓸 수 있을까에 고민하고 있던 황제는 직접 학자들을 선별하는 과정에 자신의 이상에 가까운 무엇인가를 연구 중인 레이오스를 불러 현자로 임명하고 그가 행하는 모든 연구에 지원을 아끼지 않았다.

목표는 슬레이브와 같은 인공 생명체의 탄생.

그것도 궁극에 가까운 완벽한 인간을 스스로의 손으로 ‘창조’ 해 내는 것.

식지 않은 열의와 집념은 착실히 제기되는 문제점들을 하나씩 하나씩 없애가며 순조롭게 진행되어 갔다.

이것이 바로 Prince 프로젝트의 시작이었다.

엄밀히 말한다면 슬레이브란 정말 쓸모없는 무기다.

무기란 상대방을 베어버리고 싶을 때 베고 주인이 뜻한 바대로 움직일 때야말로 비로소 그 가치가 있다. 제아무리 강력하다고 해도 쓰고 싶을 때 쓰지 못해서야 그것은 의미가 없다.

아마도 그것은 고대 인간이 만들어낸 최후의 안전 장치라 예상되나 레이오스에게 있어 이런 것은 자신이 생각하고 있는 궁극의 최종 진화형 인간 프로젝트에서 따와 속칭 왕자라 칭한 이 궁극의 생명체에게는 아무런 쓸모가 없었다.

슬레이브를 모티브로 하되, 무(無)라는 출발선에서부터 달리기 시작한 연구는, 제아무리 많은 연구 자금과 재료가 존재한다고 해도 쉽게 끝이 보이지 않았다.

그 도중에 드래곤의 잔해는, 이것이 없었다면 연구 자체가 불가능해졌을 정도로 큰 도움이 되었다.

이미 인간과는 비교도 할 수 없는 진화를 이루어낸 중간계 최강의 존재.

화석에서 추출한 강력한 마나 에너지와 유전 정보는 무에서부터 생명을 창조시키는 기적을 가능케 해주었다.

그 다음으로 눈을 돌린 것은 바로 영웅[Hero]인자였다.

제국은 넓은 땅 덩어리와 오랜 역사답게 뛰어난 인재들을 배출시켰다.

그중에는 정말 인간임이 믿어지지 않을 정도로 뛰어난 자들도 적지 않았는데 그들이야말로 현 제국을 세운 일등공신들이라 할 수 있었고 사람들은 그들을 가리켜 제국의 영웅이라 칭송했다.

허가는 금방 내려졌다.

이미 드래곤의 뼈와 화석에서 유전자와 생명력을 빼내올 정도의 기술력을 지니고 있었고 또 영웅들은 황가의 묘지에서도 역대의 황제와 마찬가지로 얼음의 마법으로 보호되고 있었기에 그 사체의 손상도가 적은 터라 작업은 순조로웠다.

인간을 초월한 몇몇 영웅들의 유전자와 드래곤의 조합은 지금까지와는 비교도 할 수 없는 강력한 세포를 생성시켰다.

그러나 생명 창조란 신께서만 할 수 있는 금기라는 듯이, 실험은 매번 될 듯 말 듯한 상황에서 아슬아슬하게 실패로 끝났다.

레이오스는 수백 번의 실패 속에서도 포기하지 않았다.

언제나 자신을 지지해 주는 황제와 친구에게 자신이 탄생시킨, 그 누구보다 뛰어나고, 그 누구보다 강한 자식을 하루빨리 보여주고 싶었다.

그리고, 폭풍이 거세게 몰아치던 그날 밤. 기적은 벌어졌다.

검은 구름으로 뒤덮여져 있으나 비 한 방울 내리지 않은 날, 묘하게도 거대한 벼락만이 제국과학연구소를 중심으로 거세게 몰아치고 있었다.

신의 위엄에 도전한 인간들에게 내리는 단호한 처벌이었을지도 모른다.

번쩍!

지금껏 본 것 중에서 가장 거대한, 마치 신의 창과도 같은 벼락이 제국과학연구소 전체를 뒤덮었다.

이것이 운명이라면 어쩔 수 없다고 포기하고 있던 레이오스의 눈에

묘한 광경이 보였다.

여태껏 자신들이 '자궁'이라 부른 수많은 생명이 창조되다가 도중에 죽어버린 그곳에서 아직은 엄지손가락 크기밖에 되지 않은 작은 생명체가 꿈틀거리고 있었던 것이다.

이것이 왕자라는 코드명으로 칭하던 궁극 생명체의 탄생이었다.

끝내, 그의 연구는 성공하지 못했으나, 우연이라는 이름 하에 최후의 결실만은 열매를 맺으며 P프로젝트는 성공적으로 끝이 나는 듯 보였다.

사람들의 축하와 격려 속에서 레이오스는 아이의 이름을 지어주었다.

그 이름은 피닉스.

P프로젝트의 첫 번째 알파벳에서 따왔으며 동시에 그 누구보다 강하고 오래 살도록, 이라는 뜻이 담긴 이름이었다.

이 년간 피닉스는 무럭무럭 자라났다.

레이오스에게는 과거 우연히 얻은 하나의 슬레이브가 있었다.

그 슬레이브의 이름은 위시(Wish). 하나 외모도, 가지고 있는 능력도 변변치 않아 보이는 그녀는 언제나 하녀 이상, 레이오스의 딸 이하로 잡무를 도와주곤 했다.

그녀는 그 누구보다 피닉스와 잘 어울렸다.

연구원 중에서 단 한 명의 모성애를 가지고 있는 존재인 탓인지 그녀는 그 누구보다 피닉스의 옆에 오래 있어주고 연구원들이 모두 자리를 비우면 홀로 남아 자장가를 들려주곤 했다.

"당신께 내 모든 걸 주고 싶어. 아파하지 말아요. 나는 여기 있으니까. 그대를 닮은 이 하얀 장미를… 날개를 달고 하늘 저 멀리로 그대와 함께 갈 수만 있다면, 좋을 텐데."

그 아름다운 노래란.

겉모습은 쉽게 볼 수 있는 하급의 슬레이브로밖에 보이지 않지만 노래 실력만큼은 상급 슬레이브 못지않았다.

과거 자신이 친구를 죽이고 텐텐 산 근처에서 아기의 행방을 찾지 못한 것에서부터 노트에 남겨져 있던 기록까지 모든 이야기를 듣게 된 리켈푸스와 테카, 그리고 테이번은 너무나 큰 충격에 무슨 말부터 해야 할지 쉽게 떠오르지가 않았다.

"그, 그렇다면 로, 로빈은……?"

"쉽게 말해서 그 아이는, 친구의 자식은 인공인간이오. 무에서부터 만들어진 인간. 단, 그를 이루고 있는 육체와 잠재력은 아마 괴물을 능가하겠지만."

레이오스가 남긴 책에 의하면, 제국 최초의 현자이자 오백 년이 지난 이후 아직도 그를 능가하는 사람은 없다고 전해져 신이 내린 두뇌라 칭해시는 현사부터 십대의 나이로 소드 마스터가 되었나는 영웅에 이르기까지 이름만 대도 제국 시민의 절반 이상이 모두가 고개를 끄덕이며 칭송할 영웅들의 유전자가 전부 로빈 한 사람을 이루고 있었다.

그 수만 해도 39인.

거기다가 마지막에 나와 있는 이름은 특히나 경악을 자아내게 만들었다.

"제국 9대 황제. 카이젠 프하이엄… 세상에!"

"다 죽어 있는 인간들에 비해 가장 많은 양의 샘플을 확보하는 것이 가능했던 탓인지 피닉스는 그 누구보다도 황제 폐하와 유사했다고 기록에는 남겨져 있소. 하지만 모든 것은 진정한 목적을 위해 조작되어진 것. 황제 폐하와 현 현자 라이오트가 외모만 보고 로빈을 그때 그 사건의 유산이라 판단한 것은 우연이 아니었던 게지. 하지만 더 충격적인 이야기는 지금부터요."

피닉스가 안정적으로 성장을 해가고 있을 때, 레이오스는 황제를 배알하는 곳에서 뜻하지 않은 자와 만남을 가지게 되었다.

그는 바로 다름 아닌 과거에 자신과 의절하고 말았던 동생 라이오트로 그곳에서 그는 충격적인 사실을 듣게 되었다.

P프로젝트는 처음부터 두 개로 나누어져 있었다고 황제는 그에게 말했다.

하나는 레이오스를 중심으로 이루어진 궁극의 생명체 탄생.

Prince project.

또 하나는 라이오트를 중심으로 이루어진 불로불사의 비법과 복제인간에 관한 연구.

Phoenix project.

그 두 개의 프로젝트가 하나로 합쳐지면서 나타난 진정한 P프로젝트의 정체는 바로 영구불변의 삶이었다.

Permanence project.

불로불사라 하면 허무맹랑한 이야기라 생각할지 몰라도 그것은 절대 꿈만은 아니었다.

저 쥬신이라는 나라의 여왕이 그러하고 그 여왕을 보호하는 십화랑이라는 인간을 초월한 무신들이 또한 그러했다.

황제는 누구보다 앞을 바라보고 있던 사람이었다.

아이가 황제의 데이터와 거의 일치한 반응을 보인 것은 절대 우연이 아니었다.

아이는 무에서 태어났으나 황제의 수작에 의해 또 하나의 자신, 복제 인간이나 다름이 없었다.

그때 레이오스는 알 수 있었다.

이것은 황제가 만들어낸 거대한 한 편의 시나리오라는 것을.

"상상을 초월하는 재능과 힘을 지닌 존재를 만들어, 마치 옷을 갈아 입듯 늙은 육체를 버리고 새 육체를 얻는 것. 그리고 그 힘을 원동력 삼아 대륙을 통일하겠다는 야망. 이것이 십삼 년 전 바로 황제 폐하의 생각이었소."

삼대공작가 중 한 가문의 가주이자 근위대 사령관이라는 자리에 위치한 에딕 공작의 목소리가 희미하게 떨려왔다. 아무리 몰랐다고 해도 그것은 스스로 알려고 하지 않아서일 뿐. 알려고만 했다면 얼마든지 알 수 있었을 터였지만, 끝내 그는 스스로 눈을 감았고 귀를 틀어막았고 그 결과 그의 손으로 친구를 죽여야만 했다.

"혼을 바꾸는 게 가능한 일입니까? 또 만약 그게 가능하다면 어째서 십삼 년간 황세는 사신의 다른 복세 인간을 만들 생각을 하지 않았던 걸까요?"

테카의 예리한 질문에 답한 것은 리켈푸스였다.

"그것이 혹 십 년 전에 벌어진 도플갱어 사건과 관련이 있다면 잘 맞아떨어지겠군."

번쩍 하고 하나의 생각이 모두의 머리를 스쳐 지나갔다.

실종자. 얼마 되지 않은 귀환자. 그중에서도 얼마 살지 못하고 죽음을 맞이한 자.

"그렇소이다. 그 이유의 답은 아주 간단, 복제의 기술은 완벽하지 못했기 때문이오. 그중에서 유일한 성공작인 그 아이는 자취를 감춰 버렸지. 이성을 잃은 황제 폐하는 그런 식으로 다른 복제 연구에 박차를 가했으나 수천에 달하는 피해자를 내도 결국 성공하지 못했을 것이오."

"그럼 이제 마지막 의문만이 남는군요. 왜 전 현자께서는 로빈을 데리고 도망쳤던 것일까?"

이야기 도중 테카는 계속해서 의문이 생겨났다.

한 왕이 꾸준히 오랫동안 정치를 해야 그 나라가 더욱 풍요로워지는 법이다.

더구나 황제의 꿈은 대륙 통일. 굳이 황제파가 아닐지라도, 성직자가 아닌 이상은 은근히 기대되는 것이 사람 심리다.

사람은 너나 나나 할 것 없이 힘에 취하는 존재다.

힘에 울고, 힘에 웃고. 힘만을 갈구하며 결국 힘에 의해 죽는다.

자신이 속해 있는 나라가 더욱 커지고 더욱 부흥해지는데 누가 싫어할까? 게다가 이미 엄청난 전력이 숨겨져 있는 제국은 이제 포화상태(飽和狀態)에 달해 있고, 꾹꾹 닫아놓기만 해서는 곰팡이가 스는 법이었다.

"그 답은 이미 앞에 여러 번 나왔네. 그렇지 않습니까, 리켈푸스님, 공작님?"

두 사람은 함께 고개를 끄덕였다. 말 그대로 답은 몇 번이고 나왔다.

"현 황제 폐하는, 미쳤소이다. 그리고 지금 과거로 사라지려던 시나리오의 연장선이 재현되고 있소."

제3황자라는 존재의 스캔들은 제국의 황제에게 있어서 귀족들에게 잡힐 약점이 될지도 모른다.

그 리스크를 안고서라도 제3황자의 존재를 선포한 이유에 관해 대부분의 사람들은 둘도 없을 부성애라고 칭송하기 바빴다.

하지만 그 모든 것이 알맞은 눈 가리개에 불과했던 것이다.

밖의 일을 잘해내려면 가정부터 다스려야 하는 법.

황제는 이미 자신이 완성체의 몸을 빼앗은 후의 일마저 모두 정리해놓고 있었다.

먼저 정체도 알 수 없는 완성체를 제3황자로 임명하면 많은 귀족들의 반발이 생길 것은 당연했다.

누군가 말했다. 배부르면 자고 싶은 게 동물, 남을 물어뜯고 죽이는 동물들도 배가 부르면 얌전한 법인데 인간이라고 다를 게 없었다. 스캔들의 약점은 분명 귀족파들에게 있어 상당히 맛 좋고 배부른 음식이었을 터.

하나 황제는 더욱 제 무덤을 파는 척, 상아궁이라는 역대 황제들만이 들어갈 수 있었던 궁에 제3황자를 보내면서 일순간에 유력한 황제 후보로 탈바꿈시켰다.

"이미 황제 폐하는 제1황자와 제2황자를 처리할 것은 물론이고 현재 대대적인 토벌을 준비 중이오. 이 노트를 본 후 부하를 시켜 확인해본 결과, 변경 쪽에 위치한 이름도 알 수 없는 작은 영지에서 수많은 병사들의 움직임을 포착했소. 그 토벌의 중심은 다름 아닌 삼대공작가 중에서도 황제 폐하께 충성을 바친 에딕 가를 제외한 두 개의 가문. 그분께 있어서는 개국공신이라는 이름 하에 자신의 권력의 절반 가까이를 좀먹고 있는 벌레에 지나지 않은 자들과 그들을 따르는 모든 자들을 처단할 생각이외다."

제국 전체에 불어닥칠 거대한 피바람뿐만이 아니라 그 이후, 대륙

통일이라는 이름 하에 전 대륙에 닥쳐올 결말까지 예상되는 것은 삼척동자도 할 수 있는 일이었다.

가히 두렵기 짝이 없는 일이었다.

"이미 예상하고 있겠지만, 내가 이곳에 와서 이런 이야기를 전부 털어놓은 것은 그대들의 도움을 절실히 바라고 있기 때문이오. 나와 나의 기사단이 그 아이를 구해내 오겠소. 그리고 제국에 남아 시간을 버는 동안 부디 그 아이가 돌아가야 할 곳으로 되돌려 보내주시오."

황제를 거역한다는 것이 제국을 거역한다는 사실임은 두말할 필요도 없다.

이 결단을 내리기 위해 그는 얼마나 괴로워했을까? 말하지 않아도 뼈저리는 고통이 절로 느껴졌다.

"알겠습니다. 저도 제 친우와 아이를 무사히 고향으로 돌려보내 주겠다고 약속을 했습니다. 이 늙은 목숨을 다 바쳐서라도 당신을 도와드리겠습니다."

"고맙소."

마주 잡는 두 손. 그것을 바라보는 두 사람은 어깨를 으쓱거리면서 고개를 설레설레 저었다.

"아니요, 리켈푸스님은 참여하실 필요가 없습니다."

"늙으신 분께서 또 어딜 뛰쳐나가려고 하십니까? 더 이상 다른 분들이 걱정하기 전에 가만히 집에 앉아 계십시오. 도망이 목적이라면 한 사람분의 무게라도 줄여야 합니다. 이것은 어디까지나 저희 둘의 독단적인 판단입니다."

구구절절 옳은 말에 리켈푸스는 할 말을 잃고 두 사람을 바라보았다.

목숨이 열 개라 해도 위험한 일을, 엄밀히 따지면 아무런 상관도 없는 그들이 선뜻 하겠다고 나선 것이다.

말린다고 해서 그만둘 사람들도 아니고, 자신 같은 늙은이보다야 백 배는 더 도움이 된다는 현실적인 문제에 아무런 말조차 할 수 없었다.

"…이 세상에 둘도 없는 용사들의 이름을 내게 가르쳐 줄 수 있겠소?"

"제 이름은 테카. 대마법사 카이레스님의 제자입니다."

"저는 테이번이라고 합니다. 그냥 자유기사에 불과합니다."

"테카, 테이번. 그 이름, 영원히 기억하겠소이다."

그때였다.

밖에서부터 비명 소리가 들려오며 갑자기 소란스러워지더니 쾅! 하는 소리와 함께 영접실의 문이 활짝 열렸다.

두두두두두 —

그리고 쏟아져 들어오는 기사들.

순식간에 네 사람을 빙 둘러 포위한 기사들이 복도를 따라 만들어놓은 길에서부터 황금색의 갑주를 입은 남자가 걸어오고 있었다.

"사령관님께서 이곳에 계시다니 신기한 일이군요."

"카이트 마이더스. 이곳에는 어쩐 일이지? 나를 잡으러 왔나!"

비장함이 서려 있는 말투로 작게 으르렁거린다. 그리고 동시에 수많은 전사들의 목을 물어뜯은 검에 손을 갖다 대었다.

제국의 검호라고까지 불리는 몸이다.

제아무리 젊은 장수 중 최강의 칭호를 가진 카이트라 할지라도 아직은 상대하기에 부족함이 있었다.

"오해가 있으신 것 같군요. 저는 이번에 탈세 혐의가 있는 리켈푸스님을 연행하여 몇 가지 조사할 것이 있기에 온 것뿐입니다."

탈세 혐의 따위로 근위대 대장이 직접 찾아온다는 농담은 일찍이 들어본 적이 없었다.

"마찬가지로 거기 계신 두 분께서는 라인벨츠 가문의 사병들을 이유 없이 살해한 죄목이 있으십니다. 곧 라인벨츠 가문의 백작님도 불려와 사실 증명을 할 예정이니 아무쪼록 얌전히 따라와 주시면 감사하겠습니다. 난전 속에서 당신들의 목숨을 보장해 드릴 수 있을 정도로 저는 아직 강하지 못합니다. 얼마간만 가만히 지정해 준 장소에서 머물러 주시기만 하면 됩니다. 시간은 일주일 정도가 걸리겠지만요. 그리고 보니, 공작님께서도 자택에서 나오지 말라는 황제 폐하의 황명이 있었습니다. 이참에 제가 저택까지 안내해 드리겠습니다."

일주일만 지나면 세상이 뒤바뀐다. 마치 그렇게 말을 하고 있는 것 같다.

손을 가볍게 들자, 수많은 기사들이 일제히 검을 뽑아 들며 한 걸음, 한 걸음 다가왔다.

중무장한 상태로 포위해 오는 기사들의 존재감은 실로 거대했다. 하나 이쪽의 전력도 하나같이 범상치 않았다.

"바람의 벗이여, 우리들의 주위로 그 어떠한 존재도 다가오지 못하도록 보호해다오. 에어 배리어!"

지팡이도 없이 두 손을 동그랗게 모았다가 양옆으로 확 펼쳤다.

위잉! 파앙!

"크어억!"

"으악!"

동그랗게 포진하고 있던 기사들이 전부 큰 충격을 받으며 사방으로 튕겨 날아갔다.

"마, 마법 결계(Anti—magic Shell)가 있는데 어떻게!"

"삼계 마법의 원칙에 따라 질서 계열에 속해 있는 마법 결계는 자연 마법에 무력하다는 것입니다. 마법사들에게는 상식이지요."

이 대륙의 존재하는 모든 생명체는 질서, 혼돈, 자연 이 세 개의 속성 중 하나에 속하게 되고 그에 따라 자신이 지닌 속성에 맞는 마법만을 사용할 수 있는데 자세한 것은 다음과 같다.

첫째, 질서 마법이란 과거 신들이 자신들을 믿고 따르는 이들에게 내려준 것으로 빛 종족의 성직자 계열과 인간들이 사용할 수 있는 마법이다.

질서 마법의 진정한 무서움은 슬립(Sleep) 마법이나 홀리 밴드(Holy band)처럼 적을 꼼짝 못하게 만드는 마법처럼 상황에 따라 공격 이상의 효과를 발휘하는 마법은 물론이고 질서의 화살 같은 공격 마법에서부터 상급 혼돈의 존재를 한번에 파괴할 수 있는 광범위 마법까지 그 종류와 쓰임이 아주 다채롭다는 데에 있다.

둘째, 혼돈 마법.

혼돈 계열에 속하는 마족 혹은 몬스터들이 사용할 수 있는 마법이었으나 인간과 계약을 맺은 마족들에 의해서 인간들도 가지게 되었는데 이는 인간이 이 세계에서 유일하게 질서, 혼돈, 자연 이 세 가지의 속성 모두를 가지고 있기 때문이다.

혼돈 마법은 아주 강력한 공격 마법이 대부분이고 동시에 양날의 검이라고 할 만큼 술사 본인에게도 위험을 주는 마법이 많이 존재하고 있었다.

사람들이 흔히 알고 있는 파이어 에로우(Fire arrow), 파이어 볼(Fire ball) 등이 아주 대표적인 혼돈 마법이며 한 나라의 수도조차 파괴시킬

만큼 강력한 마법은 물론이고 그 유명한 메테오(Meteo)라는 이름의 운석 낙하 마법도 혼돈 계열에 속해 있는 마법이다.

마지막으로, 자연 마법은 다른 이름으로 정령 마법이라고도 부른다.

자연 마법은 엘프를 비롯한 고대 종족들이 즐겨 쓰던 마법으로 물, 불, 바람, 대지, 천둥 이 다섯 가지의 원소[Elemental]를 중심으로 쓰는 마법이다.

비교적 명확한 형태를 지니고 있는 질서 마법이나 혼돈 마법과는 달리 자연 마법은 대개 그 모습이 불명확해서 자연 마법을 모르는 사람들에게 상당한 공포심을 자극해 주기도 했다.

손에서 화염이 나가거나 흙의 정령이 다리를 잡는 등등의 마법이 대표적이며 정령을 불러내 도움을 받으면 하늘을 날거나 야외에서도 쉽게 물을 끓일 수 있다고 전해진다.

세 속성의 마법은커녕 하나의 속성을 제대로 익히는 것조차 힘든 것이 현실이었지만, 테카는 혼돈과 질서 말고도 이 자연 마법을 전수받을 수 있었고 그 덕에 아직 사십도 안 된 나이로 탑메이지의 칭호를 받을 수 있었다.

지금처럼, 손바닥 위로 파란 불꽃을 만들어서 나타났다 사라졌다 손장난을 치는 모습은 맞서고 있는 자들에게는 커다란 두려움을 안겨주기에 충분했다.

자연 마법. 과거 엘프나 페어리들처럼 정령들과 친한 자들만이 쓸 수 있다는 자연 마법을 계승한 마법사가 아직도 남아 있을 줄은 생각도 못했다는 표정이 역력하게 드러났다.

"대단한 심복들을 두셨군요, 리켈푸스님. 하지만 이대로라면 저는 평화적인 방법이 아닌 다른 방법을 취할 수밖에 없습니다. 예를 들면

이 저택에 존재하는 모든 사람을 죽이고 불태우는 방법은 어떻겠습니까?"

"네 이놈!"

테이번이 분노하며 소리쳤다.

리켈푸스가 슬쩍 창밖을 바라보자 밖에는 세기 힘들 정도의 엄청난 수의 기사가 저택 주위로 거미줄 같은 진을 치고 있었다.

절망적이다.

고작 네 명에 불과한 자들을 막는 데 동원된 숫자치고는 어리석기 짝이 없으나 이것만으로 황제의 필사적인 각오와 뜻을 짐작할 수 있었다.

그 어떤 불안 요소도 완전 배제시키겠다는 것.

"허허, 어쩔 수 없군요. 카이트님께 제 신변을 맡기도록 하겠습니다."

"현명한 선택을 하셨습니다. 비록 임무를 위해서였다 해도 무례한 말투를 사과드리겠습니다."

리켈푸스의 투항으로 결국 모두 찢어지게 된 그들.

로빈의 일을 떠올리면 안타깝지만, 이제는 자신들의 목숨도 보장받지 못하는 신세가 되어버리고 말았다.

제15장

에쎄

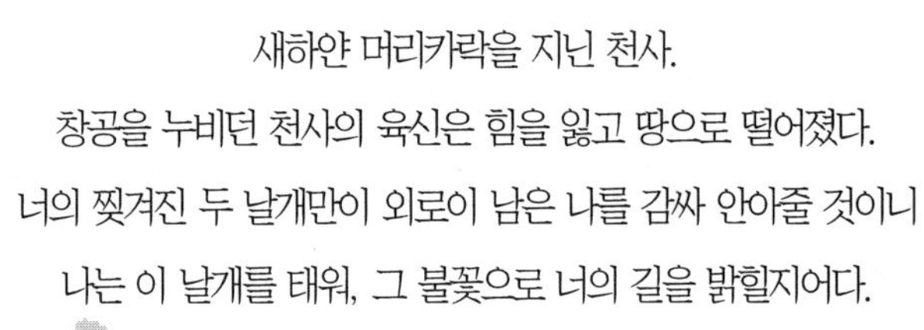

새하얀 머리카락을 지닌 천사.
창공을 누비던 천사의 육신은 힘을 잃고 땅으로 떨어졌다.
너의 찢겨진 두 날개만이 외로이 남은 나를 감싸 안아줄 것이니
나는 이 날개를 태워, 그 불꽃으로 너의 길을 밝힐지어다.

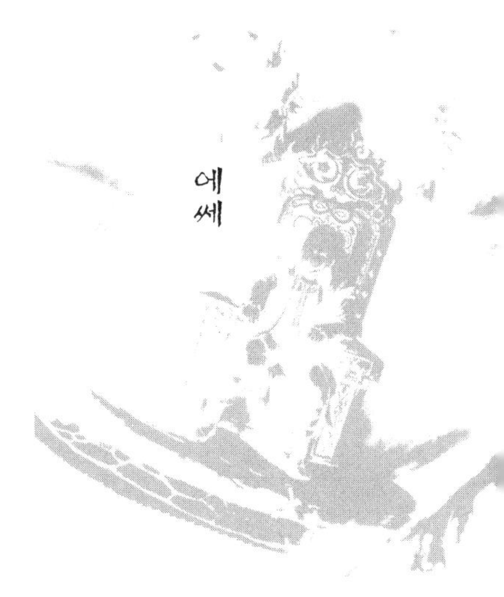

"으하아암! 나이가 들었나. 이제는 야간 근무도 힘들구만."

은도끼 두령은 투덜거리며 품속에서 물통을 꺼내 뚜껑을 열고 벌컥 벌컥 들이켰다.

"카아, 좋다. 물맛 한번 좋구만. 으잉? 뭐야?"

위화감의 정체는 다름 아닌 자신의 부하들이었다. 하나같이 도끼눈을 하고 바라보는 모습이 심상치 않았다.

"은도끼 두령님, 그거 술 아니에요?"

"무, 무, 무슨 소리야! 이, 이건 물이야! 물!"

"당황하는 게 영 수상한데 말이야."

"벌겋게 변한 얼굴로 물이라고 주장해 봤자 설득력이 떨어진다죠."

"허업, 이 새파랗게 어린 녀석들이. 왜 그렇게 사람을 못 믿어, 못 믿긴."

끝까지 발뺌하는 태도에 다시금 부하들의 눈초리가 강해졌다.

"그럼 물통 줘보세요. 크흠, 왜 이렇게 갑자기 목이 탄다냐."

"나도, 나도. 아까부터 목이 말랐는데 잘됐네."

"설마, 다 마셨다는 말은 안 하시겠죠. 찰랑거리는 소리 분명히 들었습니다. 물이 아까워서 안 줄 리는 없고……."

"허허, 이것들이 오늘따라 전부 왜 이렇게 진드기 같아? 어이쿠, 어느새 시간이 이렇게 지났냐? 내가 순찰 돌고 오마."

결국 도망가는 것을 선택할 수밖에 없었던 은도끼 두령은 뒤도 돌아보지 않고 방책에서 뛰어내려 산채 안으로 쪼르르 달려갔다.

그 뒷모습을 보는 젊은 청년들은 작게 소리 내며 웃었다.

"하여튼, 너무 평화롭다 보니 점점 느슨해지는 것 같아. 정말 우리 산적들이 맞기는 한 걸까?"

"어라? 너 그거 못 들었어? 곧 두목이 지금까지 모은 돈으로 작위를 받아서 이 산채를 영지로 만들 거라던데."

"뭐! 저, 정말이야?"

"물론, 쇠수레 두령님께 들은 말이니깐. 솔직히 우리들 이름만 산적이지 언제 산적다운 일을 해봤어야지. 청년대도 용병이나 다름없었고. 뭐, 난 그게 싫지는 않지만 말이야."

"나도 그래. 뭐, 그게 다 두목을 잘 만난 덕이라고."

텐텐 산채에서 정말로 산적이라 불리던 사람들은 현재 대개 삼사십 대의 두령 급 정도의 남자들뿐.

지금의 두목이 텐텐 산채를 이끌기 시작하면서 잔인하고 무섭던 텐텐 산 산적들은 이름뿐인 산적들로 변해갔다.

그들의 주 수입도 강탈에서 통행료로 변했다. 남을 죽이지 않는다는 이유도 있었지만 출장을 나가서 물건을 빼앗아오는 것보다 상인들이나 밀수입을 하는 자들에게 길을 열어주고 통행료를 받는 게 몇십 배나 더 돈을 많이 벌 수 있었기 때문이다.

그렇게 해서 시작된 변화는 지금 커다랗고 맛 좋은 열매를 맺기 직전까지 와 있었다.

"고아 출신인 내가 영지민이 된다니. 이거 꿈은 아니겠지?"

야간 경계를 보던 산적 청년들은 삼삼오오 모여들어 앞으로 어떻게 변해갈지에 대해 자신들이 아는 정보를 꺼내놓으며 이야기에 빠져 들어갔다.

그런 자신들을 지켜보는 수십 쌍의 눈동자가 있다는 것을 전혀 알지 못한 채.

텐텐 산은 평범한 산보다 정기가 강한 탓인지 이곳에서 서식하고 있는 식물이나 동물은 다른 곳에 비하면 훨씬 더 강하고 용맹했다.

그것은 사람도 별반 다르지 않았다. 거기에 매일 힘든 훈련을 모두 소화해 내다 보니 그 강함은 실로 수련기사에 비교할 수 있었다.

챙캉!

텐텐 산의 외곽, 휘두르는 소리도 없이 강철이 부딪치는 소리가 울려 퍼졌다.

예상도 못했다는 듯이 놀란 검은 기사가 재차 공격하기도 전에 은도끼 두령은 달려들어 발을 걸어 넘어뜨렸다.

쿵! 철컥!

검날이 갑주에서도 몇 안 되는 빈틈 부분인 목과 목 사이를 겨누었다. 이대로 힘만 주면 그 목에서는 붉은 피가 분수처럼 솟아오르게 된다.

"뭐야, 네놈은?"

은도끼 두령의 질문에 아무 말도 못하는 기사.

아군의 정보를 가르쳐 줄 수 없다는 뜻이 아니라 너무나 황당해서 말조차 안 나오는 것이었다.

아무리 좋게 봐주려 해도 은도끼 두령은 어디서나 볼 수 있는 술 좋아하고 똥배 나온 중년 남성에 불과하다.

문제는 그런 자가 아무리 최선을 다한 것은 아니라 해도 그 검을 막아내고 갑옷을 입은 자신을 간단하게 쓰러뜨렸다는 것이다.

이 경우 자기 자신의 실력을 과신하고 있으면 있을수록 더욱 충격은 큰 법임을 굳이 말할 필요도 없다.

"안 그래도 심심한 터에 잘되었군. 오랜만에 즐겁겠어. 흡, 크읍!"

누군가가 기척도 없이 은도끼 두령의 뒤에서 그 입을 막고 단도로 척추를 찔렀다.

그대로 몇 초간 떨리던 몸은 이내 침묵을 유지하며 천천히 대지로 쓰러졌고 몸은 점점 차갑게 식어갔다.

어느 사이엔가 그 뒤로 동료들이 모여 있었다.

미셸은 단도에 묻은 피를 닦고 다시 원위치로 돌아왔다.

"방금 그자의 실력을 보았겠지. 얼마나 강한 자들이 더 있을지도 모른다. 우리들의 목적은 어디까지나 슬레이브의 강탈과 마스터를 죽이는 것임을 잊지 말도록. 그리고 4조는 이곳에서 대기한다. 모습을 들킬 바에는 모두 죽여라. 알겠나."

기사들은 말없이 고개를 끄덕였다.

갑옷을 입고 있음에도 소리 하나 없이 움직이는 모습은 기사로서 거의 최상급에 속하는 실력을 지닌 이들임을 증명하고 있었다.

곧 다섯 명이 한 조가 된 그들은 각각의 임무에 따라 지정해 둔 장소로 들어가기 시작했다.

"뭐 하십니까, 카셀 부관?"

"아니, 시체를 이곳에 놔두면 들킬 가능성도 적지 않을 것 같아서."

"제가 하겠습니다."

덩치 좋은 기사가 말했으나 카셀은 정중하게 거절했다.

"아니네. 그런 수고까지 끼치게 할 수는 없지. 대기하고 있게. 금방 처리하고 올 테니."

"네."

조금 힘겨운 모습으로 은도끼 두령의 시체를 업은 카셀은 근처 숲 안으로 들어가기 시작했다.

그런데, 가면으로 가려지지 않은 그의 얼굴이 조금은 슬퍼 보이는 건 왜일까?

슬레이브 미네르바.

그녀가 몸에 두르고 있는 수많은 보석 장식은 그 하나하나가 반응석이라 불리는 것으로 자신 외의 슬레이브가 근처에 있을수록 색이 변하는 특징을 가지고 있었다. 슬레이브 탐색 임무에 앞서 그녀에게서 반응석을 미리 받아온 터였다.

슬레이브는 외관으로 보면 인간과 전혀 다를 바가 없기 때문에 비교 자체가 쉽지 않다. 그런 점으로 미루어볼 때 이 반응석의 역할의 중요성은 굳이 말할 필요가 없을 정도였다.

"이봐, 거기서 뭐 하고 있는 커억!"

어둠 속에서 한줄기의 빛이 정확하게 청년의 목으로 날아들었다.

들려오는 단말마의 비명.

또 한 명의 목숨을 거둔다. 이것으로 벌써 세 명째.

아마 추정하건대 다른 쪽도 별반 다를 것 같지 않았다.

"여기 자식들 도대체 뭐야! 어떻게 우리들의 움직임을 눈치채고 있는 거지?"

식은땀이 살짝 흘렀다.

지금껏 전부 그들이 방심을 하고 있었기 때문이지 만약 약간이나마 삼엄한 태도로 야간 보초를 서고 있었다면 모르긴 몰라도 진작 발견되었을 터였다.

"그렇다고 우리들보다 강하지는 않다. 여기는 야생 동물 이상으로 감이 좋은 녀석들 투성이군."

감. 미셸은 물론 이곳에 있는 기사들 중 대부분이 이런 애매한 단어에 의존을 할 정도로 평탄한 삶을 살아온 적은 없지만 지금으로서는 그것 말고는 설명할 길이 없었다.

겉으로만 보면 평범한 마을의 사람들과 다를 바가 없으나 그 안에는 전혀 다른 것이 들어가 있는 기분이었다.

"……."

어딘가에서 감미로운 노랫소리가 들려왔다.

인간의 애수를 자아내고 그것을 치료해 주는 아름다운 노랫소리.

"여기 보십시오. 슬레이브 반응입니다."

미셸의 바로 뒤에 있던 부하가 들뜬 목소리로 말했다.

석 달이 약간 넘도록 단 한 번도 변한 적이 없는 돌의 색깔이 지금은 선명한 붉은색을 띠고 있었다.

확신했다. 이 노래를 부르는 자가 바로 슬레이브라는 확신. 노래는 오랫동안 끊이지 않았기에 얼마든지 쉽게 위치를 파악할 수 있었다.

다른 곳의 창문으로 인해 안으로 잠입한 미셸은 어렵지 않게 슬레이브를 찾을 수 있었다. 하지만 슬레이브뿐, 마스터는 존재하지 않았다. 어쩔 수 없지만, 이대로 슬레이브를 먼저 확보하는 수밖에 없었다.

마스터가 근처에 존재하지 않는 슬레이브가 대개 그러하듯, 배를 쳐서 별 어려움 없이 슬레이브를 제압한 그는 어깨에 둘러메고 서둘러 문을 이용해 밖으로 나왔다.

"슬슬 시간이 되었다. 빨리 빠져나가자."

그리고, 그들이 잠입했던 곳으로 다시 빠져나가고 있을 무렵, 조금 전 슬레이브가 있던 집에서부터 새하얀 연기가 피어오르기 시작했다.

십 분 후.

쾨쾅!

텐텐 산이 무너져 내릴 것 같은 굉음이 터져 나왔다.

그것도 하나가 아니라 여기저기에서.

그 폭발은 단순히 집 한 채가 터지는 게 아닌, 주위에 있는 몇 개의 집을 동시에 날려 버릴 정도로 강했다.

슬레이브가 살고 있었던 집 바로 옆, 부서진 잔해 속에는 어느 한 가족의 시체가 모습을 드러냈다.

젊은 부부로 추정되는 그들은 두 사람 사이의 갓난아기와 함께 활활 타오르는 뜨거운 불길에 점점 그 형체를 잃어가고 있었다.

몰려든 사람들은 대개 이 참혹한 광경을 보며 전의를 잃거나 슬픔에 잠기어 눈물을 흘리고 있었고 그중 바닥에 무릎을 꿇은 채 이것은 사실이 아니라고, 아주 질 나쁜 꿈을 꾸는 것이라 계속해서 중얼거리는 한 거한이 있었다.

"아아아아! 소피아!"

쇠수레 두령의 절규가 텐텐 산 곳곳에 울리면서 그의 슬픔이 얼마나 큰지를 세상에 고했다.

"……."

에쎄는 문득 귓가에 들려오는 소리에 정신을 차릴 수 있었다.

놀랍게도 그녀는 자신이 누군가에 의해 납치되었다는 사실을 알아차렸다. 현재 이곳은 자신의 집도 아니고 좀 전에 본 그 검은 기사 역시 꿈이 아니었다.

이것은 냉정한 현실이었던 것이다.

"깨어났나."

미셸은 에쎄가 깨어난 것을 느끼고 말을 걸었다.

흔들림이 컸다. 게다가 가까이가 아니고는 잘 들리지도 않는 소음들. 아마도 현재 말을 타고 이동하는 것 같았다.

"왜 저를 납치한 거죠?"

"의외로 침착하군. 이유는 간단해. 슬레이브라는 존재는 예나 지금이나 귀하다. 그것뿐이다."

석연치 않은 구석이 있었지만 최소한 거짓은 아닌 것 같았다.

"……."

"벌써 체념한 건가. 이런 슬레이브를 위해 절반이 희생되었다니. 제길!"

에쎄는 조금 전부터 느껴지던 꺼림칙한 느낌의 정체는 바로 자신에 대한 증오였음을 알게 되었다.

"전 이런 납치 따윈 전혀 바라지 않았습니다."

"닥쳐, 인형! 인간도 아닌 네년이 말할 자격은 애초에 존재하지 않아. 흥, 그 대신 우리들도 네가 살던 마을의 인간을 죽였으니 마찬가지겠지만."

"주, 죽였다니요? 서, 설마 우리 마을 사람들을……?"

인형인 주제에 사람을 걱정하는 그 태도가 우스워서일까? 미셸은 좀 더 눈앞에 있는 슬레이브를 괴롭혀 주고 싶었다.

"나와 내 부하들이 마을을 빠져나오기 전, 폭약을 장치해 두었지. 일정 시간이 지나면 터지도록 만들어서 말이야. 네가 살고 있던 집 근처만 해도 적어도 이웃 한두 채로는 끝나지 않을 양이지."

에쎄의 두 눈이 커다랗게 떠졌다.

의식을 잃고 있는 동안 들려오던 사람들의 절규 소리와 비명, 그것은 꿈이 아니었다.

"아깝게도 네가 이렇게 멀쩡한 걸 보니 네 마스터는 죽지 않은 모양이군. 뒈져 버렸으면 좋았을 텐데."

"이, 이, 악마!"

"악마? 그렇군. 네게 있어서는 악마인지 모르겠지만, 탈출하기 전에 피해를 줘서 안전하게 퇴로를 확보하는 것은 당연한 일이다. 나는 지금껏 이런 것만 배웠지. 물론 그건 지금처럼 빼앗기 위함이 아니라 스스로를 지키기 위해서지만… 제기랄, 내가 미친 건지, 세상이 미친 건지 도저히 알 수가 없군."

미셸은 스스로도 자신이 무엇을 말하고 싶은가를 알 수가 없었다.

많이 피곤한 탓이다.

이대로 하루빨리 제국으로 돌아가 푹 쉬고 나면 자신은 또 원래의 모습으로 되돌아갈 것이라 그렇게 믿었다.

"하. 하하하. 그래서 죽였다는 건가요? 고작 나 같은 쓸모없는 몸을 얻기 위해서. 하하하하."

"웃지 마! 방금 그건 무슨 뜻이지?"

"겨우, 나, 나 같은 반쪽밖에 남지 않은 슬레이브를 얻기 위해 그들을, 텐텐 산 식구들을 죽이다니!"

이히히힝!

미셸은 그 자리에서 말을 거칠게 멈춰 세우며 거리낌없이 에쎄를 밀어 바닥에 떨어뜨렸다.

털썩.

제법 높은 말에서 중심을 잡을 틈도 없이 떨어진 그녀의 이마와 코에서는 붉은 선혈이 흘러내렸다.

"여기서 잠깐 휴식한다."

몇 시간 동안이나 뒤도 돌아보지 않고 달려온 기사들은 휴식을 반가워했다. 하나 미셸만은 무표정한 얼굴로 에쎄의 멱살을 쥐었다.

"너, 방금 그 말 무슨 뜻이지?"

"후후, 말 그대로 쓸모없는 반쪽이라는 뜻이죠. 큰 시장에 가서 돈만 쥐어주면 나보다 훨씬 더 뛰어난 슬레이브들이 수두룩할 정도로. 당신들의 진짜 목표가 무엇이었는지는 몰라도 나로 착각했습니다. 아직도 제 말뜻을 모르겠습니까? 너희들은 지금껏 개죽음을 당하고 아무런 죄도 없는 사람들을 죽인 거야! 이 살인자들!"

그럴 리가 없다. 미셸은 흠칫 놀라며 자신이 가지고 있던 반응석을 확인했다.

그녀가 바로 눈앞에 있음에도 불구하고 좀 전처럼 강한 반응이 없었다.

또한 에쎄의 눈동자가 점점 실명한 사람의 그것처럼 색을 잃어갔고 또한 새하얀 머리카락도 다시 갈색빛으로 돌아가고 있었다.

그야말로 쓰레기다.

그 먼 거리에서 황제의 슬레이브 미네르바가 공명을 느꼈을 정도라면 당연히 상급 이상의 슬레이브여야 하거늘, 이미 모든 것이 단단히 꼬이게 되었다는 것을 그제야 깨달을 수 있었다.

이 임무는 몬스터 랜드에 도착한 후, 아무리 뒤져 봐도 슬레이브를 찾을 수 없었을 때 이미 깨닫고 포기했어야 했다. 제대로 된 결단을 내리지 못하고 끝내 갈팡질팡하다가 지금껏 동료를 잃고 여유를 잃어버리고 말았다. 거기에 의미없는 대형 살인까지.

"거짓말이야! 인정 못해! 인정할 수 없어! 으아아악!"

분노. 강한 분노가 그를 집어삼켰다.

퍼억! 퍼억! 퍼억!

미셸의 주먹이 인정사정없이 에쎄의 배와 얼굴을 몇 번이고 때렸다.

패고, 차고, 쓰러지면 다시 일으키고, 또 쓰러지면 몸을 잘근잘근 밟으며 마치 부모를 죽인 원수를 대하듯 공격 하나하나가 곧 죽여 버릴 기세를 담고 있었다.

"무슨 짓이야, 미셸! 그만두지 못해!"

"우리들이, 우리들이 지금껏 어떻게 동료들을 잃으면서 여기까지 왔는데, 개죽음이라고? 혀가 있다고 해서 네 멋대로 놀릴 수 있을 거라고 생각했나, 이 쓸데없는 불량품아!!"

"미셸! 상대는 여자야!"

"이거 봐! 이건 슬레이브, 그것도 제 역할도 하지 못하는 불량품일 뿐이란 말이다!"

"…아아. 그래, 감정 조절도 하지 못하는 이런 애송이들이었군. 그래서 그랬던 거야."

그 목소리는 바로 자신들의 뒤에서부터 들려왔다.

기사들의 몸과 행동이 위축한 데 비해 더 이상 앞이 보이지 않는 에쎄는 목소리만을 듣고 반갑기 그지없었다.

"네놈들은 대체 누구냐!"

"방금 전에 우리 집에 제멋대로 쳐들어와서 그렇게 많은 사람들을 죽여놓고 벌써 잊어버렸나? 우선 그녀에게서 손부터 떼라. 이 백번을 갈아 마셔도 시원찮을 X만한 애송이야."

양손에 두 자루의 도끼를 쥐고 있는 금도끼 수령의 등장을 시작으로 서서히 가시고 있는 새벽의 어둠 속에서 하나둘, 가벼운 발걸음이 들려왔다.

그 수는 얼핏 봐도 오십여 명. 믿겨지지 않는다. 자신들은 말을 타고 이곳까지 전력 질주를 했거늘 어떻게 두 발로 뛰어온 자들에게 붙잡힐 수 있다는 말인가.

그리고 또 반대편에서 커다란 그림자가 튀어나왔다.

"네놈들이 내 딸을 죽였느냐!"

놀라며 반응해 봤자 이미 늦었다. 피어오르는 살기와 분노에 찬 살심은 단번에 기사들을 압도했다.

"으아아아아아!"

거한의 중년 남자는 무쇠로 만든 전차처럼 앞으로 튀어나오며 거대한 대검을 꺼내 들고 힘껏 휘둘렀다.

푸아악!

미처 피하지 못한 한 기사가 검과 갑옷째로 두 동강이 나며 상반신이 저 멀리 날아갔다.

"말 안 듣고, 고집 세고, 툭하면 반항을 해댔지만, 심성만은 곧은 아이였다! 눈에 넣어도 아프지 않은 내 딸이었다! 내 딸이 손자를 낳고 어제까지만 해도 엄마가 되었다고 웃고 있었다! 그런데, 그런데 네놈들이!!"

한 명을 죽인 것 가지고는 성에 차지 않았다.

쇠수레 두령의 두 눈에서 쉴 새 없이 흐르는 눈물로 앞이 잘 보이지 않았지만, 그 강한 집념과 광기가 그것을 커버해 주었다.

"내 동생을 죽였더군!"

"우리 부모님이 죽었어!"

"네놈들이 누군지는 몰라도 한 놈도 살려두지 않겠다!"

"곱게는 죽이지 않아! 절대로!"

분노가 모이자 광기라는 거대한 힘으로 변해갔다.

지름길로 달려왔는지 온몸이 땀으로 젖어 있고 하나같이 지쳐 보이는 이들투성이지만 그들에게서 느껴지는 투지는 이미 기사들을 능가하고 있었다.

"크크, 크하하하, 크하하하하! 천한 놈들! 네까짓 놈들이, 겨우 너희들 같은 더럽고 천한 놈들의 목숨 값이 고귀한 우리들의 목숨 값과 같다고 생각했느냐!"

단순히 도발하는 것이라 보기에는 미셸의 상태가 심상치 않아 보였다. 그 역시 제정신이라고 볼 수 없는 상태. 하지만 그 사정이야 어떻든 싸움에 발화점이 되기에는 충분했다.

"살인자 새끼들을, 죽여 버려!"

그 말을 시작으로 곧 난전이 벌어졌다. 하나같이 마나의 가호를 받고 있는 기사들은 겉으로는 유리해 보였으나 팔 하나, 다리 하나 잘려도 죽일 듯이 공격해 오는 그들의 이판사판 공격에 역시 하나둘 목숨을 잃어갔다.

"이 천한 놈들이!"

미셀은 힘껏 소리를 지르며 적의 집단 사이로 파고들어 가서 단번에 다섯 명을 난도질하듯 베어버렸다.

"으아아악!"

"뭐, 뭐야, 저건!"

다섯 명의 몸이 동시에 토막난 생선들처럼 여기저기 흩어졌다. 흡사 거대한 태풍에 갈기갈기 찢어진 듯한 모습은 차마 눈뜨고 보기 힘들 정도로 참혹했다.

이것이 바로 '검광'의 힘이다. 검광은 기사가 스스로의 마력을 이용하여 검을 강화시키는 기술이다. 기사라면 누구나 사용하는 이 능력은 마력을 사용하면 대신 따라오는 피로로 인해 어지간히 수련을 하지 않으면 실전에서 결코 사용할 수 없다.

그러나 미셀은 그 어지간히라는 표현은 먹히지도 않을 정도의 힘겨운 수련을 이겨내 왔고 그 결과 그는 나이트 커맨더를 능가하고 얼마 있으면 소드 마스터에 다다르게 될지도 몰랐다.

텐텐 산 산적들은 용감하게 맞서 싸웠으나 미셀의 검이 한번 휘둘러질 때마다 사람들의 모습이 직소퍼즐처럼 잘려 나갔다.

"흐아아압!"

쿠콰쾅!

푸르스름한 빛을 띠는 검을 용케 피해보지만 멈추지 않고 땅을 내려

친 검은 땅을 분쇄시키며 그 여파로 눈앞에 있던 자를 살점 하나 찾아
보기 힘든 몰골로 만들었다.

"끄어어억!"

"아, 악마다!"

거대한 힘 앞에 육체가 먼저 붕괴하고 그 다음으로 피가 과일즙처럼
뿜어져 나오는 모습에 그 누가 정신을 차릴 수 있을까?

"크하하, 폭약을 설치한 건 바로 나다! 내가 그렇게 명령했다! 너희
들의 원수가 바로 이곳에 있다!"

검광을 사용하면 청동검이 능히 철검을 막아낼 정도로 변하게 된다
고 한다.

이곳에 모인 텐텐 산 산적들 중에서는 그 누구 하나 검광을 쓸 수 있
는 자도, 검광의 가호를 받은 무기를 막아낼 수 있을 정도로 뛰어난 무
기를 지닌 이가 없다 보니 그 누구라도 제대로 한번 붙어보지 못하고
하나둘 목숨을 잃어갈 수밖에 없었다.

"네노오오옴!!"

거대한 덩지가 땅을 박차며 날려온다.

거대한 칼은 그의 체구에 가려 제대로 보이지도 않는다. 누구라도
막을 수 없을 것 같은 강맹한 공격. 하지만 미셸의 눈에는 아직 한참
느려 터진 공격에 불과했다.

가로지르는 일섬. 그와 동시에 내지른 쇠수레 두령의 대검에 가느다
란 선이 하나 생기더니 싹둑하고 잘려 나갔다. 그리고 그 가느다란 선
은 팔을 이어주는 양 어깨 부분에 동시에 생겨났다.

푸아아아악!

잘려 나간 단면에서 피가 새어 나오는 동안, 두 개의 팔이 저 높은

하늘로 춤추듯 날아올라 갔다.

검을 잃고, 양팔을 잃었다. 하지만 그 분노만은 잃지 않았다.

그대로 달려드는 쇠수레 두령의 두 눈에는 오직 미셀의 목줄기만이 들어올 뿐이었다.

그러나, 그 목줄기를 힘차게 물어뜯기 직전, 누군가가 옆에서 달려들며 쇠수레 두령의 몸을 밖으로 쳐냈다.

바로 다름 아닌 카셀이었다.

"정신 차려, 미셀! 뭐 하는 거야!"

"이 쓰레기 같은 놈이 꼴에 발버둥을 쳐? 죽어라!"

땅바닥에서 어느 시체가 생전에 가지고 다녔을 검을 집어 든 미셀은 검에 마나를 가득 담았다. 하지만 던지기 직전, 갑작스런 방해가 있었다.

"아저씨, 도망가세요!"

"제길, 이 쓸모없는 슬레이브. 네년부터 죽여주마!"

발로 에쎄를 걷어차 버린 그는 곧바로 손에 들고 있던 그것을 에쎄를 향해 집어 던졌다.

찰나의 순간, 큰 그림자 하나가 그 앞을 가로막았다.

두 팔이 없는 부상당한 몸으로 쇠수레 두령은 에쎄를 보호하기 위해 몸을 날린 것이었다.

푸슉!

커다란 육체가 작살에 꿰뚫린 상어처럼 크게 요동쳤다.

"제, 제발, 너만이라도……. 로빈이 슬퍼할 텐데……."

그러나 미셀이 집어 던진 검이 쇠수레 두령의 몸을 관통하고도 힘이 줄지 않고 이어서 에쎄의 몸도 꿰뚫었다.

피가 튀었다. 자신의 붉은 피가 온몸을 적시자 마치 세상이 전부 붉은색이 된 것 같았다.

‘로빈, 미안… 해.’

제국과학연구소.

“황제 폐하, 모든 준비가 완료되었사옵니다.”

제국의 황제 카이젠 프하이엄 9세는 ‘자궁’에 들어 있는 또 다른 자신(=로빈)의 모습을 넋을 잃고 바라보고 있었다.

아름다웠다.

점이나 상처는커녕 잡티 하나 없이, 유리처럼 매끄러우면서 탄력있어 보이는 피부, 100% 좌우 대칭에 황금비를 연상케 하는 완벽한 몸매, 열세 살 아이의 몸이라는 생각이 들지 않을 정도로 극도로 단련되어 있는 육체.

그야말로 꿈을 꾸는 느낌이었다.

이 세상에서 저토록 아름다운 몸이 있을 줄이야. 게다가 저 몸은 아름답기만 한 것이 아니었다.

저 작은 몸에는, 수십 명에 달하는 제국이 낳은 위대한 영웅들의 인자가 모두 집결되어 있으며 그 육체는 대부분 드래곤의 화석으로 만들어진 것이다.

과거 레이오스는 이 아이가 완전체가 되기 위해서는 총 세 번의 변태(성장)를 겪을 거라 말했다. 그중 겨우 첫 번째만으로도 이렇게 완벽해 보이거늘, 궁극으로 성장하면 과연 어떤 모습이 될지 벌써부터 가슴이 설렐 정도였다.

“이 몸이 이제는 짐의 것이 된다는 것이군. 하하, 하하하하!”

“바디, 마인드, 컨디션, 올 그린, 시스템 완료. 모두 준비되었습니다.”

“그럼 이쪽으로.”

황제는 곧 라이오트의 지시대로 자궁의 바로 정면 부분에서 자궁과 연결되어 있는 동그란 캡슐 안에 누웠다.

이미 혼을 이동시키는 실험은 십 년도 전에 끝난 일이었다. 그로 인해 천 단위가 넘는 많은 목숨이 사라졌지만 그들의 죽음은 이제야 비로소 가치있게 되었다고 의심치 않았다.

“소울머신 가동, 동조 개시. 트윈 싱크로율 순조롭게 상승 중.”

모든 것이 최고였다.

순조롭게 완성체를 손에 넣은 것도, 또다시 생길지 모를 방해자를 막은 것도, 그리고 앞서 행한 생체 실험도 모두.

비록 십삼 년이라는 세월이 흐른 뒤지만, 만약 그때 탈출하지 않았다 해도 이 정도는 기다려야 했다. 그동안 노심초사한 것이 바로 지금을 위해서라면 하나도 아깝지 않았다.

위잉위잉위잉!

잘 진행되던 도중에 갑작스럽게 실험실 안으로 레드 신호가 울리기 시작했다.

“뭐야? 무슨 일이야? 누가 문제인 거지?”

“황제 폐하는 아니십니다.”

“완성체의 심리그래프에 문제 발생. 정신 오염. 이 반응은… 조사 결과 슬레이브와 마스터 간의 반려의 계약이 깨질 때 발생하는 브레이킹 쇼크(Breaking shock)와 97% 이상 유사합니다.”

“마, 말도 안 돼! 어째서, 하필이면 이 타이밍에……!”

라이오트는 머리를 강하게 얻어맞은 사람처럼 비틀거리며 잠시 정신을 차리지 못했다. 슬레이브와 계약을 맺었다는 것 자체도 놀랍지만, 그게 하필 지금 문제가 발생하다니. 마치 운명의 장난 같지 않은가?

"당장 중지시켜라. 이대로라면 둘 다 목숨이 위험해진다! 서둘러!"

"비상 전원 오프(Off)! 자궁의 생명 유지 시스템을 제외한 모든 시스템을 중단합니다."

공간 안으로 잔잔하게 울려 퍼지던 중저음이 하나둘 사라져 가기 시작했으나 반면 여기저기에서 외쳐 대는 사람들의 목소리는 더욱더 커져 갔다.

로빈은 꿈속에서 어린 아기를 구해주는 소녀를 바라보고 있었다.

그녀는 다름 아닌 에쎄였다.

머리 색깔도 외모도, 자신이 알고 있는 에쎄와는 약간의 차이가 있지만 그녀는 틀림없는 에쎄라고 확신했다.

―로빈.

어디선가 에쎄의 목소리가 들려왔다. 도대체 어떻게 된 일일까?

―로빈, 당신도 보셨군요.

로빈은 고개를 끄덕였다.

―실은 우리들은 이때부터 이미 하나였던 거예요. 저는 그때 죽어가던 당신을 살리기 위해 제 몸의 절반을 당신에게 흘려보냈고 강제로 당신과 반려의 계약을 맺었답니다. 진심으로 사과드릴게요.

로빈은 그렇지 않다고 생각했다. 이게 꿈인지 아니면 현실인지는 아직 확실히 알 수 없지만 지금껏 그녀가 옆에 있어주었기에 살아올 수 있었다.

─그렇게 생각해 주시는군요. 지금 당신이 그때의 장면을 볼 수 있는 것은 바로 저의 몸과 함께 흘러들어 간 기억 때문이에요. 당신께는 충격일지 모르겠지만, 실은 저는 위시라는 이름의 슬레이브랍니다. 처음으로 당신과 멀리 떨어지고 얼마 전에서야 그것을 알게 되었어요. 본의 아니게 속인 거 죄송해요.

슬레이브든 인간이든 중요치 않다. 에쎄는 내가 사랑하는 에쎄일 뿐이다.

─…고마워요. 정말, 정말 고마워요. 그리고 미안해요, 로빈. 저 이제 당신과 만날 수 없는 몸이 되어버렸거든요.

어째서? 무슨 뜻이야? 알아듣게 말을 해줘!

─실은 저 한계인 것 같아요. 이렇게나마 이야기할 수 있는 것은 당신의 몸에 들어 있는 제 힘의 일부를 간신히 쓰고 있기 때문이랍니다.

어려운 말 하지 마. 가지 말아줘. 내 곁에서 항상 있어달란 말이야, 제발.

─그건 무리예요. 하지만 완전히 헤어지는 건 아니랍니다. 저의 절반은 당신의 몸속에 있을 테니까요. 로빈, 슬레이브로서 제 능력은 소원을 이루어주는 힘을 가지고 있어요. 마지막으로 소원이 있다면 부디 말해 주세요. 최후의 선물을 꼭 해드리고 싶어요.

그딴 거 필요없어. 에쎄, 제발 떠나지 마, 만나고 싶어. 안고 싶어, 지금 당장 너를.

─…그 소원 이루어 드리겠습니다, 나의 마스터.

새하얀 빛이 실험실 안을 가득 채웠다.

이게 도대체 무슨 현상인지 그 누구도 알아차리지 못하고 빛이 사라지기만을 기다렸다.

잠시 후 빛이 사라진 순간, 그곳에 있던 모든 이는 너무나 큰 충격에 아무도 정신을 차릴 수가 없었다.

자궁 속에 있던 존재가 모두가 보는 앞에서 연기처럼 사라져 버린 것이다.

"마, 말도 안 돼! 십삼 년이나 기다려 온 이 프로젝트가! 바로 눈앞에 아른거리던 나의 이상이! 으아아아악!!"

모두가 허탈한 눈빛으로 비어버린 자궁 안을 쳐다보는 가운데 라이오트의 비명만이 흘러나올 뿐이었다.

꿰뚫린 에쎄의 시체는 점점 모습이 희미해지더니 이내 가루가 되어 바람에 날아가기 시작했다.

썩어서 다시 자연으로 돌아가는 것이 아닌 단순히 재가 되어 바람에 날아가는 것. 이것이 바로 슬레이브의 운명인가?

그사이 남은 기사들은 어느새 산적들의 잔당을 대부분 처리하고 있었다.

그래 봤자 살아남은 기사는 채 열 명조차 되지 않았지만 사기도, 전의도 모두 최악인 상황에서 배에 달하는 병력과 싸워 이긴 것 역시 그들이 기사가 아니었으면 불가능한 일이었다. 그리고 무엇보다 가장 중요한 요인은 바로 나이트 커맨드 급의 실력을 갖춘 미셸의 존재가 있었기 때문이다.

"하하… 임무를 완전히 실패했어. 이것으로 군인으로서의 내 인생은 끝이 났어."

미셸은 넋을 잃은 사람처럼 중얼거렸다.

“아니, 너의 인생 자체가 여기서 끝난다.”

“뭐?”

친우에게 위로받고자 꺼낸 말이었지만 바람에 사라져 가던 여인의 모습을 멍하니 지켜보고 있던 카셀은 전혀 알 수 없는 말을 내뱉었다.

푸욱!

갑옷의 약점이라 할 수 있는 등 뒤의 이음새 부분에서부터 느껴지는 괴이한 감촉에 미셸의 두 눈동자가 커다랗게 변했다.

“어, 어째서……!”

“미셸, 너는 해서는 안 될 짓을 저지르고 말았다. 감히 그녀를, 내 인생의 전부였던 그녀를 죽이다니!”

가면에 가려져 있지 않은 얼굴이 분노로 인해 완전히 다른 사람처럼 일그러져 있었다.

지이잉!

기사라면 누구나 사용할 수 있는 검광으로 갑옷의 약점 부위를 정확하게 찔러 넣은 상태에서 다시 한 번 더 카셀의 검에 변화가 생겨났다.

자신의 몸을 꿰뚫고 나와 있는 물질이 아닌 영롱한 푸른 빛깔의 검날. 그것을 보자 고통보다 놀라움이 더 컸다.

“커억, 이것은 오러 블레이드. 카, 카셀, 네가 소드 마스터라니. 나, 나를 속인 거냐!”

“그딴 이름으로 부르지 마라. 내 이름은 칼. 어차피 네놈 따위야 내가 가야 할 길을 쉽게 가기 위해 이용하던 도구에 지나지 않아.”

그대로 가볍게 옆으로 베어버리자 미셸의 상반신이 뜯기다 만 봉제 인형처럼 덜렁거렸다.

“으아아아악!”

"죽여도 분이 풀리지 않는구나, 네놈!"

바드득!

칼은 바닥에 쓰러진 미셸의 몸을 그 칼로 몇 번이나 찌르고 목을 발로 밟아 부러뜨리고 그 얼굴을 검으로 짓이기기 시작했다.

건장했던 청년은 시체가 되고 그 시체는 단순한 살덩어리로, 또 그 살덩어리는 쓰레기로 변해갔다.

"죽어! 죽어! 죽어! 죽어! 죽어! 죽어!"

미셸의 광기는 그에 비하면 어린애 장난 수준에도 미치지 못했다. 광기에 몸을 맡겨 광란의 살육에 춤을 추다가 그 힘에 얼굴의 절반을 가린 쇠 가면이 풀려 떨어지고 말았다. 눈가에 나 있는 커다란 상처와 애꾸눈은 정답을 알게 된 수수께끼처럼 그가 누구인지 알게 해주었다.

그의 이름은 칼. 과거 로빈과의 결투에서 패해 텐텐 산을 떠나 버린 한 청년이 성장하여 돌아온 것이었다.

"아… 아, 으아아악!"

제정신일 때 평범한 인간이라면 백 명을 상대할 수 있는 것처럼 소드 마스터 역시 기사 백 명 정도는 무를 썰어버리듯 벨 수가 있다. 보는 것만으로도 미쳐 버릴 것 같은 그 끔찍한 광경을 바라보던 기사들은 겁에 질려 말을 타고 도망치기 시작했다.

"데스파! 거기 있지! 이리 나와!"

칼이 낯선 이름을 부르자 놀랍게도 공중에서 세 개의 눈에 거대한 낫을 든 괴이한 존재가 서서히 나타나기 시작했다.

"후후후, 여전히 버릇이 없군, 마음에 들어. 예전에 내 제의를 거절하더니 이제 생각이 바뀌셨나?"

미족 특유의 중저음이 유난히 귀에 거슬렸다.

"계약하겠다. 대상은 저기 도망치는 자들까지 합한 나의 소.중.한.
동.료.였던 자들과 너도 알고 있는 나의 소.중.한. 가.족.이었던 자들.
전부다."

"후후후, 한 여자 때문에 제물로 바치지 못하다가 그 여자가 죽으니
조금의 망설임도 없군. 너는 역시 인간이 아니라 우리 마족에 가까워.
오랜만에 맛있는 혼을 포식하겠군. 나에게 제물을 바친 대가로 약속대
로 힘을 주마. 이 마신 데스파님의 힘의 일부를 말이다."

획—

손을 뻗자 말을 타고 뛰어가던 사내들은 물론 말까지 동시에 목이
꺾이면서 공중으로 떠오르다가 바닥으로 처박혔다. 그 동작을 두 번이
나 더 하며 확실하게 상대를 죽인 후 손을 벌리자 묘한 빛이 그 손으로
빨려 들어갔다.

"다음은 저곳이로군."

데스파는 처음에 나타난 것처럼 희미하게 사라지기 시작했다.

그리고 얼마 지나지 않아 텐텐 산맥에는 끊이지 않는 비명 소리가
온 산에 울려 퍼져 갔다.

이제껏 본 적도 들은 적도 없는 괴물은 특유의 웃음소리를 내며 게
임을 하듯 사람들을 마음껏 죽였다.

"역시 기가 막힌 맛이군. 배신의 맛은 언제나 감미로워. 다음에 또
기대하겠다. 그때까지 또 좋은 인연을 많이 만들어놓아 주면 좋겠어."

칼은 과거 자신이 살았던 고향을 한 바퀴 살펴보았다. 과거 그 행복
하던 모습은 사라지고 이곳에 남은 거라고는 시체와 부서진 건물의 잔
해들뿐이었다.

"에쎄, 너를 죽이게 만든 인간들에게 복수하겠어. 그러기 위해 나는

가족들을 팔아넘긴 거야. 너만은 이해해 줄 수 있겠지."

칼은 고향에서 등을 돌리며 제국으로 돌아가기 시작했다. 앞으로 그가 할 일은 아주 많아질 것이다.

텐텐 산맥에 존재하는 어느 절벽.

그 밑에서 알몸의 로빈이 잠들어 있었다.

그때 어디선가 불어오는 바람이 있었다.

묘한 가루인지 재인지 알 수 없는 것을 실은 바람은 로빈의 주위를 몇 번이나 맴돈 후에 차분히 가라앉으며 로빈의 품 안으로 떨어져 내렸다.

딱딱한 돌 바닥 위였으나 이내 로빈은 행복한 미소를 지으며 몸을 움츠렸다.

꿈속에서 로빈은 들판에서 에쎄의 다리를 베고 누워 달콤한 낮잠에 빠져 있었다.

어느 순간, 그 꿈에서 에쎄의 모습은 사라졌지만 로빈은 알지 못했나. 세속해서 잠에 빠져 있을 뿐이있다.

제16장

로빈

후세에 사람들은 이 세상에서 가장 이해하기 힘든 인물로 그를 손꼽는다.

가족과 친구, 연인을 모두 살해당한 후 어떠한 기연을 통해서 인간을 초월한 힘을 손에 넣게 된 남자의 복수치고는 그 하나하나가 너무나 치사하고 치졸해서 기가 찰 정도이다.

그중 가장 대표적인 사례로 '칼리엄 영지의 대학살' 하나만 들어도 알 수 있다.

죽음 직전까지 내몰렸던 복수를 위해, 반년도 안 되는 시간 동안 영지에 살고 있던 처녀란 처녀를 전부 노처녀로 만들어 버린 그 상상을 초월한 사건은, 그가 정말 역사에 전해져 내려오는 대로 세상을 파멸하기 위해 만들어진 악마라고 판단하기에는 지극히 무리가 있었다.

'노예왕, 그는 악마인가? 아니면 인류를 구한 영웅인가?' 中 발췌.

호더 왕국 왕립 아카데미.

모든 기사학부에는 승급 시험이라는 것이 있다.

이는 견습기사가 정식기사로 되기 위해서 필수적으로 거쳐야 하는 관문으로, 평범한 견습기사가 이 승급 시험을 거치기 위해서 스스로를 닦고 공들이는 시간은 평균 사 년. 거기에 평생 단 두 번만 응시할 수 있도록 규정을 정해놓았기에 자신의 실력에 확신이 있기 전까지 그 누구도 섣불리 도전하려 하지 않아 가끔 이 승급 시험이 있다고 발표되는 날이면 어김없이 구경꾼들이 몰려들었다.

하나 이번에는 그 몰려든다는 표현을 넘어선 인파로 인해 좁은 연무장은 터질 듯이 많은 사람들로 북적거리고 있다.

그도 그럴 것이 이번의 도전자는 아주 의외의 인물이기 때문에 이토록 많은 사람들이 몰려든 것이다.

많은 사람들의 이목이 닿고 있는 연무장 한가운데에는 지금 승급 시험을 치르려 하는 주인공이라 생각하기에는 의외다 싶을 정도로 왜소한 체격의 한 사람이 눈 가리개를 한 채 서 있다. 그리고 오늘의 주인공인 이를 중심으로 세 명의 견습기사들이 삼각형 모양의 제각각 다른 방향에서 몸을 풀며 준비에 임하고 있었다.

시험 방식은 간단했다.

시험자는 눈 가리개로 한 치 앞도 보이지 않게 가린 채 견습기사 세 사람을 전부 격파해야 한다. 만약 이때 시험자가 상처를 입거나 반대로 상처를 주게 되면 그 자리에서 불합격이 된다.

진심으로 시험자의 실력이 기사에 다다르지 않았으면 모를까, 혹 스스로의 힘을 너무 과신하고 있었거나 평소에 수련을 게을리 했다면 크게 다칠 수도 있었다. 하지만 바꿔 말하면 기사와 견습기사에게는 적어도 그 정도 이상의 차이가 있다는 말이기도 했다.

이 승급 시험은 단순히 경지를 알아보기 위함도 있지만 더욱 중요한 의미로 현재 자신의 실력을 확실히 알고 자신감을 심어주며 동시에 강한 힘을 가지고 있는 만큼 남을 위해 더욱 애써야 한다는 인성 교육이 작용하고 있었다.

뺌빠밤― 뺌뺌뺌― 뺌빠라뺌―

시험이 곧 시작된다는 나팔 소리가 울려 퍼졌다.

방금 전까지 객석에서 밀고 당기며 일어나던 소란은 자취를 감추고 수많은 사람들은 숨을 죽이며 새로 탄생하게 될지 모르는 기사의 모습을 유심히 쳐다보았다.

"그럼 시험을 시작하겠습니다."

삼 인의 견습기사와 한 명의 시험자는 자리에서 일어나 검을 빼 들고 기수식을 취했다.

시험자는 이 시험 도중 자신의 생사에 대해서는 따지지 않겠다는 서약을 미리 해놓은 상태. 그 탓인지 평범해 보이는 모습도 기백이 남다르게 느껴지고 있었다.

남은 것은 단지 하나. 최선을 다하는 것.

"시작!"

"하아아압!"

시험관의 호령이 떨어지자 기다렸다는 듯 견습기사들은 가운데에 있는 시험자를 향해 달려갔다.

"아, 아니, 저런!"

"까아, 위험해!"

지금껏 그 어떤 시험에서도 벌어지지 않은 해프닝에 몇몇 사람들이 자신도 모르게 소리를 질렀다.

시험관에 속하는 견습기사들은 대개 시험자의 안전을 배려하여 삼인이 협공하되 적극적인 공격은 하지 않는 게 관례였다.

하지만 지금 그들의 모습에서는 배려는커녕 오히려 시험자가 절대 합격해서는 안 된다는 필살의 각오마저 느껴지고 있었다.

"훗!"

시험자는 가볍게 웃음을 지었다.

다른 사람들의 눈에는 저들이 미친 말처럼 돌격해 오는 듯이 보일지 몰라도 이 작은 시험자에게는 거북이가 자신을 향해 기어오는 것같이 느리게 느껴지고 있었다.

확실히 그들은 운이 없었던 것인지도 모르겠다.

만약 시험자가 자신의 실력에 일말의 의문을 갖고 있거나 의심을 하고 있었다면 이런 공격도 통했을지 모른다. 하나 시험자는 자신의 실력에 절대적인 확신을 갖고 있었고 그 이상으로 실력의 차이를 훤히 꿰뚫고 있었다.

"허업!"

관중들은 너나할 것 없이 전부 놀라 숨을 멈추고 말았다.

전혀 앞이 보이지 않는 시험자는 오히려 자신을 향해 달려오는 삼인 중 한 명에게 달려든 것이다.

이런 일 역시 승급 시험 사상 처음 벌어진 일이었다.

휘익!

견습기사의 검이 시험자의 어깨를 노리며 선을 그렸지만 시험자는 현란하고 자연스러운 몸 동작으로 공격을 흘리면서 단번에 간격을 줄였다.

"뻔히 보이는데요. 실력 좀 보여주시는 게 어때요, 선배님?"

장난을 치는 어조로 그에게만 들리게끔 살짝 말하며 검의 손잡이로 배를 공격했다. 그리고 지급받은 대련용 가검을 올려치며 옆구리를 공격했다.

눈에 보이지도 않는 공격에 청년은 웃음을 지었다. 자신을 상처 입히면 이 시험자는 불합격된다는 것을 알고 있었기 때문이다.

하지만 다음 순간, 당장이라도 우드득거리는 뼈가 부러지는 소리가 연무장 가득 들려올 거라는 예상과는 달리 가검에 닿는 순간 청년은 마치 커다란 망치로 맞은 듯 단박에 연무장 밖으로 튕겨 나갔다. 장외 패라는 것은 존재하지 않으나 전의 상실이라는 점에서 이미 한 명을 해치운 것이나 다름없었다.

차마 비명도 못 지르고 연무장 밖으로 나가떨어진 청년을 뒤로하고 시험자는 그대로 달려오는 두 견습기사를 향해 몸을 돌렸다.

"느리긴."

그 말에는 기쁨과 실망이라는 두 가지의 기운이 반반씩 섞여 있었다.

기쁨은 자신이 강해졌다는 것에, 실망은 그 강해진 힘을 이들을 상대로는 전혀 시험할 수 없다는 것에.

갑자기 달려든 행동에 이번에도 허를 찔린 듯 두 사람은 그만 한 박자 늦게 검을 내지르고 말았다.

몸과 마음이 함께하지 못한 공격에 힘이 들어 있을 리 만무했다. 시험자는 별 힘 들이지 않고 두 사람의 검과 부딪쳤다.

차릉!

한번의 소리에 두 개의 검이 동시에 공중으로 튀어 올랐다.

검을 놓친 견습기사들은 얼얼한 손을 붙잡고 뒤로 물러섰고 그 바람에 시험자는 대수롭지 않게 자신의 검을 검집 안에 넣은 뒤 공중에서 내려오는 두 개의 검을 양손으로 절묘하게 낚아채며 곧바로 두 사람의 목에 갖다 대었다.

"시험 종료!"

"우와아아아아아아!!"

시험관의 시험 종료를 알리는 소리와 합격을 알리는 나팔 소리가 들려오자 연무장에 구경 온 모든 이들이 열광적인 환호를 보냈다.

시험자는 눈 가리개와 그 안에 감아놓은 천을 풀기 시작했다. 이내 모든 천을 풀자 익숙해 보이는 얼굴이 나타났다.

시험자는 다름 아닌 린, 린 칼리엄이었다.

"수고했어, 린."

"같은 기사학부 주제에 꼴에 남자라고 힘만 과시하던 멍청이들을 밟아버려서 속이 다 시원한걸."

"아예 팔 하나씩 잘라 버리지 그랬어요? 그렇게나 린 언니를 못마땅하게 여겼던 녀석들이잖아요."

"바보, 그러면 승급 시험에서 바로 탈락이잖아."

"정말 멋졌어, 린."

"아, 응. 고, 고마워."

린은 현재 수십에 달하는 여자 학우와 선후배에 둘러싸여서 온갖 미사여구가 곁들어져 있는 칭찬과 조금 전 수련기사 세 명에게 퍼부어지는 저주를 들으면서 어색한 미소를 짓고 있었다.

어쨌든 이번 시험을 통해 린은 그토록 원하던 기사의 칭호를 받게 되었다.

최연소이자 여기사의 탄생.

이것은 최약소국인 호더 왕국에서 벌어진 일 중 열 손가락 안에 꼽을 정도로 놀라운 일이라 지금 받는 칭찬의 홍수도 조금은 모자라는 감이 있을 정도였다.

제국에서부터 시작된 여성의 사회 참여는 이미 호더 왕국 대부분의 청년층이 감화되어 있었다.

물론 전부 그런 것은 아니었다.

특히 대표적인 인물이 방금 린과 싸웠던 그 세 청년이었다.

최약소국답게 제 몸의 안전만 생각하는 보수파의 집합체라 할 수 있는 호더 왕국 권력층의 피를 잘 이어받은 세 명이 여자이면서 자신들과 대등한 실력자이던 린을 좋아할 리 없었다.

그런데 방학이 끝나고 돌아온 린이 무슨 일이 있었는지 대뜸 기사 시험을 신청한 것이다.

그들도 바보가 아닌 이상 린이 가능성도 없는 일에 도전한다고 생각지 않았다.

그렇기에 시험 도우미로 지원해서 설령 비겁자라는 소리를 듣게 되더라도 필사적으로 덤볐건만 오히려 희롱되다시피 무참히 깨져 버리고 말았다.

적어도 그들이 방학 동안 린에게 벌어졌던 일들과 몬스터 랜드에서 살아 돌아왔다는 사실을 알았다면 결코 이런 무모한 일을 하지 않았을 터. 하지만 그것을 몰랐던 그들은 질투심에 눈이 멀어 결국 여자는 검을 배워서는 안 돼라는 차별적인 발언으로 왕립 아카데미의 총여학생회에 찍혀 있던 터라 여학생들의 통쾌함은 이루어 말할 수가 없었다.

하여튼 결과적으로 린은 그토록 얻고 싶어하던 기사의 명칭을 얻게 되었다.

이것으로 그녀는 그토록 꿈꾸었던 자유와 함께 성인식을 치른 뒤에도 얼마든지 가문에서 나와 독립적인 생활을 할 수 있게 되었다.

'그래도 이거 너무 심하잖아.'

린은 조금도 움직일 구석이 없을 정도로 자신을 에워싼 수많은 여학생들을 보며 속으로 중얼거렸다.

이 일로 어느 정도 여자 아이들에게 지지를 받을 거라 예상은 했지만 설마 이렇게 목숨을 버릴 각오로 적극적으로 대시할 줄은 꿈에도 생각 못했던 것이다.

린은 스스로 깨닫지 못하고 있었지만 린의 언니인 미리안이 자상함으로 남자와 여자 모두에게 사랑받는 타입이라면 그녀는 남자보다 같은 여자들에게 인기있는 타입이었다.

특히 짧은 단발과 씩씩한 발걸음, 바지 차림은 의도하지 않게 보이쉬한 매력을 맘껏 뿜어대고 있었기에 그 정도는 더했다.

거기에 이번에 남학생들 중에서 가장 실력있는 자들을 세 명이나 한꺼번에 쓰러뜨렸으니 이것으로 여학생들의 입지가 탄탄해졌음은 굳이 말할 필요도 없는 사실.

이후 소문이 퍼져 나갈 일만 남은 보증된 인기인이기에 앞으로 여학생회나 여러 단체에서 접근할 일을 생각하면 머리가 다 아플 지경이었다.

그런 실정이다 보니 쉴 틈 없이 말을 건네며 조금이라도 린의 관심과 호감을 받기 위해서 열심히 노력하는 소녀들의 마음을 어찌 이해하지 못할까?

그녀들의 그런 노력은 린에게 있어서 하나하나 굉장한 스트레스였지만 사회생활이 뭔지 또 좋은 인상을 보여줘야 하기 때문에 억지 미소를 지어주며 그 수많은 여자 아이들을 평등하게 대해주어야만 했고 그런 친절은 갑절의 관심과 선망으로 되돌아왔다.

결국 린도 손해 보는 성격의 소유자였던 것이다.

"어? 잠시만 실례."

더 이상 질문 공세에 혼이 전부 빠져나갈 때 왕립 아카데미의 정문 밖으로 린의 눈에 이곳에 있을 리가 없는 사람의 얼굴이 보였다.

텐텐 산의 소두목으로 이름보다 싸가지라는 호칭으로 더 많이 불렸던 소년.

안 그래도 지쳐 있는 데다가 함께 생사를 오고 갔던 그리운 전우의 얼굴을 보니 기쁨을 금치 못하며 린은 자리에서 일어나서 뛰어올랐다.

"까악~!!"

탄성이 쏟아져 나왔다.

몬스터 랜드에서 라이칸스로프와의 전투 도중 마나를 다룰 수 있게 된 지금, 최고 2m까지 뛰어오를 수 있는 그녀에게 이제 막 제 나이 또래의 소녀들의 키를 넘는 것은 식은 죽 먹기였다.

"미안해, 내가 아는 사람이 막 지나가서 말이야! 그럼 나중에 보자!"

그리고 린은 조금 전 그 사람이 사라진 방향을 향해 달려가기 시작했다.

"휴우, 겨우 찾았다."

린은 새어 나오는 숨을 진정시켰다. 왠지 자신이 숨을 헐떡일 정도로 뛰어왔다는 사실을 알리기 싫어서다.

마나를 일으키며 전력으로 달리다 보니 린은 얼마 지나지 않아서 자신이 찾던 사람을 발견할 수 있었다.

겨우 한 달간 정도 못 본 거치고는 못 알아볼 정도로 의젓해진 뒷모습은 마치 생전 처음 보는 사람처럼 말을 거는 행동이 부담될 정도였다.

'나도 참. 내가 뭣 때문에 싸가지 꼬맹이한테 말을 거는 것 가지고 이렇게 고민해야 한단 말이야?'

양옆으로 거구에 험상궂게 생긴 사람들이 있었지만 원래 직업이 산적이니 그런가 보다 하고 전혀 이상하게 생각하지 않고 그에게 다가갔다.

처음에는 정겹게 별명을 부르며 말을 걸 생각이었다. 그러나 손이 그의 몸에 닿기도 전에 머리카락이 가볍게 뜰 정도로 살랑거리는 바람과 함께 어느새 익숙한 금속의 감촉이 목에서부터 느껴져 왔다.

"아……!"

검이 뽑혀진 소리도, 검이 다가온다는 느낌도 전혀 느낄 수가 없었다.

조금 전의 시합에서 린은 너무나 쉽게 상대방을 제압했으나 기사들의 세계에서는 아직 이류의 수준에서 벗어나지 못하는 정도였다.

하지만 방금 일합은, 그것만으로도 사내들의 실력이 일류 이상임을 알게 되는 것은 일도 아니었다.

방금 상대가 마음만 먹었다면 수백 번은 더 목숨을 잃었다는 사실에 육체도, 사고도 모두 한순간에 굳어버렸다.

"휴라, 레이디께 이 무슨 실례인가."

"레이디라니?"

반대편 사내의 말에 막 린에게 검을 겨눈 사내는 무슨 뜬금없는 말이냐고 되물었다.

물론 린의 모습은 언뜻 보기에 소년으로 보일지 몰라도 약간의 눈썰미가 있는 사람이라면 금방 소녀라는 것을 눈치챌 수 있었다. 그럼에도 불구하고 이해를 못한다는 것은 그만큼 사내가 둔하다는 것을 말해 주었다.

"휴라, 실례가 아닌가. 죄송합니다, 레이디. 제 수하가 당신을 놀라게 해드렸던 것 같군요. 어디 다친 곳은 없으십니까?"

이유없는 친절한 웃음, 마치 처음 보는 여자에게 작업을 거는 유들유들한 태도가 린을 심히 거슬리게 했다.

린은 도끼눈을 한 상태로 주먹을 들어 힘껏 로빈의 얼굴을 공격했다.

털썩.

"제 부하의 무례에 얼마나 기분이 상하셨는지는 충분히 이해하고 있습니다. 그렇다고 이렇게 감정이 앞서시면 기사로서 실격이라고 생각합니다. 린 칼리엄 경."

린의 얼굴에 놀람의 기운이 떠올랐다.

죽을 정도는 아니지만 그래도 죽을 만큼 아프라고 마나까지 담은 공격을 로빈은 너무나 쉽게 막았기 때문이다.

로빈의 재능이 뛰어나다는 것쯤은 알고 있었지만, 단 한 달 만에 자신과 비슷한 경지에 이르렀다는 사실은 엄청난 충격으로 다가왔다.

"아, 놀라셨군요. 실은 좀 전의 승급 시험을 본인도 보고 있었습니다. 호더 왕국에서 이런 걸출한 여기사의 탄생을 볼 수 있어서 무척 운이 좋았습니다. 다만 너무나 허약한 상대에 너무 일방적인 경기라 솔직히 재미는 없었습니다. 제가 대회 관련자였다면 최소한 성적 순위가 10위 내에 드는 견습기사들로 하여금 시험을 치르게 했을 텐데. 배려가 지나친 듯하더군요."

린은 더 이상 의심할 여지가 없었다.

경기의 내용은 물론 상대방과 자신의 격차까지 볼 수 있다면 최소한 자신보다 하수는 아니라는 것이다.

딱 하나 틀린 것은 그 세 견습기사는 그래도 왕립 아카데미 견습기사 중 1~3위에 해당되는 자들이었다는 거지만 괜히 그런 쪽팔리는 말을 할 필요는 없었다.

"알겠으니까 이제 장난 좀 그만 하라고, 싸가지! 그런데 산적이 여기는 무슨 일이야? 설마 강도로 전환했어?"

"가, 강도라니! 감히 도련님께 이런 무례한!"

"말투가 어울리지 않으시군요, 레이디. 처음 보는 분께 할 예의가 아 니라고 생각합니다만."

예상하지 못한 반응에 린은 그제야 의문을 가지면서 뒤로 살짝 물러 섰다.

"아무래도 뭔가 오해를 하신 모양이군요."

하고 로빈은 웃었다.

값비싸 보이는 천에 세련된 디자인, 움직임 하나하나에 절도가 있는 것은 흔히 말하는 귀한 집 도련님 그 자체였다.

여기까지만 보면 린도 그가 로빈이라는 사실을 받아들이지 못했으 나 저 외모가 로빈임을 증명해 주었다.

"어라?"

그 순간, 린은 무언가 이상함을 느낄 수 있었다. 처음부터 로빈이라 고 당연하게 믿어왔던 외모가 다시 보는 순간 영 다른 이였던 것이다.

한순간에 얼굴이 변한 것은 아니었다. 다만 처음에 느꼈던 기도와 지금 봐도 얼핏 비슷한 외모가 그녀로 하여금 로빈이라고 단정지어 버 렸기 때문이다.

"아, 너… 로빈이 아니세요?"

미묘한 말투, 현재 린이 얼마나 당황해하고 있는가를 절실히 나타내 주었다.

"무엄한! 여기 계신 분은 저 위대한 대제국의 제2황… 으읍!"

"프하이엄 제국 하이델 백작가의 차남이신 클라우드 하이넬님이십 니다. 제 명예를 걸고 결코 로빈이라는 분과는 아무런 관계가 없음을 먼저 말해 드리고 싶군요."

동료의 입을 막으며 부드럽게 말하는 남자의 말. 제국의 백작가 아들이라니. 아무리 자신이 착각을 했다지만 이건 결코 쉽게 넘어갈 일이 아니었다.

"죄, 죄송합니다. 제가 큰 결례를 저질렀습니다."

린은 대로에서 한쪽 무릎을 꿇고 사과를 청했다.

뜻하지 않게 사람들의 시선이 모이자 두 사내는 눈짓으로 이 자리에서 벗어나자고 소년에게 뜻을 전달했으나 그는 고개를 저었다.

소년은 무릎을 꿇은 린을 향해 다가갔다.

"린 칼리엄 경, 그대는 지금 뜻하지는 않았으나 타국 귀족을 능멸하였습니다. 그 죄가 얼마나 큰지는 스스로도 잘 알고 있을 터. 그대는 스스로의 죄를 청하겠습니까?"

"…네. 나이트로서 저의 죄를 청합니다."

죄를 청한다는 것은 스스로의 잘못을 인정하고 국법이 아닌 당사자의 손에 모든 것을 맡기겠다는 것을 의미했다.

때론 국법보다 낮은 사과 정도로 끝나지만 그건 강한 힘을 지닌 귀족에 한해서이고 대부분은 국법의 몇십 배에 해당되는 무거운 형벌이나 책임을 짊어지게 된다.

다행히 칼리엄 가문의 린 칼리엄으로서가 아닌 나이트로서의 린이 죄를 청했기에 자신의 집안에 미칠 악영향은 없어졌지만 최악의 경우 스스로 목숨을 끊어야 하거나 평생 하이넬 백작가에서 일을 하게 될 수도 있었다.

"좋습니다. 그대의 죄를 사하는 조건으로 오늘 칼리엄 경은 저의 일일 가이드가 되어주셨으면 합니다."

쩌적.

갑자기 한기와 함께 마음이 얼어붙어 깨지는 섬뜩한 소리가 울렸다.

뭔가 재밌는 일이 벌어질까 해서 몰려든 사람들은 그 한마디에 눈살을 찌푸리며 가던 길을 마저 가기 시작했다.

"어린 녀석이 벌써부터 작업질이라니. 쯧쯧!"

"혼자는 어디 서러워서 살 수 있나. 쳇!"

주목되어 있던 사람들의 관심은 물론 방금 전에 벌어졌던 기억마저 단번에 지워 버리고 썰물 빠지듯 빠져나가는 사람을 보면서 두 사내는 어린 주군의 수완에 절로 감탄했다.

"자, 그럼 우선 이 주변에서 가장 맛있는 식당부터 안내를 부탁하겠습니다, 린 칼리엄 경. 아, 그보다 지금 입고 있는 옷으로 마을을 돌아다니는 것은 너무 눈에 띄는군요. 초면에 옷을 선물할 수도 없고, 이곳에서 잠시 기다리고 있을 테니 옷을 갈아입고 와주지 않겠습니까?"

"아… 네."

린은 정말로 이걸로 끝나는 일인지 의심스러운 듯 몇 번이고 클라우드라는 이름의 소년을 쳐다보다가 기숙사로 향했다.

"탄복했습니다, 클라우드 황자님. 자, 이제 빨리 다른 곳으로 이동하시지요."

조금 전 하이넬 백작가의 차남이라고 소개하더니 황자는 또 무슨 말일까? 만약 그의 이름이 정말 클라우드라면 한 가지 추리는 가능했다.

이 대륙에는 두 개의 제국이 존재하고 있다. 바로 프하이엄 제국과 이트루 제국이다. 하나 이트루 제국에는 황자가 없기에 실상 이 대륙에서 황자라고 칭해지는 사람은 단둘뿐이었다.

바로 프하이엄 제국의 제1황자 카미온 프하이엄과 제2황자 클라우드 프하이엄. 특히 제2황자는 현 황제의 어렸을 때와 똑닮은 것으로도 유명했다.

"응? 이동이라니? 운 좋게 그녀와 친해질 수 있는 계기를 마련했는데 어째서 말인가, 빈센트?"

"네? 지, 진심이십니까?"

라고 말하고 속으로는 방금 전 그 닭살이 돋을 정도로 기분 나빴던 대사는 진심이었습니까? 하고 물었다.

"물론, 아차! 이건 국가 기밀이지만 충성스러운 자네들에게만 특별히 말해 주겠네, 빈센트, 휴라."

"네, 네."

영특함과 총명함, 그 외 성군이 될 기질을 모두 가지고 태어났다고까지 칭해지나 유감스럽게도 제2황자의 몸이나 황제가 될 수 없는 불운의 천재 클라우드 프하이엄에게서 국가 기밀이라는 말이 나오자 저도 모르게 긴장하며 귀를 기울였다.

"실은 말이지, 그녀에게 반해 버린 것 같네. 뭔가, 그 황자만 아니었으면 콱! 이라고 생각하는 것 같은 표정은?"

근위대 소속이자 비밀리에 키워진 소드 마스터 빈센트와 휴라는 결코 입을 열지 않았다.

아직 해가 지려면 두어 시간 정도 남은 이른 저녁.

"휴우, 힘들었어. 뭐야, 괜히 사람이나 착각하고. 나 참."

괴상한 삼인조에 하루 동안 시달린 린은 피곤한 얼굴로 옷을 갈아입지도 않고 곧바로 침대에 몸을 던졌다.

만약 이 꼴을 전속 하녀인 베스가 보았다면 잔소리부터 해댔겠지만, 고맙게도 지금 주위에는 아무도 없었다.

"정말 이상하단 말이야. 왜 그때 그 사람을 로빈으로 착각했을까?"

나름대로 통찰력과 기억력에 자신이 있던 그녀다. 클라우드라는 또래 소년과의 만남에서 그와 대화를 나누면 나눌수록 로빈과 헷갈렸다는 그 사실을 납득할 수 없었다.

클라우드는 로빈과 약간 닮았다는 것만 제외하면 완전히 달랐다. 이미 출신부터 제국의 귀족 신분으로 말 한마디 한마디에서 상대방을 위한 배려가 넘쳐나고 절제된 행동과 무의식 중에 엿보이는 고급의 예법은 천민에다가 버릇없고 야한 것만 밝히는 로빈과는 하늘과 땅만큼의 차이가 있었다.

"아아, 정말 몰라. 쓸데없이 사람을 잘못 보는 바람에 무진장 피곤하기만 한 하루였어."

부끄러웠던 기억을 잊기 위해서라도 기필코 잠이 들기 위해 눈을 감았다. 하나 언제나 뭔가 마음을 먹었을 때 방해꾼이 있기 마련.

덜컹!

문이 거칠게 열리며 들어온 것은 다름 아닌 자신의 전속 하녀인 베스였다.

"린 아가씨! 린 아가씨! 도대체 어디에 나갔다가 이제 돌아오시는 거예요?"

"한번만 말해도 알아들어. 왜 그래, 무슨 일이야?"

"주, 죽었대요. 모두 모두 다 죽어버렸대요!"

"그러니깐 누가? 제대로 말 좀 안 할래?"

"그, 그 텐텐 산 사람들 있잖아요. 텐텐 산 사람들이 모두 죽어버렸대요! 그것도 하루아침에! 몽땅!"

"뭐, 뭐라고?!"

과거, 미리안과 린이 텐텐 산에 갔다가 간신히 살아 돌아온 이후 칼리엄 영지와 텐텐 산 산적들은 많은 교류를 해왔다.

텐텐 산의 사람들은 거의 모두가 일당십의 전사들이다 보니 일손이 부족한 칼리엄 영지에 큰 힘이 되어주었다. 또한 텐텐 산과 몬스터 랜드 근처에서만 자라는 값비싼 약초가 고기보다 약간 더 비싼 가격으로 공급되자 자연스럽게 좋은 이미지로 변해갔고 어느새 텐텐 산 산적이라는 말보다 텐텐 산 사람들이라는 말이 익숙한, 이웃사촌이 되었다.

그런데 그런 사람들이 하루아침에 모두 죽었다니?

"여, 영지로 돌아가야겠어! 지금 당장!"

"네? 잠시만요, 아가씨! 짐은 챙기고 가셔야죠! 아가씨! 에휴, 나도 모르겠다. 아가씨, 같이 가요!"

약간 늦은 시간이기는 하지만 그녀가 있는 곳은 호더 왕국에서도 가장 번화가 중 하나라 웃돈만 주면 얼마든지 밤길을 달릴 마차를 구할 수 있을 것이다.

'로빈 설마 너도? 아냐, 그럴 리가 없어! 내 두 눈으로 보기 전까지는 절대 안 믿을 거야!'

석양이 지는 어둠을 헤치고 킬리엄 영지를 향해 달리는 마차 한 대가 저 멀리 사라지고 있었다.

까악! 까악!

자욱한 까마귀 떼가 모여 있었다.

처참한 광경.

한때, 웃음이 있고 자유가 있던 그때의 풍경을 두 번 다시는 볼 수 없게 되어버리고 말았다.

"이, 이럴 수가! 도대체 어떻게 이런 일이……!"

망연자실.

사백 명이 넘던 사람들이 살고 있던 산채는 군대가 휩쓸고 지나간 전쟁터마냥 죽음의 대지로 변해 있었다.

목책은 산산조각나 있으며 건물의 절반 이상이 거대한 마법에 직격당한 듯이 파괴되어 있었다.

"새, 생존자는요?"

소식을 듣고 쓰러진 미리안 대신 아버지와 함께 텐텐 산채로 올라온 린은 지옥 같은 풍경에 시퍼런 안색을 하며 물었다.

"네가 오기 이틀 전에 깊은 상처를 입고 간신히 목숨만 부지하고 있던 한 청년을 발견했지만, 곧 죽고 말았단다. 출혈이 너무 심했어."

"대체… 대체 누가 이런 짓을!"

"그 청년은 죽기 직전, 검은 기사라는 말을 반복했단다. 그것 말고는……."

이웃으로서 서로 사이좋게 지내며 함께 좋은 인연을 계속하리라 믿어 의심치 않았던 텐텐 산 산적들의 떼죽음.

하나 칼리엄 영지의 주인으로서 지금은 그들을 애도할 시간조차 존재하지 않았다.

뭐라 해도 그 용맹하던 텐텐 산 산적들이 몰살을 당했으니 다음번에는 텐텐 산채에서 가장 가까운 곳인 칼리엄 영지가 될지도 모르는 일이었다.

수색 및 뒷정리는 그날 이후 일주일이 넘도록 진행되었다.

시체를 놔두면 전염병이 생길 위험이 있었기에 모든 시체를 땅에 묻고 간략하게나마 묘비를 만들어주었다. 그중에는 얼마 전까지만 해도 함께 웃으며 떠들던 이들이 적지 않았기에 칼리엄 영지의 사람들은 모두 침울한 표정을 벗어던지지 못했다.

아직 충격적인 일은 더 남아 있었다.

"여, 영주님!! 제, 제국에서 리켈푸스님과 에딕 공작님이 반란 혐의로 처형되었다고 합니다!!"

설상가상이라고, 리켈푸스의 도움을 받기 위해 제국으로 보냈던 심부름꾼이 보내온 소식은 차라리 안 들음만 못한 일이었다.

이로써 미약하게나마 그를 지탱해 주고 있던 두 개의 끈이 완전히 사라져 버리게 되자 칼리엄 남작은 가장 먼저 자신의 자식들을 친분이 있던 타 영지로 여행을 가장해 피신을 시키거나 학교로(린) 돌려보냈다.

평범한 귀족답지 않던 남작은 가족을 피신시킨 것을 영지민들에게 모두 고하고 그 대신 자신은 삶도 죽음도 이곳 영지와 함께하겠다는 의사를 밝혔다.

이미 오래전부터 영지민들에게 사랑을 받고 있었던 영주와 그 가족들이기에 큰 반발은 없었으나 남작은 죽을죄를 지은 죄인처럼 생활하며 잠도 제대로 자지 않은 채, 낮에는 위험시 여자와 아이들을 피신시킬 대피소를 인근에 여러 개 만들고 밤에는 야간 근무를 서는 등, 영지의 민병들과 함께 생활하면서 위험에 대비했다.

두 달이 지났다.

그나마 하늘의 도움인지 위험을 비껴 나갔다고 판단한 남작은 다시금 자신의 가족을 영지로 불러들였다.

남작부인과 미리안, 훼인은 물론 마침 방학을 맞이한 터라 린도 영지로 돌아올 수 있었다. 하지만 과거 두 눈으로 똑똑히 본 그 참상의 충격에서 벗어나기에 두 달이라는 시간은 너무 짧았다.

뿔뿔이 흩어져 있던 가족들이 다시 본래 있어야 할 곳으로 돌아왔으나, 서로의 고민에 빠져 있던 터라 집은 더 이상 예전의 그 화목한 느낌은 찾아보기 힘들었다.

거의 하루 내내 정원에서 꽃을 둘러보거나 가꾸기만 하는 미리안, 뒤뜰에서 하루 종일 수련에만 전념하고 있는 린. 묘한 태도로 차갑게 변해 버린 두 사람 사이에서 갈팡질팡하는 어린 훼인과 과거 텐텐 산 두목에게서 건네받은 서류를 들고 하루 내내 괴로워하는 칼리엄 남작까지.

다섯 명의 식구와 세 명의 고용인이 살고 있으면서도 좁게만 느껴졌던 예전과는 달리 지금은 한없이 삭막하고 넓었다.

린에게는 베스라는 이름의 세 살 연상인 전속 하녀가 있다.

베스는 린의 하녀인 덕에 수도에도 자주 들르는지라, 영지 내에서도 가장 세련된 미인 중 한 명으로 손꼽히고 있었다.

린과 베스가 돌아오는 날이면 그녀를 아는 모든 사람들은 베스에게 몰려들어 수도에서 최근에 벌어진 일을 묻고 또 그녀가 틈틈이 부탁을 받고 사 온 물건을 다시 사갔다. 이 과정에서 그녀는 은밀하게 폭리를 취하고 있었으나 그것을 알고 있는 자는 전무(全無)했다.

수도에서 사 온 세련된 물건이니 값이 비싼 게 당연하다고 생각했기 때문이다.

인물 좋고, 세련되고, 알뜰하기까지 한 그녀가 남녀노소 가리지 않고 인기있는 것은 당연한 일이었다. 하지만 그런 그녀에게도 최악의 단점이 있었으니 바로 남자 보는 눈이 형편없다는 것이었다.

"하압! 하압! 하압!"

뒤뜰에서부터 꾸준히 휘둘러지는 검과 린의 기합 소리가 들려왔다.

이미 당당히 자신의 실력을 증명하고 기사의 작위를 받은, 순풍에 돛을 단 듯 나아가는 그녀지만 어디까지나 최약소국인 호더 왕국이기에 쉽게 기사가 되었다는 것이 그녀의 생각이었다.

그러나 그녀의 표정은 왠지 스스로를 단련시킨다고 하기보다는 스스로를 혹사시키고 있는 게 아닐까? 하는 생각이 들었다.

"하여튼 아가씨도 참. 모처럼 집에 왔는데도 또 이러시기예요! 제발 좀 쉬세요. 이러다가 몸이라도 상하면 어쩌려고 그러는지 원."

"베스, 잔소리 좀 그만 해. 아줌마 같잖아."

"아가씨가 저를 아줌마로 만들고 있잖아요! 하아, 정말!"

린은 조금 전부터 베스의 평소와는 다른 행동에 집중하려 해도 이상하게 눈이 그녀 쪽으로 향했다.

예전 몬스터 랜드에서 마나의 힘을 깨우친 이후, 그녀의 통찰력과 집중력은 가히 놀라울 정도로 향상되었다.

그 결과 현재 그녀는 행동이나 작은 움직임만으로 상대방의 뜻을 어느 정도 느낄 수 있는 정도에 불과한 미완의 심안(사물을 분별하는 마음)을 지니고 있었다.

뭐, 지금 베스의 어색한 행동은 심안이 없어도 누구나 금방 눈치챌 수 있는 수준의 것이었지만 린 정도의 능력이 있는 사람은 저절로 눈에 들어오다 보니 어쩔 수 없이 참견해 버리고 말았다.

마치 뛰어난 선생님이 문제를 잘못 푼 학생에게 올바른 답을 가르쳐주듯 말이다.

"손에 그 반지는 뭐야? 혹시 남자친구에게 선물받았어?"

"호호, 들켜 버렸네. 어떻게 아셨어요? 실은 말이죠……."

"그렇게 보여주고 싶어서 안달이 나 있으니 안 보일 턱이 없잖아."

종알종알 이어지는 베스의 수다에 질려 버린 표정을 지으며 린은 중얼거렸다.

예를 들면 말하는 도중에 자신의 손을 계속 매만진다던가 의미없이 손등을 얼굴에 올린다던가 하는 행동 등등. 솔직히 눈치 못 채는 게 바보였다.

"아아, 부럽다, 부러워. 나는 언제 멋진 애인이 생길까."

"호호호, 린 아가씨도 참. 아가씨는 귀족이신데 벌써 그런 생각을 하세요? 다 때가 오면 멋진 분이 아가씨를 모셔가기 위해 찾아올 거예요. 분명 아가씨의 연인이 되실 분은 아주 멋진 외모에 백마를 타고 나타나는 멋진 기사님이시겠죠."

"하― 하― 하―"

입술의 끝이 위로 올라간 채 억지웃음을 지어주는 린. 멋진 외모에 백마를 타고 오는 남자라. 상상하는 것만으로 소름이 끼쳤다.

"그런 남자보다는 왜 흑마를 타고 모닝스타를 휘두르며 찾아와서 나는 지금껏 몇백 명을 죽인 누구누구요! 하고 자랑하듯 외치는 남자는 어때?"

"그런 무식해 보이고 야만적인 남자는 싫어요."

"…휴우. 이 나라에서 기사란 것은 전부 그런 사람들뿐이라고."

강함 외에도 현명함, 상황 파악 능력, 성품 등등을 살핀 후에야 기사에 임명이 되는 타 국가와는 달리 아직 호더 왕국은 강하면 장땡이라는 식의 기사 임명 제도가 유지되고 있었다.

인재 부족의 이유도 있지만 무엇보다 나라가 성장이라는 단어와는 거리가 멀기 때문이었다.

"네, 뭐라고요? 잘 안 들렸어요."

귓가에 손을 올리며 되묻는 말에, 린은 별거 아니라고 손을 흔들며 말했다.

어라? 그 순간 자신의 눈을 의심하며 베스의 팔을 끌어당겼다.

"왜 그러세요, 아가씨?"

"이 반지. 이, 이거 도대체 어떻게 된 거야! 이걸 왜 네가 가지고 있는 거지?"

"아, 아가씨, 무, 무서워요. 갑자기 왜 그러시는 거예요?"

미세하게 몸을 떠는 베스의 태도에 린은 기운을 억누르고 다시 냉정하게 살펴보았다.

하지만 보면 볼수록 이 반지에 대해서 확신만 들게 할 뿐이었다.

"날 따라와. 빨리 서둘러."

"아, 아가씨!"

심각한 얼굴로 베스의 손을 잡은 린은 거의 끌고 가다시피 그녀를 데리고 정원으로 향했다.

"이, 이 반지는! 어째서 어머님의 유품이 여기에?!"

미리안 역시 놀랄 수밖에 없었다. 그녀들이 알기에 이 반지는 이곳에 있어서는 안 되는 물건이었기 때문이다.

미리안의 입에서 나온 어머님의 유품이라는 말에 베스는 태어나서 처음으로 제대로 서 있기가 힘들 정도로 떨어댔다.

"제 남자친구가 오늘 아침에 선물로 줘서 저도 잘 몰라요! 제가 반지를 사달라고 말을 하기는 했지만, 서, 설마 훔쳤을 거라고는 상상조차도 못했어요! 제, 제발 용서해 주세요, 아가씨!"

얼른 자신의 손에서 반지를 빼서 린에게 넘겨준 베스는 무릎을 꿇고 빌기 시작했다. 하나 칼리엄 자매 역시 그녀 이상으로 충격에서 헤어나오지 못하고 있었다.

"언니, 그 녀석이야. 싸가지, 그 녀석이 살아 있을지도 몰라. 베스 너도 네 남자친구도 어떻게 할 생각은 없으니까 일어서서 그에게 안내해 줘. 이 반지를 어떻게 갖게 되었는지 이야기를 들어야겠어."

"네, 네, 아가씨."

베스는 자리에서 일어나 앞장서기 시작했다.

"미안해, 린. 나는 갈 수 없어."

"언니? 진심으로 하는 말이야? 그 녀석이 살아 있을지도 모른다니깐!"

"다녀오렴, 린."

"으잇! 하여튼, 무슨 생각을 하고 있는지 모르겠지만, 가만히 앉아 있어. 내가 언니 몫까지 확인하고 올 테니까. 베스, 빨리 안내해 줘."

미리안은 서둘러 사라져 가는 동생과 그 하녀의 모습을 안타까운 눈으로 쳐다보았다.

"저 대신 로빈 곁에 있어주세요."

과거 에쎄가 자신에게 한 말. 하나 그녀가 사라진 지금에 와서 그 말의 의미를 확인할 수 있는 방도는 없었다.

"미안해요. 저도 그러고 싶어요. 하지만… 하지만……."

텐텐 산의 그 참상은 어쩌면 그날 그녀의 말을 듣고 속으로는 내심

기뻐했던 자신 때문일지도 모른다는 생각에 차마 고개를 들 수가 없었다.

반지가 인도한 운명의 배우자 로빈. 그리고 자신은 사랑하는 배우자를 죽게 만드는 운명을 타고난 자.

그녀는 끝내 결심했다.

이 시간 이후로 그 어떤 일이 있다 해도 로빈을 잊고야 말겠다고.

자신을 위해, 로빈을 위해, 그리고 동생을 위해.

칼리엄 영지에는 어느 날부터 한 낯선 아이가 모습을 보이기 시작했다.

나이는 약 열세 살 정도.

대개 이맘때라면 한창 멋에 민감해할 나이이지만 아이의 얼굴은 오랫동안 씻지 않아서 물만 갖다 대면 때가 일어날 것 같고 너덜너덜 대충 기워져 있는 옷은 걸레인지 옷인지 구분이 힘들 정도였다.

하지만 아이가 이런 차림으로 돌아다닌다고 해서 그 누구도 신경 쓰지 않았다.

말 못하는 병신이기도 하지만 가장 큰 이유는 바로 거지였기 때문이다.

약 두 달 전쯤에 이 칼리엄 영지에 뜬금없이 나타난 거지 소년은 문지기들에 의해 노예 숙소로 옮겨졌다.

적어도 그곳에 있으면 배는 곯지 않을 거라고 생각한 그들의 배려였다.

그러나 아이가 간 곳에는 자신 말고도 노예가 흘러넘쳤다.

그들에게 배급되는 식량은 변화가 없는데 자꾸 사람이 늘면 결국 먹는 양이 줄어들 수밖에 없는 현실 속에서 아이는 같은 노예들에게 있어서도 불필요한 존재였다.

"야야, 저기 봐! 말 못하는 병신 거지다!"

마침 전쟁놀이를 하고 있던 한 아이가 외치자 금세 여섯 명 정도의 또래 아이들이 우르르 몰려들었다.

거지 소년은 그들이 쥐고 있는 나무 막대를 보고 놀라 도망가기 시작했지만 저번에 그들에게 다친 절뚝거리는 발걸음으로 혈기 왕성한 아이들을 따돌리기에는 역부족이었다.

"이 거지새끼가 어딜 도망가!"

아이들 중에서 한 명씩은 꼭 있는 가장 날쌘 아이가 먼저 달려들어 거지 소년의 발을 걸어 넘어뜨렸다.

"아우. 으아우."

괴상한 소리를 내며 중심을 잃은 거지 소년은 몇 번이나 땅을 구른 뒤에야 멈출 수 있었다.

"푸하하하! 저것 좀 봐. 제멋대로 혼자서 구르고 있어."

"미친 병신. 난 저놈만 보면 재수가 없더라."

"하하하. 정말 골 때리는 거지새끼라니깐. 야, 나 같으면 차라리 죽겠다, 죽겠어. 왜 그렇게 사냐?"

어린아이들의 입에서 나왔다고 하기에는 너무나도 무섭기 그지없는 말.

하나 그들은 자신들의 재미를 위해 결코 멈추지 않았고 급기야 하나 둘 가지고 있던 나무 막대기로 거지 소년을 향해 휘두르기 시작했다.

"으아 아우우 으아아아."

최대한 몸을 가리며 그들의 매 타작을 막아보지만 소년의 몸은 너무 왜소했고 아이들의 폭력과 웃음은 끊이지 않았다.

그렇게 소년은 점점 의식을 잃어가기 시작했다.

…….

얼마의 시간이 흘렀을까?

아침에 동냥밥을 얻어먹기 위해 나왔을 때만 해도 해가 하늘에 걸려 있었는데 지금 소년을 감싸고 있는 것은 어둠이었다.

또 그곳으로 돌아가야 하나? 가기는 싫었지만 몇 번이나 밖에서 잠을 자다 아침 이슬이라는 호된 경험을 한 소년에게 선택의 권한은 없었다.

결국 소년이 돌아간 곳은 노예들의 공동 숙소였다.

물론 그런 거창한 이름에 비해 실상은 판잣집보다 못한 짚으로 만든 움막에 불과하지만 소년에게 있어서는 이것도 감지덕지였다.

그리고 운이 좋으면 약간의 허기를 면할 수 있는 죽도 먹을 수 있으니까.

"아니, 저 싸가지없는 새끼가!"

사십대 정도로 보이는 한 중년 남자가 화가 난 목소리로 외치며 소년의 머리를 후려쳤고 그 충격으로 소년은 들고 있던 나무 그릇을 놓치며 저 멀리 굴러 떨어졌다.

"아무런 일도 안 한 놈이 어디서 처먹으려 하고 지랄이야, 지랄이! 이 개 잡놈의 새끼! 에이, 퉤! 한 번만 더 그냥 처먹으려고 했단 봐라! 그 모가지를 끊어버려 줄 테다!"

"아우우, 아우!"

소년은 무릎을 꿇고 엎드려 무조건 빌었다.

몇 번의 호된 경험 끝에 이때는 무조건 빌어야만 덜 맞는다는 것을 잘 알고 있었기 때문이다.

일을 해야 밥을 먹는다.

아무리 소년이 절름발이에 말 못하는 병신이라지만 그 정도는 알 수 있었다. 하나 일은 아직 어린 소년이 해내기란 지극히 무리인 중노동에 가까운 일들뿐이었다.

그날 밤은 유난히 춥고 길었지만, 소년은 배가 고파 끝내 잠에 들 수 없었다.

꼬끼오!

닭의 울음소리와 함께 이른 아침이 찾아왔다. 그리고 하나둘 일어나는 어른들의 모습을 보며 거지 소년은 얼른 제자리에서 일어났다.

어른들보다 늦게 일어나는 날에는 무조건 폭력으로 하루가 시작되었다.

또 그런 날은 이상하게 하루 종일 매 타작을 안 당하는 날이 없었다.

그래도 오늘은 다행이었다. 비록 한숨도 잠을 못 자서 몸은 무겁고 눈은 붉게 충혈되어 있었지만 최소한 아침부터 매 타작을 당하지 않았으니 말이다.

소년은 자리에서 일어나 냇가로 먼저 향했다.

꿀꺽꿀꺽.

물은 여전히 차고 시원했다. 하지만 솔직히 이제는 너무 물만 마셔서 당장이라도 뱃속에 든 물을 토해 버릴 것만 같았다.

배는 고팠지만 동냥을 하려면 조금 더 기다려야 했다.

지금 무렵에 찾아가면 대부분 아침 식사를 하고 있는 시간이기 때문

에 짜증을 내며 주먹이나 때로는 부지깽이를 휘두르지만 아침 식사가
다 끝날 시간에 가면 적어도 버리려고 모아둔 찌꺼기를 얻어먹을 수
있기 때문이다.

냇가에는 작은 물고기들이 헤엄을 치고 있었다.

저거라도 잡아먹으면 좋겠지만 소년에게는 그럴 능력이 없었다.

아니, 없었던 건 아니다.

실은 남들이 보기에도 놀라울 정도로 훌륭한 통발을 만들어 물고기
로 허기를 달랬던 적이 몇 번이고 있다.

그러나 그 행복했던 날은 얼마 못 가 평소에 소년을 어떻게 하면 더
잘 괴롭힐까 하고 주의 깊게 쳐다보고 있던 평민 소년들에게 빼앗기고
말았다.

그들에게 있어서 낚시는 놀이였지만 소년에게 있어서는 생존이었
다.

하지만 그들은 아직 어려서 그것을 알지 못했다.

결국 소년은 마을 근처의 좁은 골목길에서 잠시만 참고 기다리기로
마음먹었다.

한 시간 정도 흐른 뒤.

이제 동냥밥을 얻어먹기 위해 막 자리에서 일어나려던 소년 앞으로
한 청년이 지나가고 있었다.

“젠장, 자기는 호박 주제에 꼴에 반지도 하나 선물하지 않는 남자친
구 따위는 필요없다니! 제기랄, 뭘 꼬나봐! 이 거지 새끼야!”

기분이 나빠 보이는 청년은 좁은 골목 구석에서 가만히 앉아 있는
소년을 발견하고 화풀이 대상으로 삼아 몇 번이고 힘껏 걷어찼다.

“우읍, 우에에엑!”

배를 잘못 맞은 탓인지 청년이 걷어찬 발길질에 소년은 구역질을 하기 시작했다.

당연하게도 먹은 게 제대로 없으니 뭔가 나오는 것도 없이 다만 위액만이 바닥을 적실 뿐이었다.

"이 더러운 새끼가 어디다가 토하는 거야! 빌어먹을! 너 같은 쓸모없는 놈은 죽어버리란 말이야. 이 가축보다 못한 새끼. 응? 뭐야, 이거?"

인정사정 볼 것 없이 소년을 밟던 발길질이 잠시 멈추었다.

바닥에 살짝 고인 위액 사이로 엄지 손톱만한 크기에 유난히도 빛나는 언뜻 봐도 예사롭지 않은 물건이 떨어져 있었다.

싫긴 하지만 그 찜찜함을 극복하고 그 물건을 들자 먼저 감탄사가 튀어나왔다.

"이 더러운 거지새끼가 이제 보니 도둑질까지 해서 이런 반지를 집어삼켜 놓고 있었잖아? 이 빌어먹을 자식!"

"아. 아! 아우!"

"어쭈, 뭐야? 훔친 물건을 돌려달라니. 저리 안 꺼져!"

강한 발차기가 소년의 얼굴을 힘껏 걷어찼다.

콰당탕!

그 충격으로 인해 멀리 날아가 빈 상자에 강하게 부딪치는 소년은 더 이상 설 힘이 없으면서도 엉금엉금 기어갔다.

"휴우, 이거 씻으면 제법 멋지겠는데. 좋아, 능력없는 남자친구라고 했겠다. 코를 납작하게 만들어주마. 흥흥!"

"아! 아우우! 아! 아!"

콧노래를 부르며 등을 돌리는 청년은 자신을 향해 기어오는 거지 소년은 기억 속에도 존재하고 있지 않다는 듯 가벼운 발걸음으로 저편으로 사라졌다.

"아아아! 아우우! 으아아!"

돌려달라고, 돌려달라고 외쳐 보지만 말이 제대로 나오지 않았다.

더 이상 움직이지 못하는 듯 바닥에 쓰러져서 눈물만 계속해서 흘리는 모습은 안타깝기 그지없었다.

그렇게 시간이 지나 어느새 어둠이 찾아왔다.

"으아 아아아……."

이제는 목이 쉬어버려서 목소리조차 제대로 나오지 않았다. 그럼에도 눈물만은 아직도 멈추지 않고 흘러내리고 있었다.

하지만, 그것도 이제 잠시뿐.

이제는 더 이상 살아갈 힘도, 의지도 존재하지 않았다.

남은 것은 죽음을 기다리는 것뿐. 이제는 그것 말고 아무것도 할 수가 없어 보였다.

그때, 주위가 하나둘 밝아지기 시작했다.

눈물을 너무 많이 흘린 탓인지 잘 보이지도 않는 눈은 주위에서 무슨 일이 벌어지고 있는지조차 알지 못했지만, 그것은 횃불을 든 사내들의 행렬이었다.

"여기다! 여기에 있어!"

웅성웅성거리는 사람들의 목소리는 분명히 이 거지 소년을 찾고 있었던 것 같았다.

사람들이 자신의 주위로 몰려드는 것을 느낀 소년은, 얼마 존재하지 않는 기억 속에 이런 비슷한 장면을 떠올렸다.

그것은 어느 노예가 죽었을 때. 사람들은 이렇게 죽은 노예의 중심으로 몰려들었다가 금방 흩어지는 광경이었다.

이제는 정말로 포기한 듯 서서히 눈을 감을 때, 사내들을 뚫고 황급히 달려오는 한 소녀가 있었다.

"너! 너어!"

떨리는 손으로 쓰러져 있는 소년을 바로 눕히며 그 모습을 유심히 관찰했다.

뼈만 남은 듯 앙상한 몸은 만지기가 두려울 지경이었고 옷이라고 말하기조차 민망할 정도로 다 찢어진 누더기 사이로 피멍이 안 보이는 곳이 없을 지경이었다.

눈물을 많이 흘린 탓인지 통통 부어 있는 눈과 얼굴을 잔뜩 더럽히고 있는 흙먼지, 그리고 터져 있는 입술은 설령 형제 간이라 해도 알아보기 힘들 정도였으나 소녀는 자신의 앞에 있는 소년이 누구인지를 확실하게 알 수 있었다.

"어, 어떻게 이렇게 된 거야? 누구야? 도대체 너를 이렇게 만든 자가 누구야!"

소녀의 살기 어린 분노에 근처에 있던 몇몇 농민들은 놀라 뒷걸음질 쳐 버리고 말았다.

그리고 무슨 일인지 구경 나온 사람들 중에서 저 아이를 한번이라도 괴롭힌 적이 있던 이들은 모두 속으로 벌벌 떨어댔다.

"아아, 아우 리 리인!"

"바보야, 눈은 왜 감는 거야! 정신 차려! 그래, 린이라고! 나란 말이야, 이 나쁜 놈아!"

린의 눈가에는 어느새 눈물이 흘러내리고 있었다. 어른 못지않은 힘으로 지저분한 거지 소년을 가볍게 업은 린은 소리 높여 외쳤다.

"의사를 불러, 지금 당장! 아, 아니, 병원으로 뛰어가는 게 더 빠르겠어. 조금만 참아. 너만은, 너만은 꼭 살려내 줄 테니깐, 로빈."

뒤도 돌아보지 않고 곧장 병원으로 뛰어가는 소녀의 손가락에는 좀 전에 소년이 잃어버렸던 바로 그 반지가 끼어져 있었다.

칼리엄 영지에 살고 있는 단 한 명의 의사인 퍼그 씨는 칼리엄 가문의 둘째 아가씨로부터 환자로 위장된 '시체'를 건네받고 황당한 표정을 짓고 있었다.

"하여튼 그런 것은 내가 알 바 아니고 살려내요! 로빈이 죽으면 전부 아저씨 탓으로 생각할 거예요!"

당장 이 아이를 살려내라고 소리를 질러대는 소녀.

기사가 되었다는 말은 결코 거짓이 아닌 듯, 얼마 전만 해도 귀엽기만 하던 아이가 살기를 풀풀 날리며 억지를 쓰는데 도저히 가망없다고 딱 잘라 말할 수가 없었다.

그래도 일단 아가씨 앞인지라 치료하는 척이라도 하기 위해 시체라 추정되는 것의 옷을 벗긴 후에는 그만 놀랄 수밖에 없었다.

지금 이 소년의 상태는 얼마 지나지 않으면 숨이 꺼져 버릴 성도로 위태롭게 보였으나, 옷을 벗기고 맥박을 짚어본 후에 생각은 이렇게 변했다.

'어떻게 살아 있는 거지?

영양 부족 및 상한 음식의 섭취로 심한 식중독 증상까지 보이고 있는 소년의 몸은 피골이 상접하여 온몸에 상처가 없는 곳이 없을 정도로 끔찍한 몰골을 하고 있었다.

이런 상처 자국은 사람에게 맞는다고 해서 생기는 게 아니다. 최소한 거친 돌멩이가 잔뜩 있는 절벽에서 수십 번 굴러 떨어져야 가능한 일이었다.

하나하나가 곧 죽음과 동급이라 할 수 있을 만한 깊은 상처.

이런 상태로 목숨이 붙어 있는 인간이 존재한다는 사실을 의사가 되어서 처음 알게 된 퍼그 씨는 다시금 보채는 린을 밖으로 쫓아내 버리고 치료에 전념하기 시작했다.

'이 상처에도 지금껏 버텨왔다면, 잘만 하면 살 수 있을지도 모르겠군.'

이라고 생각했던 것이 바로 한 달 전의 일. 솔직히 말해 과연 살 수 있을까? 하고 몇 번이나 의심했던 그 주인공은 지금 바로 자신의 앞에서 너무나 건강한 모습으로 손가락을 빨며 앉아 있었다.

사실 건강한 모습이라 하기에는 어폐가 있었다. 축 늘어져 있는 모습은 한눈에 봐도 정상인이라 생각하기에는 힘들어 보였고, 폭행으로 인해 붓고 함몰된 얼굴은 아직도 제대로는 보기 힘들 정도로 붕대로 둘둘 말려져 있었으며 발을 저는 증세는 아직도 낫지 못했다.

"이렇게 살아남은 것조차 기적이라 할 수밖에. 솔직히 말해 제가 한 일이라고는 응급처치로 약을 발라주고 붕대를 감아준 것 말고는 없습니다. 물론 그나마 안 했다면 필히 죽었을 테지만요."

린은 산만하기 짝이 없는 어린아이처럼 여기저기 고개를 획획 돌리는 로빈의 모습을 지켜보면서 말했다.

"몸은 둘째 치고서라도 제정신을 차릴 수 있는 방법은 뭔가 없을까요?"

"그것은 또 몸보다 더 어려운 문제일 수 있습니다. 다른 곳에 비해서 머리에는 큰 상처가 없었는데, 어쩌다가 이런 꼴이 되었는지는 저도 알 수가 없군요. 아마 엄청 큰 정신적 충격을 받았기 때문이 아닐지 추측만 할 뿐."

힘겹게 고개가 아래위로 끄덕여졌다.

어떤 충격을 받았을지 예상이 되었다. 텐텐 산의 참상. 많은 사람들의 죽음. 그런 일이 있고도 제정신을 유지할 수 있다면 그쪽이야말로 인간이라 할 수 없겠지.

"역시 그렇다면 신전에 찾아가는 수뿐이겠네요."

"신관들의 신성력이 아닌 이상, 이 아이의 증상을 치료할 수 있는 의사는 몇 되지 않을 겁니다. 하나 이렇게까지 망가진, 아니, 실례. 다친 이를 치료받으려면 상당한 돈이 들 것 같은데……."

돈이라면 걱정할 것 없었다. 그녀의 소유로 되어 있는 황금 광산은 호더 왕국에서 존재하는 금광 중에서 가장 매장량이 많은 것으로 아직 그 누구의 손도 닿지 않고 잠들어 있었다.

'그래도 일단 허락을 받아야겠지.'

린은 크게 심호흡을 한 뒤에 어린 동생을 보살펴 주는 누나처럼 손을 잡고 성으로 돌아갔다.

"…휴우. 네 뜻이 그렇다면 그렇게 하자꾸나."

잠시 관자놀이를 지그시 매만지던 칼리엄 남작은 지친 목소리로 그렇게 말했다.

"에?"

"여보!! 황금 광산을 겨우 저딴 정신 나간 바보 하나 치료하기 위해 팔아치운다니 그게 말이 되는 소리예요! 나는 허락할 수 없습니다! 절대로 안 돼요!"

정신 나간 바보라는 말에 린은 자신도 모르게 울컥하며 자리에서 일어섰다가 슬그머니 만류하는 미리안으로 인해 어쩔 수 없이 제자리에 앉았다.

"어머님, 황금 광산은 처음부터 린의 소유입니다. 게다가 린은 이제 평범한 칼리엄 가문의 둘째 딸인 동시에 자랑스러운 기사로, 당당한 한 명의 성인임을 스스로 증명했습니다. 이 자리는 허락을 맡기 위해서가 아니라 보고를 하는 자리로 어머님의 생각은 조금도 중요치 않습니다."

린은 놀란 얼굴로 자신의 언니를 바라보았다.

항상 구석에서 잠만 자던 조용한 고양이가, 갑자기 이빨과 발톱을 내세웠다고 할까.

"아, 이럴 수가! 방금 당신도 보셨죠, 여보! 내가, 내가 친엄마가 아니라고 저렇게 나를 무시하는 것을 보세요! 황금 광산은 이 영지에 살고 있는 모두를 위해서라도 필요하지, 겨우 저런 냄새 나는 어린애 한 명에게 쓸 것이 아니라고 충고하고 있는 나를 이렇게 매도하다니!"

"어머님의 말씀이 옳습니다. 하나, 다시 말하지만, 황금 광산은 린의 것이지, 훼인을 이용해서 욕심을 챙기려는 당신의 것이 아닙니다."

"뭐, 뭐라고! 할 말과 해서는 안 될 말이 따로 있지 어디서 건방지……."

언제나 약해 보이기만 하던 미리안의 두 눈이 조용히 남작부인을 응시하자 그만 몸이 얼어붙고 말았다.

남작부인의 생각 속에서 항상 자신보다 아래에 있었던 미리안. 하지만 그 미리안의 눈이 지금 나는 깔려 있는 게 아니라, 깔려 있어준 것이라, 고하고 있었다.

등 뒤로 흘러내리는 식은땀. 당장 저 눈에서 벗어나고 싶으나 다리조차 움직이는 게 쉽지 않았다.

평소였다면 진작 말렸을 남작도 안 그래도 고민이 많은 와중에 또 새로운 고민이 늘었다는 듯이 커다랗게 한숨을 내쉬었다.

"단, 조건이 있다."

그 한마디에 고양이와 쥐의 대립 관계가 잠시 사라지며 조건에 대한 이야기를 모두 기다렸다.

"로빈, 그 아이를 치료하는 데 황금 광산을 어떻게 쓰던지 네 마음대로 하거라. 대신, 그 아이가 원래대로 돌아오든 안 돌아오든 이번을 마지막으로 인연을 완전히 끊도록 해라. 두 사람 다. 알겠나!"

"관계라니요? 무슨 말씀이에요, 아빠? 로빈은 그냥 친한 친구에 불과한……."

"……."

벌겋게 변한 얼굴로 변명을 늘어놓는 린과 침묵을 유지하는 미리안.

"방금 말대로 네가 로빈을 정말 순수하게 친구로 보고 있고 또한 마음에 걸릴 게 없다면, 지금 이 자리에서 기사의 맹세로 증명해 보아라."

린은 순간 말이 막혀 버리고 말았다. 방금까지만 해도 아무렇지 않게 맹세할 수 있을 거라 의심치 않았던 자신이 막 맹세를 하려는 순간 도저히 납득할 수 없는 감정에 입을 열 수가 없었다.

어느 정도 예상은 하고 있었지만, 직접 확인하게 되니 복잡한 심정을 벗어던질 길이 없었다.

귀족의 여식들의 결혼은 거의 다 정략의 일환으로 쓰인다. 오죽하면 딸은 제2의 정치라는 말이 있을까.

하지만 딱히 야망이라는 것을 가지고 있지 않은 칼리엄 남작은 단지 딸들에게 나쁜 소문이 따르는 것을 원치 않았다. 그 이상으로 딸들과 로빈이라는 소년의 관계에 심상치 않음을 느끼고 있었기 때문이기도 했고.

"…아버지 말씀대로 하겠습니다."

어째서인지 그 힘없는 목소리에서는 이유없는 분함이 스며들어 있었다.

집무실에서 완전히 밖으로 빠져나온 직후.

"대체 뭐야, 아빠는! 도대체 내가 그딴 녀석에게 특별한 마음이라도 있다는 거야, 뭐야!"

"아무리 가족뿐인 집이라지만, 그렇게 자신의 속마음을 전부 내보이는 것은 좋지 않아."

애꿎은 난간을 발로 차는 린에게 약간의 충고를 해주며 미리안과 린은 곧바로 정원으로 향했다.

두 사람이 가장 좋아하는 장소도 장미꽃이 활짝 피어 있는 정원이긴 했지만, 지금은 그곳에 놔둔 애.완.동.물.이 걱정되었기 때문이다.

제법 말썽을 피워놓았을지도 모른다는 두 사람의 생각과는 달리, 의외로 애완동물(=로빈)은 얌전히 바닥에 앉아 저 멀리 있는 산을 멍하니 바라보고 있었다.

"로빈."

"아우?"

린의 목소리에 고개를 돌린 로빈은 활짝 웃음을 지으면서 자리에 일어나더니 절뚝거리며 다가왔다.

"누, 누아."

두 손을 활짝 벌리며 그대로 안으려는 포옹을 살짝 피한 후, 린은 주먹으로 로빈의 머리를 쥐어박았다.

"아우. 아우우."

아픈지 두 손으로 머리를 감싸고 눈물을 글썽이는 모습이 무척 귀엽게 느껴졌다.

"함부로 사람을 안으려고 하지 말랬지!"

"우?"

조금 전, 집무실에서의 일이 떠올라서 그런지 더욱 얼굴을 붉힌 린의 주먹은 상당히 매서웠던 것 같았다.

여전히 사람이 하는 말을 잘 알아듣지 못하는 로빈은 이해 못하겠다는 얼굴로 고개를 갸우뚱거렸다.

사람들에게 맞아서 아직도 원래대로 돌아오지 않은 채, 붕대로 모습을 가린 얼굴은 남들의 눈에는 흉측해 보일지 몰라도 린과 미리안의 두 눈에는 예전과 하나도 다를 바 없었다.

마음이 편치만은 않지만 일단 가장 큰 문제 하나를 해결한 기분인 린은 로빈의 얼굴을 끌어안았다.

"로빈, 조금만 참아. 내가, 내가 꼭 너를 원래내로 되돌려줄게."

"아우우우?"

"아아아악! 그 망할 년도 모자라서 이제는 미리안 그년까지 나를 우습게 보다니!"

칼리엄 남작부인의 방은 이미 광란의 도가니로 변해 있었다.

때리고, 찢고, 부수고, 깨뜨리고. 그 옆에는 자신의 아들이자 나아가 이 영지를 이어받을 소년이 겁에 질린 표정으로 모든 것을 지켜보고 있었으나, 자각도 하지 못한 채 그녀의 화는 식을 줄 몰랐다.

"제길, 안 돼. 그 황금 광산은 훼인 거야, 훼인의 것이라고. 이대로 빼앗길 수 없어. 그래, 일단 동생에게 도움을 요청해야지. 누가 뻔히 보고 뺏길 줄 알고."

도저히 참다못한 훼인은 들키지 않게 숨을 죽이며 조용히 방을 빠져 나왔다.

미쳐 버릴 것 같았다.

무섭기 짝이 없는 엄마의 모습에 머리가 터질 듯이 아팠다.

"누님, 미리안 누님, 린 누님."

기억나는 것이라고는 누나들의 따스함뿐이었다. 누나들만 옆에 있으면 자신은 얼마든지 어머니의 모습을 보고 견뎌낼 수 있을 것 같았다.

오직 그렇게 생각하며 훼인은 드디어 누나들이 있을 법한 정원에 도달할 수 있었다. 하지만 그곳에는 예상치 못한 불청객 또한 같이 있었다.

"나… 나아."

"하하. 나아가, 아니고 누나."

"누… 아."

"깔깔깔깔!"

"린, 이제는 기사라는 애가 웃는 모습이 도대체 왜 그러니?"

"히히, 하지만 웃기잖아. 또 이때 말고 언제 이 싸가지에게 누나라는 소리를 들을 수 있겠어."

저 자리에 있는 것은 누굴까?

이곳은 항상 자신과 두 누나의 자리였다.

가끔씩 자신의 어머니가 소리를 지르고 물건을 집어 던질 때마다,

이곳에 오면 누나들이 자신을 반겨주었고 그렇게 자신은 치유될 수 있었다.

하지만, 지금 생판 모르는 누군가가 자신의 자리를 차지하고 있는 것이 눈에 보였다.

"누나, 누나라고 해야지."

"누, 누야……."

"으흠, 이제 약간 비슷해진 것 같기도 한데. 자, 한 번 더 누나."

"우우우우우."

자신을 손으로 가리키면서 누나라고 말할 때마다, 로빈은 온갖 힘겨운 표정을 다 지으며 겨우겨우 비슷하게나마 발음을 하다 결국 눈물을 글썽거리기 시작했다.

그 모습에 린은 금방 당황하는 표정을 지으며 얼른 주머니에서 무언가를 꺼냈다.

"아? 아아, 미, 미안. 다시는 안 할게. 아, 맞아. 로빈, 이거 줄게. 기억나? 네 반지야."

린은 과거 로빈이 반지를 가지고 있던 방식으로 실신 끈 여러 개도 엮어 목걸이로 만든 반지를 로빈에게 보여주며 목에 걸어주었다.

"아우."

"휴, 난처할 뻔했다."

혀를 삐쭉 내미는 린, 반지를 받고 좋아하는 로빈, 그들의 모습을 옆에서 보며 미소 짓는 미리안.

훼인은 얼마간 그 모습을 지켜보다가 등을 돌렸다. 이제 자신의 자리는 이곳에도 없어진 것 같았다.

칼리엄 남작부인에게는 두 명의 남동생이 있었다.

그중 첫째는 아버지에 이어 몰락 가문의 작위만을 가진 채, 상인으로 살고 있었다.

하나 알 만한 사람들은 다 알고 있지만, 어려서부터 떼만 쓰고 곱게 자라온 둘째는 집이 몰락한 이후에도 일은 하지 않고 매번 밖으로 싸돌아다니며 질이 안 좋은 친구들을 사귀다가 범죄에 개입하게 되었고, 그 결과 지금은 어느 조직에 한자리를 차지한 파락호였다.

"오랜만인데 누나? 세상에, 얼굴이 야위었잖아. 그동안 연락 한번 없더니 어쩐 일이야? 매형이 잘 못해줘?"

삼십대 중반으로 보이는 남자는 겉만 보면 유능한 관료와도 같은 느낌을 풍기고 있었다.

하나 단정한 옷차림과 겉모습에 비해 그의 행동은 껄렁껄렁하고 말투에는 자연스럽게 욕설이 섞여 있었다.

남들은 손가락질해도 그녀에게 있어서는 사랑하는 가족의 일원이었다. 게다가 그는 특별히 누나인 자신의 마음을 잘 헤아려 주는 동생이었다.

동생에게 지금껏 있었던 일을 전부 설명한 남작부인이 점점 끓어오르는 분을 참지 못할 때, 이때까지 조용히 이야기만 듣고 있던 그가 답안을 내놓았다.

"간단하네. 병신이라며? 그럼 쥐도 새도 모르게 그 병신새끼만 죽여 버리면 전부 끝나는 거 아냐? 그리고 이참에 그 두 년도 없애 버리는 거야. 그럼 이 영지의 모든 것은 사랑스런 누나의 아들이자 내 조카가 가지게 되는 거지."

"그, 그건 안 돼. 그이는 두 딸을 목숨보다 소중히 여겨. 게다가 그

중 린이라는 애는 이미 기사 임명을 받았을 정도로 뛰어난 실력자라
구."

기사 임명이라는 말에 놀란 것은 그였다.

"흐익, 세상에! 그럼 호더 왕국 최초의 여기사라는 년이 그 남작, 아,
아니, 매형 딸이었어?"

"제임슨, 네가 그걸 어떻게?"

"모르는 사람들이라고는 이딴 냄새 나고 지루해 빠진 시골 영지에
처박혀 사는 사람들뿐일걸. 처음에는 나도 그냥 얼굴 마담으로 뽑았나
싶었는데 승급 시험 이야기를 들어보니 아니더라고. 수도에서 눈을 가
린 채로 세 명의 왕립 아카데미 최고의 실력자들을 가볍게 쓰러뜨렸다
는 최초의 여기사에 대해서 모르는 이는 아무도 없을 정도야. 이거 은
근히 힘들겠는데. 대신, 사로잡으면 좋은 값에 팔릴 것 같기도 하고."

"서, 설마, 너 인신매매도 하는 거니!"

"아? 아, 아니. 그쪽으로 동업하는 사람이 있어서 이런 말이 나와 버
렸네. 나는 그런 짓 안 해. 하지만 이쪽 세계라는 게 그런 녀석들과 선
이 닿지 않으면 먹고살기 힘들거든. 나 믿지, 누나?"

못 믿어하는 표정을 짓다가도 동생이 자신에게는 거짓말을 절대 하
지 않는다는 알 수 없는 믿음을 가지며 믿는다고 대답했다.

"그보다 지금은 그 황금 광산이 더 중요하잖아. 다음 일은 천천히
생각하고 일단 그 자식만 사라진다면 결과적으로 모든 것이 만사 해결
되는 거 아냐. 그렇다고 눈에 띄게 죽여 버리면 괜히 누나한테 불똥이
튈 수 있으니. 좋아, 내게 맡겨줘. 완벽하게 일을 처리해 줄 테니까 말
이야."

남작부인의 동생 제임슨은 근처 영지에 부하들을 숨겨놓을 테니 떠

나는 날을 알아내서 주점으로 보내달라는 말을 남기고 오늘은 이만 물러갔다.

사 일 뒤, 주점에서 한 통의 편지를 받은 두 명의 이방인은 영지를 떠나서 인근 숲에 몰래 숨어 있다가 밤이 되자 칼리엄 영지 안으로 숨어들어 왔다.

일개 도적들이라 생각하기에 그 몸놀림이 심상치 않은 자들은 놀랍게도 영주의 성안까지 들어와 곤히 자고 있던 어느 한 소년을, 클로로포름을 묻힌 손수건을 이용해 마취시킨 뒤 탈출해서 어느 마차에 싣고 근처에 있는 네이챠 항구 마을로 달려가기 시작했다.

"어이, 얼른 싣지 못해! 살살 좀 하라고. 그건 부서지면 곤란한 물건인 거 잘 알잖아. 누구 망하는 꼴 보고 싶어!"

"이봐, 그것은 여기야! 이쪽으로 들고 와!"

"물건을 싣는 게 아니라 내려야 한단 말이야!"

꼬박 하루가 지나서야 도착한 새벽쯤의 항구 마을은 대개가 그렇듯 엄청 소란스러웠다.

어느 한 커다란 창고로 들어간 그들은 간단한 암호를 교환 후에 안으로 들어가 아직 잠들어 있는 소년을 상자 안에 담고, 그 상자를 사람들을 시켜 어느 배에 싣게 했다.

시간이 지나자 배는 항구를 떠나 저 멀고 먼 바다로 향했다.

"이봐, 그걸 왜 옮기는 거야?"

"알 것 없대. 그냥 시키는 대로 이걸 바다에 빠뜨려 버리래."

쇠사슬로 칭칭 감겨진 상자는 한눈에 봐도 의심스럽기 짝이 없었지만, 이런 일을 한두 번 해보는 것도 아닌지라 세 명의 선원은 힘을 모아 가볍게 상자를 바다로 떨어뜨렸다.

풍덩!

깊이를 알 수 없는 바다에 빠진 상자는 여기저기 뚫려 있는 구멍으로 인해 금방 물로 가득 차자 기압이 일정해지며 상자는 점점 아래로, 아래로 가라앉기 시작했다.

서서히 죽음이 소년을 옭아매고 있을 무렵 소년의 목에서 무엇인가가 밖으로 빠져나오며 위로 살짝 떠오르기 시작했다.

파아아앗! 콰과광—

눈부신 빛이 터져 나오며 꽁꽁 묶여 있던 상자를 단숨에 가루로 만들어 버렸음에도 불구하고 소년의 몸은 조금도 상처 입지 않았다.

다름 아닌 빛의 정체는 드래곤 하트가 들어 있는 세라스의 반지였다.

마나로 이루어진 빛은 사라지지 않고 점점 반지와 연결되어 있는 실과 함께 로빈의 몸과 하나가 되어갔다.

예전에 로빈의 몸으로 흘러들어 갔던 마력은 이미 모두 텅텅 비어버린 뒤였고, 최근에 한 번의 변태(變態)로 인해 한 단계 발달된 마나의 세계를 가지게 된 로빈은 평탄하게 마나를 흡수하기 시작했다.

마나는 내부에 영향을 끼치고 있던 약물을 중화시키고 몸에 있던 상처가 하나둘 사라지게 만들었다. 기이한 모양으로 뒤틀려 있던 다리와 얼굴이 제 모습을 되찾으며 몸에는 다시 힘과 활력이 돌아오기 시작했다.

그리고 머리카락이, 이상하게도 검은색과 진한 갈색이 반반 섞여 있던 머리카락이 겨울날 하늘에서 내려오는 눈을 연상케 할 정도로 새하얗게 변하기 시작했다.

몸이 떠오른다.

알 수 없는 힘에 의해 끌려가듯이.

몸이 둥둥 떠오르며 수면 가까이 다가가자 거울처럼 자신의 변화한 모습이 나타났다.

살짝 풀어지기 시작한 붕대 뒤로 보이는 얼굴은 새하얗고 부드러우며 마치 여자처럼 매끄럽기 그지없었고 그 뒤로 나풀거리는 기다란 머리카락은 기억 속에도 잘 남아 있지 않은 누군가의 마지막 모습을 떠오르게 했다.

'이상하지 않아. 이 몸은 아주 예전부터 절반은 그녀로 이루어져 있었으니까.'

그리고 이번에야말로 로빈은 다시금 의식을 잃어버리고 말았다.

차디찬 빗방울이 거세게 퍼붓고 있다.

인적 하나 보이지 않는 어둡고 삭막한 거리.

그 속에서 한 아이가 비를 맞으며 걸어가고 있었다.

아직 앳된 모습이 여기저기 남아 있는 소년은 힘없는 발걸음으로 그저 걷는 행위를 반복하고 있었다.

아마 예상컨대 그 목적지는 존재하지 않을 것이다.

비에 몸이 더럽혀지기는커녕 오히려 비가 그 더러움을 씻어주는 기분이 들 정도로 왜소하고 지저분한 몰골의 아이는 누가 봐도 거지가 분명해 보였다.

다그락— 다그락— 다그락—

빗소리에 묻혀서 잘 들리지도 않던 마차 소리가 점점 가까이 다가오고 있었다.

어둡고 세찬 비로 인해 한 치 앞도 잘 보이지 않는 시계(視界)는 이 대로 가다가는 현재 대로(大路) 한가운데로 터벅터벅 걸어가고 있는 소년과의 충동을 피할 수 없을 듯 보였다.

이히히히힝!

어떤 장애물의 존재를 말이 먼저 눈치챘다.

뒤늦게 솜씨 좋은 마부가 깨닫고 고삐를 돌려보나 공교롭게도 피할 여력은 존재하지 않았다.

아이는 힘껏 달리던 말의 다리에 짓밟히고 이어 마차와 정면으로 부딪친 다음에 저 멀리 튕겨 나가 버렸다.

그로 인해 마차는 멈추었고 마차의 안에서 고운 미성이 들려왔다.

"무슨 일이에요, 버드?"

"별것 아닙니다. 빈민가의 소년이 어리석게 대로 한가운데로 걸어가다가 부딪친 것뿐입니다. 저희에게는 아무 잘못도 없으니 괘념치 마십시오. 말이 진정되는 대로 즉시 출발하겠습니다."

마부는 의외다 싶을 정도로 거한이었다.

기름칠이 된 묵색 방수복을 둘러쓰고 시종일관 딱 부러지는 태도에서는 귀족 특유의 냉정한 사고방식이 물씬 느껴졌다.

"무슨 소리예요! 그게 아무 일도 아니라니. 버드도 참."

마차의 문이 열리며 안에서 하얀 드레스를 입은 귀한 집안의 여식으로 보이는 여자가 밖으로 나와 아이가 쓰러진 곳을 향해 서둘러 다가갔다.

귀부인이라고 부르기에는 빠르고 소녀라고 부르기에는 늦은 꽃이 막 만개하기 직전의 모습을 하고 있는 여자는, 폭우가 쏟아지는 와중에도 비에 젖는다거나 하얀 옷에 진흙이 묻어 더러워진다는 것쯤은 개의 치도 않다는 듯이 서둘러 아이를 살펴보기 시작했다.

하나 몇 번을 확인해 봐도 심장의 고동이 느껴지지 않았다.

그야말로 즉사.

애써 외면하고 있었으나 튕겨 나간 거리를 보았을 때 어느 정도 이미 예상하고 있었던 사실이었다.

탈칵, 소리와 함께 몸을 차갑게 하던 빗방울은 더 이상 그녀의 몸에 닿지 못했다.

"애초에 죽을 생각이었거나 놔둬도 머잖아 죽었을 아이입니다. 제대로 머리가 있는 아이였다면 아무리 인적 하나 없다지만 대로에 서 있었을 리가 없습니다. 이만 들어가시지요. 몸이라도 상하실까 봐 심려됩니다. 사람을 시켜 작은 무덤이라도 만들게 하겠습니다."

그녀의 뒤에는 어느새 버드라는 이름의 마부가 다가와 우산을 펼치고 있었다.

주인의 마음을 잘 알고 있기 때문인지 아니면 의외로 말이 많은 타입인지 지금으로서는 알 수 없으나 확실한 건 알지도 못하는 허름한 소년의 죽음에 슬퍼하는 이 여린 주인을 위로하고 있다는 사실이다.

막 두 사람이 다시 마차로 돌아가려고 할 무렵,

움찔.

작은 손이 움직였다.

착각인가? 그녀가 이런 생각을 하고 있을 때,

움찔.

이번에는 두 사람 모두 그 움직임을 볼 수 있었다.

"세상에! 방금 움직였어요. 버드도 보았죠? 마차 안으로 옮겨주세요. 집으로 데리고 가야겠어요."

“그건 좋은 생각이 아닌 것 같습니다. 혹시 이런 일이 소문이라도 났다가는 그날부로 라이드 상회는 빈민들에게 둘러싸이게 될지도 모릅니다.”

“저도 잘 알고 있어요. 가난은 일국의 국왕도 어떻게 하지 못한다는 것쯤은. 하지만 이 아이가 이렇게 된 것에 우리의 잘못이 눈곱만큼도 없는 것은 아니잖아요. 제발, 버드.”

“…휴우, 제가 뭐라 해도 따라주실 분도 아니시고 별수없군요. 알겠습니다.”

“매번 고마워요, 버드.”

쓰러져 있는 아이를 실은 마차는 금방 어디론가 사라져 갔다.

정신을 차렸을 때 눈앞에 보이는 것은 생전 처음 보는 방 안이었다.

혼자 쓰기에는 제법 사치스러울 법한 방 안의 풍경.

이곳이 어디인지 알아보기 위해 막 몸을 일으켰을 때 갑작스런 고통에 비명이 새어 나왔다.

“으아악!”

“무슨 일인가?”

누군가가 밖에서 안으로 들어왔지만, 자신의 두 발의 뼈를 칼로 쑤셔대는 듯한 고통으로 정신이 달아날 정도라 살펴볼 수도 없었다.

“바, 발이, 내 발이. 칼로 찔러대는 것 같아. 크윽!”

방에 들어온 남자는 다름 아닌 버드였다. 마침 상태가 어떤지 보기 위해 들렀던 참에 갑작스럽게 이런 일이 벌어졌음에도 불구하고 그는 조금도 동요하지 않으며 자신의 손으로 소년의 발을 만져 보았다.

“으아아악!”

　인정사정없이 꾹꾹 만져 보는 남자의 행동에 소년은 당장이라도 욕설을 내뱉고 싶었지만 차마 도와주려는 사람에게 말 한마디 할 수 없어서 그냥 속으로 끙끙 앓을 수밖에 없었다.

　"걱정 마라. 발은 아무렇지도 않다. 일종의 성장통이다."

　"성장통?"

　"너 또래 아이들이 자주 겪는 일이다. 그 몸이 빠르게 성장해 가는 과정으로 간단히 키가 커지고 많이 먹게 되는 때라고 생각하면 된다. 사람에 따라서 그 고통을 잘 못 느끼는 사람과 아주 강하게 느끼는 사람이 있다고 한다. 확실하게 증명되지는 않았으나 대개 고통이 심할수록 키도 더 크고 뼈가 단단해진다고 하더군."

　설명을 해주는 동안 버드는 계속해서 소년의 다리를 주물러 주고 있었다. 처음에 인정사정없이 만진 것은 다름 아닌 이처럼 근육을 풀어서 고통을 분산시키기 위함이었던 것이다. 그 탓인지 방금 전에 비하면 훨씬 아픔이 덜 느껴져서 어느 정도 견딜 수 있었다.

　"무, 무슨 일인가요? 서, 설마 버드, 그 아이를 죽이려고… 안 돼요! 무슨 억한 마음을 먹었는지 몰라도 절대 살인만은 안 돼요, 버드!!"

　난데없이 등장한 파자마 차림의 폭주하는 이십대 초반의 여자.

　"…누구야?"

　"…그것만은 제발 묻지 말아주기를 바랐다. 나도 적잖이 괴로우니."

　버드는 로빈에게만 들리게끔 말하며 한숨을 푹 쉬었다. 미간에 조그만 주름이 생긴 것으로 보아 두통에 시달리는 듯이 보였다.

　"마리아님, 지금 파자마 차림이십니다만."

　"나빠!"

　방금 마리아의 횡설수설해하는 모습을 본 적도 없는 듯이 점잖게 현재 그녀의 모습을 충고했으나, 폭주 아가씨는 갑작스러운 한마디로 매 번 할아버지의 이름을 거는 탐정 이상의 수준 높은 추리 실력을 요구해 왔다.

"다른 것은 아무것도 바라지 않을 테니 제발 주어만이라도 넣어주면 좋겠는데… 요."

데, 라는 말에서 안광이 번쩍이는 버드의 모습에 쫄아버린 소년은 뒤에 억척스럽게나마 요를 붙였다.

"그러니깐 가출은 나쁘다고! 정말! 멀쩡한 얼굴을 하고 말이야, 슬럼가 아이로 꾸미고 있지를 않나, 대로에 있다가 마차와 부딪치지를 않나, 속은 걸 생각하면 분해 죽겠다니깐. 도대체 무슨 생각인 거야, 너는? 부모님이 얼마나 너를 걱정할지 생각이나 해봤어? 빨리 가문 이름이나 말해."

"가문 이름? 내 이름은 로빈. 그리고… 어라? 에 또. 저기, 갑자기 하나 묻고 싶은 게 있는데. 물어도 될까?"

"내 이름은 마리아 라이드야. 뭐든지 물어봐."

잠시 망설이던 로빈은 피할 수 없다고 생각하고 결국 입을 열었다.

"그럼 진짜로 몰라서 묻는 건데… 나 누구지?"

"……."

그 누구도 먼저 입을 여는 자가 없었다.

혹시 이 로빈이라는 아이가 거짓말을 하고 있는 게 아닐지 의심이 들기도 했지만, 그것은 아닌 것 같았다.

그녀 정도의 장사꾼은 눈만 보고도 진실을 말하는지 거짓을 말하는 건지를 알 수 있다. 그리고 저 눈은 그녀가 보았을 때 진실과 서서히 혼란스러워지기 시작하는 눈빛이었다.

로빈의 말을 전적으로 믿어준 그녀는 여전히 파자마 차림으로 앉아서 머리를 맞대며 잃어버린 기억을 되찾는 것을 도와주었다.

"틀림없이 넌 귀족이야."

"아니, 나는 귀족이 아냐. 그것만은 분명해. 대체 내 어디를 봐서 귀족 같다는 거야?"

"자, 여기 거울."

그녀가 내미는 거울을 받은 로빈은 거울에 비치는 자신의 모습을 보고 그대로 굳어버리고 말았다.

"……."

"어때? 내 말 맞지? 엄청 더러운 붕대를 둘둘 감고 있어가지고 처음에는 혹 전염병에 걸린 게 아닌지 걱정도 했다니깐. 그런데 알고 보니 이런 얼굴을 가리기 위해서였을 줄이야."

거울 속에는 누가 봐도 납득할 정도로 고운 귀공녀의 모습이 들어 있었다.

이런 얼굴이라는 대목에서 은근히 피어오르는 질투가 느껴졌다. 아마 남자임에도 어지간한 여자애들보다 훨씬 더 예쁜 외모 탓인 듯 보였다.

하나 농담 식으로 건넨 말에 아무런 대꾸도 없이 로빈은 자신의 얼굴을 쓰다듬더니 어느 사이엔가 바닥으로 물방울이 떨어져 내리기 시작했다.

"왜 그래? 또 어디 아프니, 너?"

걱정해 주는 말에도 대답하지 않는다.

왜 자신이 울고 있는지도 알 수 없었다.

그저, 거울에 비친 자신의 모습을 본 순간, 그리움과 슬픔이 복받쳐

오르며 자신도 모르게 눈물이 흘러내리기 시작했다.

"가슴이……."

"응?"

"가슴이 아파. 온몸이 부서져 버릴 정도로. 가슴이… 아파. 흑, 크흐흑!"

그리고 바닥에 털썩 주저앉은 로빈은 자신의 몸을 스스로 껴안고 큰 소리를 내며 울기 시작했다.

누군가 울 때는 토닥여 주기보다는 후련해질 정도로 울게 해주라고 배워온 그녀는 가만히 그 모습을 지켜보았다.

그렇게 짧은, 묘한 인연은 시작되었다.

다음날부터 로빈은 구해주고 먹여준 값을 하기 위해 마리아 라이드라는 여자의 집에서 당분간 머물며 오전에는 잡일을 해주고 오후에는 그녀와 함께 공부를 하기로 했다.

어째서 공부를 해야 했냐면 공짜로 먹여주고 재워주는 사람에게 대들 수 있는 식객이란 존재하지 않기 때문이다.

끝내 자신은 귀족이 아니라고 주장하는 로빈과 귀족이라고 주장하는 마리아. 그래서 당분간 상반된 두 계층이 하는 일을 나누어서 해보며 어느 쪽이 더 익숙한지를 찾아보자는 그런 뜻이 담겨져 있었다.

그렇게 딱 십 일이 지났다. 그동안 주위 사람들에게 철저히 로빈을 눈여겨보라고 지시해 둔 마리아는 줄줄이 올라오는 보고서를 받아 읽기 시작했다.

마구간 L씨의 증언:뭐라고 할까? 힘이 넘쳐흐르는 녀석입니다. 마구간은 처음 들어와 보는지 처음에는 거부감이 적잖이 있었는데 금방 익숙해졌습니다. 게다가 어찌나 말들과 잘 어울려 놀던지, 나중에는 말들이 그 아이 발자국 소리만 들려도 기분이 좋아서 울어대더군요. 이제껏 젊은 애들을 고용해서 몇 번 일을 시킨 적이 있었는데 단연 뛰어났습니다.

정원사 K씨의 증언:정원 일은 겉으로 보기에 누구나 할 수 있는 일처럼 보이지만 오랜 경험과 숙련된 기술이 없는 이상은 가위조차 잡지 못하게 하는 것이 바로 이 일입니다. 한데 한번 시범을 보여주자 완벽에 가까울 정도로 똑같이 따라 하더군요. 게다가 정밀하게 자로 잰 듯한 그 신들린 솜씨라니. 이번에 다과회 때 많은 분들이 감탄을 금치 못했던 바로 그 꽃나무들을 손질한 게 바로 저 아이 혼자서 해낸 것이라면 믿을 수 있겠습니까? 아무튼 이 늙은 나이에 귀신을 보는 기분이었습니다.

도서관 사서 N양의 증언:보통 도서관에서 처음 일하는 신입은 바닥 청소를 하면서 책이 어디쯤에 있는가를 눈여겨보게 합니다. 그게 익숙해지는 데 평균 일주일에서 열흘 정도 걸리고 최소 이 주는 지나야 제목만 듣고 대충 어디에 있을 거라고 감을 느끼게 되죠. 그런데 그 아이, 한 이십 분 정도 슬쩍 한번 둘러보고 오더니 못 찾는 책이 없더군요. 여기서 벌써 오 년 넘게 일한 저도 가끔은 못 찾는 책이 나오는데…….그 아이, 얼마 전까지 글자도 쓰지 못했다는 게 정말 사실이에요?

그 외에도 예가 몇 가지 더 있었으나 다들 한결같은 내용이라 굳이 읽을 필요조차 없을 정도였다.

마리아는 보고서를 덮고 자신과 수업할 때의 그 아이의 모습을 떠올렸다.

이렇게 칭찬밖에 없는 잡일과는 달리 수업 때의 모습은 그야말로 엉

망진창이었다. 집중도 못하고 무엇보다 장시간 동안 가만히 앉아 있는 것 자체가 로빈에게는 불가능해 보였다. 하지만 천재성이랄까? 방금 전에 읽은 보고서처럼 여기에서도 사람을 절망적이게 만드는 뛰어남은 유감없이 발휘했다.

본격적인 수업 전, 기억 상실증 탓인지 글자를 하나도 기억하지 못했던 로빈이었지만, 불과 국어 수업 두 시간 만에 짧은 수필을 적을 수 있을 정도가 되었다.

수업 도중 책은 한 번도 보지 않은 것 같으면서도 막상 쪽지 시험을 치면 놀랍게도 그녀와 비슷한 성적을 보여주었다. 가장 기가 막힌 일로는 한번도 배워본 적이 없었을 이트루 제국의 사전을 세 시간 정도 보여주고 함께 테스트를 해보자 놀랍게도 이 년씩이나 꾸준히 배워온 자신과 맞먹는 실력을 보이면서 자신과 이트루 제국어 교사를 경악시켰다.

그렇게 사람을 놀라게 만드는 재주가 있는 반면 수학 같은 공식은 취약. 한번은 강제로 시켜본 결과 완전히 불가능한 일은 아니었지만 잠시 후, 수학 책 전부를 암기해서 답을 맞혔다는 자백을 받았을 때는 어이가 가출해 버리고 말았다. 체질적으로 숫자를 보면 괜히 기분이 나빠지는 타입의 사람 같았다.

결국 몇 차례의 실험 끝에 알아낸 거라고는 믿기 힘든 오감을 가지고 있으며 끝을 알 수 없을 정도의 뛰어난 암기력을 지니고 있다는 것.

"음음. 그런고로 십 일 동안 살펴본 결과는 바로, 넌 인간이 아니라는 거야."

로빈의 입꼬리가 스으윽 하고 위로 올라갔다. 바보냐? 라는 환청이 그녀의 가슴을 사정없이 찔렀다.

"…저기 버드, 이곳 미들랜드 왕국에서는 저런 바보 같은 농담이 유행이야?"

"비록 나는 유머와는 거리가 멀지만, 90% 이상의 확률로 그런 일은 없을 거라고 추측한다."

로빈의 말에 뜻밖에도 말대꾸를 해주는 버드의 모습에 마리아는 커다란 정신적 데미지를 받으며 현기증이 일어남을 느낄 수 있었다.

"아잇! 순박한 속마음과는 다르게 겉모습이 백 명을 죽인 살인자보다 더 험상궂게 보여서 항상 왕따를 당하고 있던 버드까지 외모로 유혹해서 꼬셔 버렸어. 도대체 뭐야, 너? 서, 설마. 이 라이드 상회를 차지하기 위해 온 자객?"

휴우, 하고 한숨.

고개를 설레설레.

마지막으로 어깨를 으쓱거리며 말했다.

"그래, 자객에게 부모님을 잃고 어려서부터 이 라이드 상회를 자신의 전부인 양 이끌어왔으니 이제 좀 쉴 때도 되었지."

로빈의 말에 마리아는 발끈하며 대답했다.

"누구 마음대로 있지도 않은 뒷설정을 만드는 거야! 부모님은 물론 할아버지까지 아주 멀쩡하게 살아 계시다고!"

"부디 힘내시기를."

버드의 말에 마리아는 더욱 광분했다.

"으아아앙! 평생 여자한테 유혹 한번 받지 못하고 목석같이 살다가 죽어버릴 것 같은 재미없던 남자가 내게 농담을 다 해! 으아아앙!"

"달이 참 밝네."

"그렇다."

그러면서 두 사람의 눈에 보이는 것은 밝은 하늘을 날아다니는 새들의 모습이었다.

사람을 가지고 노는 것도 어느 정도지 슬슬 머리에 힘줄이 생겨나려 하자 마리아는 두 손바닥으로 책상을 탕탕 치며 화제를 바꿨다.

"두 사람 다! 훤한 대낮부터 바보 같은 소리 그만 하고 이쪽으로 고개 돌리지 못해! 하여튼 그런고로. 로빈, 실은 말이야. 이번에 내가 알게 된 사업 친구가 뭔가 굉장한 일을 벌이는데 나도 조금 동참하기로 했거든. 거기에 네가 딱 제격이야. 어때, 도와주지 않겠어?"

로빈은 내색은 안 했지만, 전혀 믿을 곳 하나없는 자신을 이렇게 돌봐주고 또 기억까지 되찾아주려는 마리아에게 깊은 감사를 느끼고 있었다.

게다가 지금도 그녀는 물심양면으로 자신의 가족이나 혹은 아는 사람들을 찾아주기 위해 애쓰고 있다는 것도 잘 알고 있었다.

"약간 떨어지긴 하겠지만, 그곳은 신성왕국이야. 너도 신성왕국에 대해서는 들어봤겠지만, 하루에도 수십만의 사람들이 거치는 곳인지라 소문의 중심지라고도 해. 너는 하얗고 예쁘다는 큰 특징이 있다 보니, 모두 원만하게 해결될 거야."

"내게 맡겨줘. 뭔지는 아직 모르지만, 온 힘을 다해서 확실하게 그 일을 성공시켜 보이겠어."

믿음직스런 로빈의 말에 마리아는 함께 미소를 지었다.

"좋아. 그럼 여기 사인 하나. 아, 별거 아냐. 그곳에서 일하겠다는 계약서야."

"응? 여기에 사인만 하면 돼?"

　　로빈은 자신의 이름을 휘갈기며 대충 사인인 척 꾸몄다. 그리고 펜이 종이와 떨어지는 순간, 마리아의 번개 같은 손놀림이 종이를 낚아챘다.

　　동시에 방 안의 분위기가 180도로 변해 버리며 심상치 않은 공기마저 느껴졌다.

　　"후후후! 이것으로 노에 계약 완료."

　　"응?"

　　"아냐, 아무것도. 어쨌든 이것으로 우리들은 동업자가 된 거야. 앞으로 잘 부탁해, 파트너. 네 실력만을 믿을 테니까."

　　무언가 방금 섬뜩한 말을 아무렇지도 않게 꺼낸 마리아는 입술의 한쪽 끝을 실룩이며 자리에서 일어나 손을 내밀었다.

　　"주인과 종업원을 너무 거창하게 말하지 말라구."

　　로빈과 마리아는 서로의 손을 마주 잡고 악수를 나누었다. 친구라기보다는 큰딸과 막내아들로밖에 보이지 않는 두 사람은 이래 뵈도 지금까지 함께 어울리고 배우면서 서로의 진짜 모습을 보여줄 정도로 친해져 있었다.

　　깊은 신뢰로 이어진 두 사람의 사이를 깨뜨릴 수 있는 것은 이제 세상 그 무엇도 존재하지 않을 것 같았다.

　　…분명히 그렇게 생각했는데, 다음날.

　　"속였구나, 마리아!"

　　"후후후, 속은 자가 바보지. 안 그래, 도련님?"

　　로빈은 쇠창살로 이루어진 마차에 갇혀져 바락바락 소리를 질러대고, 마리아는 그 모습을 마치 우리 속에 갇힌 동물의 재롱을 보는 듯 바라보면서 여왕님의 미소를 짓고 있었다.

마차 안에는 로빈 말고도 여러 명의 소년이 있었는데 어찌 된 일인지 하나같이 눈이 휘둥그레질 정도로 예쁘장한 미소년들뿐이었다.

"그렇다고 날 사창가에 팔아넘기냐, 이 돈벌레야! 어제 잘 부탁한다는 파트너라는 말과는 대접부터가 다르잖아!"

"상스럽게 사창가라니. 엄연히 호스트라는 이름의 아주아주 건전한 전문 직종이라고. 잘 들어, 로빈. 네게는 지금부터 이 황폐하고 답답한 모진 사회의 풍파 속에서 애정에 목말라 하는 레이디들을 사랑으로 구해주고 보듬어주는 숭고한 희생 정신이 없으면 불가능한 막중한 임무를 맡게 된 거야. 어때? 성직자들이나 다를 게 전혀 없지? 그러니 안심해도 돼."

마리아는 결코 로빈을 팔아넘긴 것이 아니었다. 신성왕국은 대륙 가장 중앙에 위치해 있으며 동시에 가장 많은 사람들이 넘나드는 곳인지라 사람을 찾는다던가 소문을 얻기에는 가장 적합한 곳이었다.

하지만 그곳으로 가자니 그녀는 바빴고 로빈을 혼자 보내기에는 불안했다. 마침 그때 지인이 신성왕국에서 새로운 사업을 시작하겠다고 연락이 온 것은 행운 중의 행운이라 볼 수 있었다.

얼마간 로빈과 지내는 사이 마치 친남매처럼 친해져 버린 탓에 이제는 로빈을 가지고 노는 데 재미가 들려 버린 것일 뿐, 이 팔아넘기는 행동도 실은 로빈을 놀리기 위한 이벤트에 불과했다.

"충분히 불건전해! 뭐가 안심이고 성직자야! 이 궤변론자! 게다가 난 한눈에 봐도 미성년자란 말이야!"

"오호호, 괜찮아. 원래 남자나 여자나 영계를 좋아하거든. 이참에 훌륭한 남자로 성장하기를 누나는 바랄게. 흑흑."

"우는 척하지 마!"

쇠창살에 가로막혀 발악하는 로빈은 신경 쓰지 않는 듯이 마차는 점점 마리아에게서 멀어지기 시작했다.

"걱정 마, 로빈. 넌 틀림없이 인기가 좋을 거야. 앗차, 어제 네가 사인한 계약서 있지? 실은 그거 지옥의 계약서거든. 만약 도망가거나 하면 악마님께서 보고 계시다가 네 목을 잘라가 버릴 테니, 괜한 짓 하다가 아까운 목숨 걸지 마. 월급은 능력제로 꼬박꼬박 제때 지급될 거고 시간이 나면 근일 내로 나도 놀러 갈게."

"두고 봐, 다음에는 반드시 이 원한을 갚고 말겠다!"

마치 삼류 소설에서 질리지도 않고 등장하는 악당의 연례행사와도 같은 말을 내뱉으며 로빈을 태운 마차는 점점 사라지기 시작했다.

이때까지만 해도 아직 대륙은 치장된 평화의 굴레 속에서 또 하루가 흐르고 있었다.

그리고 그 속에서 자신이 누구인지도, 무엇을 해야 하는지도 잊어버린 채, 시간의 흐름에 몸을 맡긴 로빈.

시간은 멈춰 버린 자들을 기다려 주지 않는다는 불변의 진리를 보여주듯, 다시금 삼 년이라는 긴 시간이 흘렀다.

제17장
신성왕국의 화이트 로즈

대륙.

이 거대한 땅은 오랜 전란과 역사 속에서 다시 크게 네 곳으로 나누어졌다.

하나, 대륙의 서쪽을 전부 차지하고 있으며 현존하는 그 어떤 나라보다 넓은 땅과 강한 군사력을 보유하고 있는 프하이엄 제국.

둘, 대륙의 동쪽에 위치하고 있는 세 개의 왕국(코롬 왕국, 미들랜드 왕국, 호더 왕국)이 제국을 견제하기 위해 결성한 왕국연합.

셋째, 가장 넓은 영토를 가지고 있으나 어디를 둘러보아도 사람이 살기 힘든, 끝없이 펼쳐진 모래사막이 존재하는 땅. 이트루 제국.

넷째, 몬스터들의 최후의 안식처이자 산맥을 통해 이어지지 않는 곳이 없기에 대륙의 산맥이라고까지 불리는 텐텐 산맥과 몬스터 랜드.

하지만 이곳에 땅의 규모로 본다면 한 왕국의 절반에도 미치지 못할 정도로 작은 나라임에도, 제국조차 무시하지 못하는 잠재력을 지닌 나라가 있었다.

대륙 한가운데에 위치하고 있으며 나라 자체가 빛의 신들을 모시는 신전이자, 성지이자, 거대한 교육 기관인 곳.

사람들은 이곳을 신성왕국이라 불렀다.

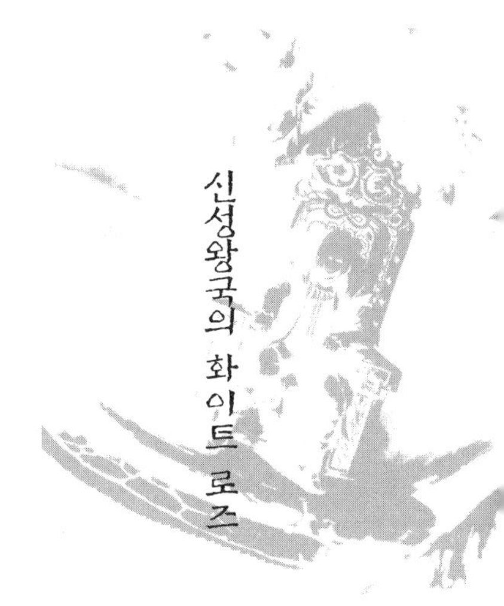

"리, 리안씨, 이러시면 곤란합니다."

"여기까지 따라와서 그런 말 하면 누가 믿을 것 같아? 너도 다 생각이 있으니깐 날 따라온 거 아냐? 여기까지 와서 빼기는. 좋아, 그럴 마음이 없다면 내가 늘게 만늘어수지."

새하얗고 투명할 정도로 고운 피부와 멋진 조화를 이루는 붉은 설육에 입을 맞추고 그대로 자신의 살덩어리를 그 동굴 안으로 집어넣기 시작했다.

"우웁!"

입 안에 미리 꿀을 넣어두었던 것일까? 두 개의 혀가 계속해서 얽히는 동안 느껴지는 감미로운 단맛에 술에 취한 듯 귀부인의 머리는 점점 더 몽롱해졌다.

온몸이 불에 타 들어갈 것 같은 열기에 옷을 찢어버리듯 벗으면서 상체를 훤히 드러냈다.

"그거 알아? 자기는 정말 요물이야. 이렇게 여자를 홀리게 만드는 남자는 처음 봤어. 하아! 자! 느껴봐, 나의 이 고동을."

하면서 귀부인은 청년의 손을 이끌어 자신의 가슴을 잡게 했다.

한때 그 무엇보다 풍만했을 법한 그녀의 가슴은 세월의 풍파 때문인지 약간 처져 있었으나 아직도 그 크기와 느낌이 살아 있었다.

미모를 봐도, 입은 옷과 행동을 보아도 이런 행동은 전혀 하지 않을 법한 미모의 여인. 하나 그녀 역시 이 사회에서 외로움이라는 짐승에 상처 입은 듯이 끊임없이 사랑을 원해왔다.

손목이 파묻힐 정도로 푹신푹신한 더블 침대에는 아직도 처녀였을 때의 미모를 고이 간직하고 있는 한 중년 여성이 벌써 반나체의 상태로 대담하게 제 자식의 친구뻘이 될 법한 청년을 침대에 눕혀서 강제로 옷을 벗겼다.

침대 위로 두 손을 올린 뒤에 벗긴 상의를 이용해서 두 팔을 반항하지 못하도록 몇 번이고 매듭을 지으며 묶었다.

하의만 입은 채 침대에 묶여 있는 미청년.

등까지 내려오는 긴 갈색 생머리, 넓은 이마, 커다랗고 순진한 눈망울, 오뚝한 코와 붉은 입술까지. 여기까지 눈에 들어온 이상, 그녀가 아니라 성녀라 해도 가만히 있을 수 없을 거라고 자신있게 말할 수 있었다.

"제, 제발 봐주세요, 리안 씨. 사, 사실은 저 아직 열여섯 살이란 말이에요."

귀부인의 몸이 갑작스레 석상처럼 굳어버렸다. 사정이 통했을까?

아니, 그 반대였다. 조금 전까지 그 탐미로운 고기의 맛에 취해 있던 귀부인은 이제는 뼈 발린 살코기와 뼈를 우려서 국물까지 몽땅 마셔 버릴 것처럼 탐욕스럽게 눈을 벌겋게 붉혔다.

"후, 후후후. 어쩐지 스무 살치고는 너무 어리다고 생각했는데 설마 네 살이나 나이를 속였을 줄이야. 나를 속였으니 오늘 너는 내게 따끔하게 혼이 나야 해. 이 누나가 천국을, 아니, 지옥을 맛보게 해주지."

도대체 어느 나라의 법인지는 모르겠지만, 부풀어 오르기를 반복하는 그녀의 가슴으로 보아 그녀의 몸이 지금 얼마나 달아올랐는지 어느 정도 짐작케 했다.

"자, 잠깐만! 거, 거긴! 아!"

"어머나, 어리다고 얕봤는데 이런 보물을 가지고 있었을 줄이야! 이거 너무 얕보았는데! 호호호!"

바지 안으로 손을 집어넣은 귀부인은 손에서 느껴지는 튼실함에 놀라면서 얼굴에 홍조가 생겨났다. 그리고 남은 손가락을 소년의 입에 집어넣고 혀로 소년의 유두를 굴리기 시작했다.

"하아, 하아앙! 제, 제발! 미쳐 버릴 것 같아… 요! 제, 제발! 그만, 리, 리안 씨!"

"예쁜 리안 누나, 제발 저를 덮쳐 주세요, 라고 말하면 멈출게."

"예, 예쁜, 리안 누나! 제발 저를 덮쳐 주세요! 하아!"

"덮쳐 달라고 했으니 계속해야겠어."

"하악! 안 돼요!"

그녀는 지금 진정한 폭군이었다. 약육강식의 피라미드에서 최고의 자리에 올라 자신의 아래에 존재하는 약하고 여린 생명체를 마음대로 가지고 놀며 형용할 수 없는 기쁨과 쾌락에 빠져들었다.

게다가 눈앞에 있는 먹이는 그 어디에서도 쉽게 볼 수 없을 정도로 귀한 레어 중의 레어. 이런 기회는 평생 두 번 다시 없을지도 모르기에 그 기쁨은 더욱 컸다.

어느 정도 먹잇감을 손질했다고 생각이 들자 이제야 비로소 서서히 맛을 보기 위해 움직이기 시작했다.

두 손을 이용해 바지를 반쯤 벗기자 놀라운 것이 눈앞에 떡하고 들어왔다.

"아아아아……."

눈으로 보고도 믿기지 않는다는 듯, 손을 이용해서 사랑스럽게 또 하나의 소년을 쓰다듬기 시작했다.

어리기만 한 소년의 몸에서 조금씩 느껴지는 수컷의 냄새가 더욱더 정신을 아찔해지게 만들었다. 순진한 처녀는 아니지만 기분만은 처녀가 된 듯, 흥분감과 기대감, 그리고 약간의 두려움을 안고 서서히 자신의 몸 안으로 소년이 들어오게 만들었다.

사전 준비 따위는 필요없었다. 이미 오래전부터 굶주려 있던 그녀이기에 먹잇감을 포획한 순간부터 이미 준비는 완료되어 있었다.

"후후, 아직 경험은 없겠지. 손 운동과는 비교도 할 수 없을걸. 너는 이날부터 나를 죽을 때까지 못 잊을 거야. 호호호."

도시에 살고 있는 아이들은 시골 영지에 살고 있는 아이들보다 철도 늦게 들고, 성장이나 결혼도 조금씩 느린 경향이 있기에 그녀에게 있어 열여섯 살 청년은 아직 어린애에 불과했다.

소년이 포근한 깊고 깊은 골짜기 안으로 들어왔다.

온몸이 짜릿한 쾌감에 두 사람은 동시에 몸을 떨었다. 동시에 이성이 사라지고 본능만으로 몸이 요동치기 시작했다.

잠시 이성을 잃고 하나가 되어 있던 두 사람 중 먼저 정신을 차린 것은 바로 좀 더 경험이 있는 귀부인 쪽이었다.

귀부인은 헐떡이는 이 소년을 보며 귀여워서 어쩔 줄 몰라 하며 점점 더 그를 애태우기 시작했다.

지금만큼은 이 작은 소년은 자신이 사랑했던 과거 젊은 남편으로 변해 있었다. 그녀는 어디까지나 불륜이 아닌 자신의 남편을 위해 열심히 사랑을 하고 있는 것이다.

원래 고위 급의 귀족일수록 결혼한 뒤에 후계자만 태어난다면 서로 각자의 삶을 찾게 되는 경우가 대부분이었고 그중에서 그녀는 정숙한 편에 속해 있었다. 그러나 오랜 인내가 터져 나온 순간, 그 여파는 보는 바와 같이 두려울 정도였다.

"으윽……."

뒤늦게 정신을 차렸는지 그제야 소년에게도 약간의 변화가 생겨나기 시작했다. 지금껏 계속해서 소년을 농락하던 귀부인은 소년의 갑작스러운 강한 움직임에 다시금 누워 있는 소년과 입을 맞추며 응원해 주었다. 덕분인지 소년은 더욱더 거칠게 그녀를 찔러대었고 귀부인의 입에서는 잃는 신음 소리가 절로 흘러나오며 소년을 더욱더 미치게 만들었다.

심장은 폭발하기 직전까지 왔고, 이상할 정도로 능숙한 움직임에 이성은 깨닫지 못하고 다시금 저 멀리 어디론가 날아가 버렸다.

"하아하아, 손을, 풀어주세요. 제, 제가."

마치 세뇌당한 사람처럼, 멍한 눈동자로 천천히 옷을 하나둘 풀기 시작했다.

하지만 그때였다. 갑작스럽게 소란스러워지며 밖에서 하인들의 목소리가 들려왔다.

"도, 도련님! 지금 마님께서는 주무시는 중입니다!"

"괜찮아. 그보다 오늘 승급되었다는 사실을 한시라도 빨리 어머님께 말해 주지 않으면……."

"아, 안 됩니다."

어딘지 모르게 익숙한 목소리에 두 사람이 화들짝 정신을 되찾았을 때, 이미 문이 활짝 열리고 말았다.

"어머… 헉!"

놀람과 경악이 교차했다. 어머니의 이런 모습도 모습이거니와 그 무엇보다 누워 있는 소년이 자신이 더 잘 알고 있는 '어떤 이' 라는 것에 그는 더욱더 커다란 충격을 받았다.

…털썩!

그리고 그 상태로 카펫 위로 정신을 잃고 쓰러지고야 말았다.

"프로이 도련님!"

"저, 저는 그럼 이만."

반나체의 소년은 옷도 제대로 입지 않은 채 뒤도 돌아보지 않고 밖으로 도망치기 시작했다.

어느 평화로운 날에 벌어진 사소한 소란이었다.

일명 성지라고 칭해지는 이곳 신성왕국.

빛의 신들을 모시는 라디언스 신전이 존재하는 이곳은 세상 그 어디보다 아름답고 순결한 것들만 모여 있는 최고의 낙원이 아닐까 하고 생각이 들 정도로 평화롭고 아름다운 곳이었다.

하지만 이런 곳에서도 마을 한구석에 사람들의 눈을 피해 다른 영지와 비교해도 전혀 다를 게 없는 유곽이 버젓이 존재하고 있었다.

그리고 그 유곽에서 어느 정도 떨어져 있는 한 외딴 저택. 겉만 봐도 범상치 않을 정도로 화려함으로 치장되어 있는 곳에는 하나의 간판이 걸려 있었는데 그 간판에는 멋들어진 글씨체로 '로미오 하우스'라고 적혀 있었다.

"으아아악! 젠장! 그러게 내가 뭐랬어! 학교 따위는 안 다닌다고 했잖아!"

가게 안에서 아직 앳된 목소리가 터져 나왔다.

170㎝ 정도 키에 긴 갈색 생머리, 그리고 시선을 빨아들일 정도로 매력적인 외모를 지닌 어느 한 남자. 아니, 남자라기에는 아직 약간 일러 보이는 유약한 외모의 청년은 끓어오르는 화를 참지 못하고 몇 번이나 손에 든 방석으로 바닥을 내쳤다.

몇 번이나 계속 그 행동을 반복했는지 방석 안에 든 깃털이 절반이 넘게 빠져나와 주위를 어질러 놓고 있는 정도였다.

그런데 어째 이상한 것이 주위에 모여들어 있는 사람들은 대개 청년과 비슷한 또래의 남자들이었고 유난히 미소년들의 분포도가 높다는 사실이었다. 그러고 보니 주위 환경도 범상치 않았다. 하나같이 화려하고 고급스럽게 꾸며진 방은 이상하게도 외설적인 느낌이 적잖이 들었다.

"무슨 일들이야? 아니, 아가? 도대체 뭐 때문에 그러니?"

이 소란에 소식을 전해 들었는지 한 여성이 계단을 올라오며, 익숙지 않은 이상한 심히 귀에 거슬리는 말투와 억양으로 자초지종을 물었다.

"빅마마, 아, 저, 그, 그게……."

미소년들과 달리 이번에는 구릿빛 피부에 건장한 체격, 튀어 오를 것 같은 근육에 반바지 하나 달랑 입고 있는 마초 스타일의 남자가 생긴 것과는 달리 제대로 말을 못하고 어물쩍 피하려하고 있었다.

"사실대로 말 못해? 너희 모두가 하나같이 내 귀한 아들 같은 아가들이지만, 그래도 지금은 엄연히 영업 시간이야. 지금 아가들은 모두 이곳 '로미오 하우스'를 이끌어가는 종업원들이자 아가씨들에게 꿈과 희망을 심어주는 호스트들이라는 것을 잊어서는 안 된다고 내가 몇 번이고 말을 했는데 그걸 못 알아들었어?"

"빅마마, 그게 아니라 사실은 오늘 로빈이 출장을 나갔는데, 그 손님이 학교에서 사귀었던 친구의 어머니였던 모양입니다."

"으잉?"

너무나 기막힌 우연에 빅마마마저 할 말을 잃고 잠시 굳어버렸다. 그리고 끝내 참으려고 했으나 결국 참지 못하고 웃음을 터뜨리고 말았다.

"우히히히히! 아, 아니, 그렇다면. 로빈 아가가 혹시 작업 도중에 친구에게 들킨 거야?"

청년의 정체는 바로 어느새 훌쩍 커버린 로빈이었다는 것이다. 삼년의 시간 동안 성장기를 거쳤기 때문인지 어리고 순수함이 느껴지던 얼굴은 어느새 건장한 미소년, 아니, 그보다는 둘을 찾아보기 힘든 미청년으로 변모해 있었다.

"아, 아마도……."

"우히, 히히히히!"

평범한 처녀 두 사람분의 몸을 지니고 있는 빅마마는 온몸의 살이 파도를 치듯 부들부들 떨면서 웃는 데에 정신이 없었다.

"시끄러워, 빅마마. 이게 다 애초에 학교에 절대 안 가겠다는 것을 억지로 보낸 당신 때문이잖아. 등교 거부할 거야. 죽었다든지 히키코모리병(집 안에서 밖으로 나오지 않는 일종의 정신병)에 걸렸다든지 아무 핑계를 대서라도. 도대체 나 같은 사회 불적합자가 왜 학교에 다녀야 한다는 거야?"

로빈의 사정에 대해서는 이곳에 모여 있는 모두가 잘 알고 있었다. 단순히 이런, 결코 남에게 자랑스럽게 대지 못할 직업을 가지고 있는 것은 사실이나 단순히 기억 상실증에 불과한 그가 사회 불적합자일 리는 없었다.

"그래? 뭐, 가끔씩은 학교를 쉬는 것도 좋은 교육이지. 그 대신 쉬는 날 동안, 너는 혼자서 쓰레기 처리와 방, 화장실 청소는 물론 매일 손님도 받아야 하고 3차까지 무조건 OK해야 한다는 거 잊지 마. 거부권이란 절대 없어. 자, 어때? 걸레가 될 거냐, 아니면 그냥 곱게 학교 다닐 거냐?"

싱긋, 하고 웃는 빅마마의 미소에서는 이미 자신의 승리를 확신해 두고 있음을 느낄 수 있었다.

"그런 말도 안 되는 차별 대우가 어디에 있어!"

"로미오 하우스에서는 내가 곧 법이라는 것을 잊었니? 아무튼 결정하는 것은 네 몫이란다, 아가야. 그냥 잠자코 학교에 가던지 아니면 열심히 그 몸뚱이를 굴리던지 말이야."

"빅마마, 그건 너무 심한 것 같아요."

"맞아요. 학교에 보내줘도 따라갈 수 없는 우리들과 달리 로빈은 그 명문 높은 '그랜드 펠릭스 아카데미'의 그것도 이 년 연속 수석 학생이잖아요."

그랜드 펠릭스 아카데미는 또 다른 이름의 신성왕국이었다.

신성왕국은 그 하나가 곧 나라이자, 라디언스 신을 모시는 신전이자,
가장 거대한 규모의 교육 시설이었다.

학생 수만 해도 무려 일만이 넘고, 한 반은 딱 열 명의 학생으로 이
루어져 있다. 거기에 최고의 교육 시설이라는 말답게 이곳에서는 반년
마다 시험을 치르고, 그때 일정한 자격에 미치지 못한 학생은 두 번의
기회도 없이 바로 학교에서 쫓겨 나가게 된다. 시험 수준은 또 워낙 높
기 때문에 매번 적게는 오백에서 많게는 천 명에 이르는 퇴학생이 나
올 정도다.

퇴학되는 학생들은 한 번만 재입학이 가능하고 또 퇴학당하게 되면
두 번 다시는 입학의 기회가 주어지지 않는다.

대신 그만큼 거르고 걸러진 인재, 즉 졸업생들은 탈락된 학생들의
몫까지 부귀와 명예를 얻게 된다.

떨어지는 자는 한없이 비참, 합격한 자는 더없는 영광. 그야말로 천
국과 지옥이라는 살이 떨리는 교육 시스템에서 로빈은 벌써 이 년 연
속 수석 자리를 차지하고 있었다.

"사회라는 것은 설령 친구가 자기 엄마와 잤다는 게 백번이나 알려
지는 것보다 더욱 힘들지. 그것도 모르는 나약한 아가 따위는 내게 필
요없어."

구구절절 옳은 말이지만, 어째 가슴에 와 닿지는 않았다.

한 입으로 절대 두말하지 않는 사람이라는 것을 잘 알기에 로빈은
별수없이 백기를 먼저 들 수밖에 없었다.

"으이이익! 학교 가면 될 거 아냐! 학교 가면!"

씨익.

미소를 짓는 빅마마.

“그래, 그래야지. 마리아 아가씨를 위해서라도 열심히 공부하렴. 뭐든지 배우는 것만이 이 세상에서 살아남는 유일한 방법이란다. 그게 공부든 무엇이든. 알겠니, 로빈 아가?”

“체엣!”

“자아, 아가들아. 오늘부터 신성왕국 최고의 행사인 장미 축제라는 것은 잘 알고 있겠지?”

“하! 하!”

사내, 미소년들은 두 손을 들며 야수처럼 힘껏 외쳤다. 손님들 앞에서는 순진한 양이지만, 그 본질은 어디까지나 자신의 것을 지키기 위해 싸워야 하는 수컷임을 잊지 말라는 뜻에서 빅마마가 정해놓은 것이다.

웃기지도 않은 신파극이지만 이상하게도 단합의 측면에서 좋은 효과를 보이고 있었다.

“작년과 재작년에 겪어봐서 알겠지만, 이 축제날이야말로 최고의 매상을 올리게 되는 날이다. 아가들이 해야 할 일은 잊지 않았겠지?”

“사랑! 봉사! 친절!”

어쩐지 무척 성의없고 어디에서 노용한 듯한 외침이다.

“좋아. 사람이란 누구나 외로움이라는 이름의 마음의 병을 앓고 있는 법. 그것이 혼자인 사람들에게는 더욱더 아프지. 사랑의 전도사로서 봉사하는 마음을 잊지 말고 그 누구라도 항상 웃는 얼굴로 친절을 보이며 넘쳐나는 너희들의 사랑을 나눠주도록. 알겠나?”

“하! 하!”

“그럼 이만 각자의 자리로 돌아가. 사람을 불러 이곳 정리를 좀 하고. 그리고 로빈 아가, 너는 따로 해야 하는 일이 있는 것을 잊지 않았겠지?”

“하아. 정말 죽고 싶어.”

“사내자식이 힘을 내라구.”

탁! 탁!

그 거대한 손이 등에 부딪칠 때마다 로빈의 몸이 앞으로 한 걸음씩 튕겨 나갔다.

“자, 가봐. 네 여자친구가 기다리고 있으니까. 내일 오후 영업 시간까지는 돌아와야 해. 앗차, 그 머리 염색물 빼는 거 잊지 말고.”

“걱정 말라구. 시간만은 꼭 지킬 테니깐. 그럼 다녀올게.”

로빈은 엄지손가락을 자신의 가슴에 쿡쿡 찌른 뒤 1층으로 내려갔다.

“후후, 벌써 저렇게 크다니. 이 나이가 되니 세월이 정말 빠르구나. 아니면 행복할 때는 시간이 빨리 흐르는 신의 변덕일지도.”

빅마마는 자신답지 않다고 생각하며 손님을 받아들일 준비를 하기 시작했다.

피휘이이이잉! 퍼벙!

피휘이이이잉! 퍼벙! 펑펑!

검은 밤하늘을 캔버스 삼아 색색깔의 불꽃들이 저마다 특유의 모습으로 하늘에 새겨졌다.

마침 신성왕국에서는 오랜만에 열린 국가적인 행사로 인해 거대한 소란과 즐거움의 장이 이곳저곳에서 벌어지고 있었다.

소란스러움과 시끌벅적함, 사람들의 커다란 웃음소리는 생기가 넘치고 보고 듣는 것만으로도 그런 이들의 활력이 자신의 몸으로 흘러들어 오는 것 같았다.

일명 장미의 축제라는 이름의 이 축제는 매년 신성왕국에서 벌어지는 축제 중에서 최고의 규모를 자랑했다.

광장에 켜져 있던 수많은 불빛이 하나씩 꺼져 가자, 웅성거림이 잦아지고 눈으로 세어보기란 절대 불가능하다고 느껴질 정도로 모여든 사람들의 시선이 점차 신성왕국 한가운데에 있는 화려한 분수대로 집중되어 갔다.

신성왕국의 광장 한가운데에 존재하고 있는 푸른색의 분수는, 과거 여신이 내려와 가장 먼저 몸을 씻은 장소라 해서 그 어느 곳보다 조심히, 신성스럽게 여겨지고 있는 곳이었다.

파앗!

모든 불이 꺼지고 단 하나의 불빛만이 남았다. 하지만 주위가 워낙 고요하고 어두운 덕분에 그 불빛이 있는 곳을 보는 데 큰 불편함이 없었다.

숨죽여 모두가 하나 된 마음으로 그곳을 지켜보고 있을 때, 새하얀 구두가 어둠을 벗고 공중에서 나타났다. 동시에 꺼져 있던 불빛이 모두 밝기를 되찾으며 광장을 새하얗게 밝혔다.

"와아아! 화이트 로즈다!"

"화이트 로즈님, 이쪽을 봐주세요!"

"난 이제 죽어도 소원이 없어!"

귀가 멀어버릴 것 같은 천둥의 환호. 하지만 그 어느 누구도 불만을 토로하기는커녕 어떻게 하면 자신의 목소리가 하늘에 닿을 수 있을지 내기를 하는 것처럼 더욱더 목소리를 높였다.

"화이트 로즈! 화이트 로즈!"

제각각이던 목소리가 하나로 뭉쳐들며 더욱더 커져 갔다. 처음에는 단순한 환호였을지 몰라도 점점 그 목소리가 하나가 되어가자 환호는 진정 하늘에 닿을 수 있을 것 같았다.

누군가 그랬던가? 사람들의 목소리가 하늘에 닿으면 그것은 곧 신언(神言)이 된다고, 그리고 그 중심에 바로 이 화이트 로즈라 불리는 사람이 있었다.

새하얀 구두, 새하얀 스타킹, 새하얀 레이스와 새하얀 드레스. 새하얀 장갑과 새하얀 모자, 마지막으로 새하얀 장신구까지.

그 새하얀 옷과 보석 하나하나가 넋을 잃을 정도로 아름다웠으나 이런 옷 따위에 환호하는 자는 그 누구도 없었다.

남녀의 구분도, 노소의 구분도 없다. 그 성별과 나이를 초월하고도 이만한 호응을 불러일으키는 것은 진정 화이트 로즈만이 지니고 있는 아름다운 매력 때문이었다.

스윽.

어떻게 된 원리인지 알 수는 없으나, 보통 물이 뿜어져 나오는 분수대의 꼭대기에서 아무런 어려움 없이 서 있던 화이트 로즈는 서서히 두 팔을 옆으로 벌렸다가 다시 그 두 손을 앞으로 모았다.

단순한 행동이었음에도 불구하고 그 동작 하나하나가 너무나 인상 깊은 데다, 푸른색의 분수대와 어울려 마치 한 송이의 백장미가 꽃봉오리를 틔우는 장면을 떠오르게 만들 정도였다.

모든 사람들이 넋을 잃은 채 황홀한 표정으로 바라보았다.

분수대는 튼튼하고 건강한 줄기를 투영하며 화이트 로즈는 자신의 몸으로 꽃을 투영했다. 그리고 앞으로 벌린 손이 이번에는 위로 쭉 뻗고 다시 옆으로 내려오자 드레스에 달린 새하얀 숄과 함께 새하얀 장미꽃 한 송이가 활짝 피어버린 것 같았다.

휘이잉—

갑작스런 돌풍이 불었다. 하지만 하나같이 넋을 잃고 있었던 이들이기에 그 누구도 눈치챌 수 없었다.

그렇지만 눈치채지 못했을 뿐, 바람이 소멸한 것은 아니기에 화이트 로즈마저 돌풍의 영향을 받아야만 했다.

갑작스런 돌풍에 쓰고 있던 모자가 날아갔다.

동시에 모두의 눈이 휘둥그레졌다.

이번 대의 화이트 로즈는 자신의 외모를 감추는 것으로도 유명했다. 하지만 이런 식의 해프닝으로 공개될 줄은 몰랐던 터라 이곳에 모인 자들의 놀라움은 상상을 초월했다.

은으로 만든 비단이 샤르르하고 녹아내리듯 흐르는 것 같다. 그것이 바로 머리카락이라는 것을 깨닫기에는 약간의 시간이 필요했다.

그리고 그 인간이 아닌 것 같은 외모는 더욱더 그들을 미궁 속으로 빠뜨려 놓았다.

"환상의 시간 속에서, 마음껏 쉬다 가시기를."

처음에 등장했을 때처럼, 화이트 로즈가 뒤로 물러서자 놀랍게도 점점 그 몸이 사라지기 시작했다.

화이트 로즈가 완전히 사라졌음에도 불구하고 그 누구도 바로 입을 여는 자 하나 없었다. 제법 긴 시간이 흐른 뒤.

"아… 아……."

가장 인내력이 없어 보이는 한 청년의 자그마한 소리는 화약 창고에 불을 집어 던진 것처럼 엄청난 폭발을 일으켰다.

"우와아아아아아아!!"

믿을 수 없는 함성, 믿을 수 없는 갈채. 자신이 본 것이 꿈이 아닌지를 주위 사람들에게 묻고 또 물어보는 사람들의 연속.

누가 그녀는 화이트 로즈에 어울리지 않는다고 그랬던가? 이제 그건 상관없다. 만약 과거의 화이트 로즈가 아직까지 살아 있다면 방금 그 사람일 거라고 확신하며 사람들의 환호는 끝이 날 기미를 보이지 않았다.

화이트 로즈.

그것은 이 세상에 살고 있는 수많은 여인들 중, 가장 아름답고 가장 순수한 자만이 받을 수 있는 최고로 영광스러운 자리이자 젊고 아름다운 처녀들이라면 누구나 참여할 수 있는 최고의 행사였다.

신성왕국에서 매년 벌어지는 장미의 축제 중, 사 년에 한 번씩 새로운 화이트 로즈를 뽑기 위해 벌어지는 이 대회에 참여하기 위해 적게는 수만부터 많게는 수십 만에 이르기까지의 인파가 몰려들며, 이 대회를 위해 목숨을 거는 여인들도 적지 않았다.

대륙에서 모르는 이가 없을 정도로 유명한 최고의 레이디의 호칭을 이어받는 그 상징적 의미도 굉장하지만, 무엇보다 화이트 로즈가 되면 뒤따라오는 실질적인 가치는 돈으로 환산하는 것이 불가능할 정도였기 때문이다.

화이트 로즈로 뽑힌 순간, 하루하루가 멀다고 쏟아지는 선물과 애정의 공세는 황실이라도 보관할 장소를 만드는 게 부담스러울 정도이고 이름만 들어도 아! 하고 놀라 뒤집어질 정도로 위세 높은 가문에서 혼담이 끊이지 않게 된다.

게다가 이 축제가 유명한 이유에는 또 다른 하나가 있었으니 바로 특별한 심사위원이나 엔트리 등의 참가 조건이 없다는 것이다.

심사의 기준 조건도 근 삼백 년이 넘게 최고의 보안 속에서 유지되어 왔으며, 지금껏 참가자 중에서 화이트 로즈에 뽑힌 여성들의 비율을 보면 귀족과 평민의 비율이 반반이었다.

한마디로 신데렐라의 꿈도 절대 헛된 꿈이 아니라는 것이다.

이런 실정이다 보니 사 년에 한 번, 이 화이트 로즈를 뽑는 행사가 벌어질 때에는 그날만이라도 신성왕국은 물론 각국 각지에서 몰려든 아름다운 소녀들이 신분과 허례허식을 잊고 자신을 꾸미기에 전력을 다하는 날이기도 했다.

신성왕국 내에서는 이 하나의 축제를 위해서 따로 조직된 기구(機構)마저 있을 정도다.

이 정도면 이 대회에 대한 관심이 얼마나 큰지를 느꼈을 터. 하지만 이런 굉장한 축제도 모종의 이유로 삼백 년이 넘게 이어져 내려오던 전통이 휘청거릴 뻔한 위기가 있었다.

그것은 다름 아닌 바로 이 년 전에 뽑힌 새로운 화이트 로즈 때문이었다.

그 당시에도 새로운 화이트 로즈는 그녀만의 아름다움으로 수많은 사람들의 눈을 뗄 수 없게 만들 정도로 아름다웠다.

하지만 이내 그녀의 정체가 밝혀지는 순간, 정말 약간의 과장도 안 보태고 이곳에 모여 있던 모든 사람들이 모두 100㎏이 되는 쇠로 만든 추를 안고 죽음의 늪으로 뛰어든 듯한 처절한 반응을 보였다.

그도 그럴 것이 그녀가 사는 곳은 바로 유곽이었고 그녀의 직업은 몸을 파는 일이라 스스로 말했기 때문이다.

도저히 말로 표현할 수 없을 정도의 충격스러운 사실에, 매번 화이트 로즈에 걸맞는 이를 뽑는 신관들조차 당황했다. 하나 그들은 사람들의 빗발치는 야유 속에서도 그녀야말로 화이트 로즈라고 이상하게 자신있는 태도로 발표했다.

"재작년 시작은 정말 불안했는데, 현 화이트 로즈는 역대 가장 완벽한 화이트 로즈 같습니다. 어린 저라 고작 지금까지 세 명의 화이트 로즈를 직접 눈으로 봤지만, 그래도 여태의 화이트 로즈와는 비교도 할 수 없을 것 같습니다."

금색의 실로 수가 놓여 있는 하얀색 옷을 입고 있는 젊은 신관이 말했다. 나이에 비해 제법 높은 사람으로 보이는 청년의 말에 옆에 있던 똑같은 옷을 입은 나이 든 신관이 고개를 끄덕였다.

"후후, 정말 그때 일을 다시 생각하면 심장이 떨어져 내릴 것 같지. 평범한 창녀라면 자신의 직업이 부끄러워 숨기는 게 당연하거늘, 너무나 떳떳한 그 태도라니. 그리고 얼마 지나서야 모든 것이 나의 편견이었다는 것을 깨닫자 나는 너무 부끄러워서 도저히 하늘을 바라볼 수가 없었네."

노년의 신관은 결코 잊지 못할 그때의 기억을 떠올렸다. 화이트 로즈를 찾기 위해 이리저리 돌아다니던 그들에게 갑자기 나타난 성물의 반응. 그곳에는 진정 화이트 로즈라 불리울 만한 아름다운 소녀가 있었지만 유감스럽게도 그녀가 사는 곳은 유곽이었고 그녀는 남자가 여자에게 몸을 파는 곳에서 일을 하고 있었다. 그로 인해 신전 내에서는 커다란 파문이 일어났었다.

"저도 그렇습니다. 화이트 로즈는 인간이 아닌, 신께서 내려주신 성물에 의해 뽑히는 신성한 처녀. 태어난 환경에 의해 어쩔 수 없이 그런 삶을 살아왔을 터인데, 저는 제 어리석음을 깨닫기보다는 혹시 성물이 고장난 것이 아닐까 하는 불경한 생각을 했으니……."

"허허허, 전부 그랬을 걸세. 하지만 그녀는 창녀가 아니었어. 아니, 오히려 그런 곳에 있어도 물들지 않은 순수함에 성물이 끌렸을 수도 있지. 어떻게 해서든 그곳에서 그녀를 빼오려 했지만, 끝내 성공하지 못했네."

"그곳이라면. 화이트 로즈가 노래를 파는 그곳 말입니까?"

늙은 신관은 고개를 끄덕였다. 그러자 청년의 얼굴이 더욱더 붉게 변했다.

"저, 저는 정말 이상하다고 생각합니다. 쾌락을 위해 몸을 파는 그런 불순한 곳을 추방하지 않는 까닭이 도대체 뭘까요? 더구나 그녀가 있던 곳은 더욱 이해할 수 없습니다. 어떻게 여자들이 남자들의 몸을 사고파는… 너무나 더러워서 입에 담을 수조차 없군요. 수양이 부족한 걸까요?"

화이트 로즈가 일을 하는 곳은 평범한 유곽과는 달리 남자가 여자에게 몸을 파는 곳이었다. 그렇기에 그녀의 순결함은 어느 정도 증명할 수 있었으나 그런 곳의 존재를 전혀 알지 못했던 신관들에게는 커다란 문화 충격이 아닐 수 없었다.

거기에 만약 화이트 로즈가 실은 여자가 아니라 남자임을 알게 된다면, 과연 어떤 일이 벌어질지…….

"수양이 부족하다기보다 아직 자네가 어려서 그런 것뿐이네. 하긴 이해할 수 없겠지. 하지만 인간은 언제나 부족한 존재일세. 완벽할 수가 없기에 항상 도망갈 자리를 확인해야 안심할 수 있는 존재이지. 본능을 참을 수 없기에 인간이라고 하는 것일세. 우리들은 그 본능을 다스리는 힘을 얻어 한 차원 높은 존재가 되기 위해 신의 밑에서 수양을 하는 것이고 그들은 그런 자격조차 부여받지 못했으니 어쩔 수 없는 법이지. 부족한 존재를 닦달하기만 하면 언제 무슨 일을 저지를지 모르네. 그럴 바에야 처음부터 도피처를 만들어주는 것이 좋지. 결국 필요악이라는 것이야.”

“하지만 그것은 어느 곳과도 다를 바 없는 정론 아닙니까? 이곳은 신성왕국입니다. 막으려고만 하는 의지가 있다면 막을 수도, 사전에 대처할 수도 있습니다.”

“후후, 그러니 어리다고 하는 것이야. 우리 신성왕국에서 생활하고 있는 사람은 총 얼마나 되는가?”

생각해 볼 필요도 없다는 듯이 청년 신관은 즉시 답했다.

“저희 신관들과 시민들, 그리고 유학 온 학생들과 상인들까지 합하면 십오 만 정도는 될 것 같습니다.”

“그렇다면, 하루에 이곳에 들르는 자들은 과연 평균 몇 명이나 될까?”

“자세히는 모르지만 대충 이삼십 만은 된다고 알고 있습니… 아아!”

“허허허, 이제 알겠는가? 이 신성왕국에는 살고 있는 자보다 하루 방문자들의 수가 더욱 많은 곳이지. 몰려드는 떠돌이 상인들, 귀족들, 수많은 라디언스 신도들, 그리고 신성왕국을 거쳐 다른 나라로 넘어가는 자들까지. 그 모두를 통제할 수는 없네.”

머리로는 이해가 가나 마음으로는 이해가 가지 않는 경우가 이런 것이리라.

“약간 거친 방법이지만 무력을 사용하면 되지 않습니까? 저희들에게는 템플 나이츠가 있으니까요.”

“기사가 일반인에게 손을 댄다면 그거야말로 두 번 다시는 얼굴을 들고 다니지 못할 정도로 부끄러운 일이지 않나?”

"그, 그거야……."

"사회는 아무도 모르는 사이에 저절로 필요한 것이 갖추어지는 곳이야. 그 한계를 넘어서면 제지가 필요하겠으나 이곳에서 그런 어리석은 일은 단 한 번도 없었지. 그 사람에게는 그가 맡은 일이 있네. 우리들이 맡은 일은 사람들을 구속하는 게 아닌, 신의 곁에 가까이 다가가는 일이라는 것을 잊지 말게."

젊은 신관은 고개를 절레절레 흔들었다.

"아직은 잘 모르겠습니다. 하지만, 머지않아 분명히 알 것 같은 기분이 듭니다. 아, 화이트 로즈께서는 지금 어떻게?"

"으음. 그분의 옆에는 지금 레이티아님께서 함께 있을 것일세."

"레, 레, 레이티아님이요?! 어, 어떻게 우리 신성왕국의 왈큐레라 불리는 이 중 한 분이신 레이티아님께서?"

청년 신관이 놀라면서 물었다.

"최근에 알게 되었지만, 글쎄, 그 두 분께서는 깊은 친분이 있다고 하더군. 후후."

"세상에, 아직도 누가 뭐라 할지 몰라도 역시 화이트 로즈는 그분밖에 없는 것 같습니다."

"나도 그렇게 생각한다네."

두 사람은 처음 대화를 시작했을 때처럼 아주 밝고 즐거운 표정으로 신성왕국 내에 존재하는 단 한 개의 신전 안으로 들어갔다.

"휴우!"

어두운 골목, 조금 전까지 화이트 로즈라 칭송받던 소녀가 있기에는 음습한 골목길에 아무렇게나 걸터앉은 채 장갑으로 땀을 닦고 있었다.

조금 전에 보인 그 환상적이고 아름다운 자태와는 너무나 다른 모습을 만약 누구 하나라도 봤다면 방금 전에 본 기억을 그대로 삭제시켜 버렸을 것이다.

"안 돼, 안 돼. 그렇게 예쁜 옷을 더럽히면 만든 사람이 슬퍼할 거야. 에헤헤."

옆에는 어느샌가 처음으로 보는 미녀가 무릎을 꾸부린 채 미소를 짓고 있었다.

검붉은 생머리에 진홍빛 제복을 입고 있는 그 모습은, 어딘지 활동적이면서 필요 이상으로 건강해 보였다. 마지막에 헤픈 웃음에서 약간 걸리는 게 있었지만 대체적으로 화이트 로즈와 함께 100점 만점이 아깝지 않은 미인이었다.

"난 오히려 내 진짜 정체가 밝혀졌을 때 사람들이 더 불쌍해지는데. 젠장, 이걸 이 년이나 더 해야 하다니. 아이고, 내 팔자야! 어디서 만난 몹쓸 계집애 때문에 도대체 내 인생이 어쩌다가 이렇게 된 거야!"

어떻게 된 것일까?

조금 전 그 부드러운 목소리가 아닌, 마치 남자 아이 같은 목소리가 화이트 로즈의 입에서부터 흘러나왔다. 그것도 상당히 상.스.러.운. 단어를 동반해서 말이다.

"에헤헤, 누군지 몰라도 정말 나빠. 그래도 로빈, 정말 잘 어울려."

그랬다. 화이트 로즈의 정체는 바로 어느새 열여섯 살이 된 로빈이었다.

조금 전만 해도 미청년이었던 모습이 약간 치장되었다고 하나 이렇게 아름다운 미모의 여성으로 둔갑할 줄이야. 그러고 보니 분명히 아름답기는 하지만 미녀라기보다는 중성틱하다고 할까? 아마 입고 있는 옷의 영향으로 선입관이라는 것이 유독시리 미녀로 착각하게 만든 것 같았다.

"그 흉수가 바로 너잖아, 이 웬수 아가씨야!"

아직 여장한 차림의 로빈이 두 주먹으로 인정사정없이 양쪽에서 머리를 눌러댔다.

"아하하하하, 아파~ 아."

"웃으면서 불평해 봤자 설득력없어. 믿을 만한 이야기를 해야지. 나 같이 평범한 인간에게 발키리도 아닌 '불의 왈큐레 레이티아' 가 아프다고?"

왈큐레 레이티아.

동대륙에 쥬신이라는 나라와 십화랑이라는 존재가 있다면 이곳에는 신성왕국과 왈큐레가 있다는 말이 있다.

둘의 존재는 여러모로 비슷한 공통점을 갖고 있었다.

첫째, 나라의 최강 최후의 수호신이라는 점. 둘째, 인간을 초월한 무신의 경지에 들었다는 점. 셋째, 십화랑이 쥬신 여왕의 특무 부대라면 왈큐레들은 교황의 검이라는 것.

다른 건 몰라도 십화랑에 맞설 수 있는 존재라는 그 한마디만으로도 그녀들이 얼마나 강한지 끝도 없는 상상만이 들 뿐이었다.

그런 네 명의 무신 중 한 명인 그녀가 겨우 꿀밤을 맞는 것 정도로 아프다? 코끼리가 바늘에 찔려 빈혈로 죽었다는 말이 더 신빙성이 있을 것이다.

"아! 정말인데. 봐봐, 여기. 눈물이 글썽하고 고였는걸."

로빈은 고개를 쭈욱 내밀며 살펴보았지만 아무리 봐도 눈물이 고인 흔적 같은 것은 보이지 않았다.

"거짓말 아니야. 여기 어두워서 그래. 자세히 봐봐, 눈물이 고여 있는걸."

제 딴에는 혹시 성장기를 맞이한 후에 힘이 좀 강해진 게 아닌가 하는 기대감에 좀 더 고개를 내밀었다.

그때였다.

쪽!

무언가 사랑스러운 소리가 들렸다. 하나 기척조차 느껴지지 않은 빠르기에 소리의 정체를 한 템포 늦게 깨닫고 말았다.

"이, 이 치녀(癡女)가!"

"아하하, 또 입술 빼앗았다! 로빈 너무 귀여워!"

벌겋게 달아오른 얼굴로 뒤로 멀찌감치 물러서고 만 로빈에게 손가락을 내밀면서 어린아이처럼 천진난만한 웃음을 짓는 여인.

"천진난만한 웃음은 무슨. 도대체 너 때문에 나는 내 일도 내팽개치고 이게 무슨 바보 같은 짓이냐고. 거기에 이런 젠장맞을 옷을 입고 노래까지 불러야 한다니. 아우우."

로빈은 이 년 전의 일을 잠시 되새겨 보기 시작했다.

…어떻게 된 영문인지 너무나 껌껌해서 아무것도 보이지 않았다.

"아아 그래, 내 인생이라는 게 다 이렇지 뭐. 사기 계약으로 호스트가 되어서 겨우 장사 좀 되는가 했더니 이런 찰거머리를 만나서 붙잡히지를 않나, 생일날에 여장해 달라고 해서 울며 겨자 먹기로 여장해 주지 않나. 또 하필이면 그 생일날에 괜히 화이트 로즈인가 뭔가 하는 거 뽑는다고 하는 것에 걸려 버려가지고 이제는 여장까지 하지 않나. 에휴휴~"

마치 인생 다 산 사람처럼 이야기하는 로빈의 등 뒤로 어둠의 포스가 짙게 느껴지고 있었다. 정확히는 알 수 없으나 불행이라는 이름의 마이너스 기운 덩어리로 추정되었다.

"나 찰거머리 아니다 뭐. 그래도 마담 언니는 내 덕분에 장사가 더 잘되게 되었다면서 칭찬해 줬는데?"

"나는 연봉제라서 아무런 상관도 없단 말이야! 제길, 이제라도 빨리 재계약을 맺어야… 가 아니라. 하여튼 네 쓸데없는 장단에 맞춰주다가 도대체 이게 무슨 꼴이냐고!"

"우우, 로빈은 여장하는 거 싫어?"

"당연하잖아!"

"난 좋은데. 미사 시간마다 매일 로빈이 여자 옷 입게 해달라고 기도까지 한다."

딱쿵!

"아파, 로빈."

"왜 나를 변태로 못 만들어서 환장이냐고! 기도하지 마! 신관보다 더 신성력이 넘치는 네가 기도하면 징말 기직이 일어나서 성전환이 될지도 모른다고! 그딴 기적은 죽어도 싫어!"

"히잉~ 하지만, 하지만 여장하면 로빈을 끌어안는 여자애들이 없는걸."

"하아?"

무언가 다시 퍼붓기 위해 심호흡을 하던 도중 맥이 빠지며 의문을 표했다.

"그전만 해도 로빈 만나러 가면 다른 여자들이 로빈을 끌어안고, 뽀뽀하고, 나 그런 거 정말 싫단 말이야. 그래서… 언니가 여장하면 여자들이 더 이상 로빈을 안 안을 거라고 해서……."

로빈의 얼굴이 일그러졌다.

모든 일의 뒤에는 그 언니라는 이름의 원흉이 숨겨져 있었다. 그 언니가 누구를 뜻하는지 모를 로빈이 아니었다.

그녀의 정체는 바로 케미 레이 발시온.

이 나라에서 교황의 다음에 위치하고 있으며 그 혼자가 '십이추기경단'의 힘과 맞먹는다고 알려진 자. 바로 현 왈큐레의 일원이자, 리더인 '글로리아 퀸'이었다.

"…그, 망할 노처녀 아줌마."

으드드득!

"나, 또 나쁜 짓 한 거야?"

이보다 훨씬 더 어두워도 알 수 있었다.

그녀의 눈가에 고이는 눈물을. 그 케미라는 이름의 아줌마는 과거 자신에게 부탁했다. 상처도 많고 아픔도 많은 그녀를 보살펴 달라고.

사자 새끼를 햄스터가 키우는 격이지만, 남이 하는 말에 신경을 쓴 적도 없고, 이것은 어디까지나 자신의 의지다.

"휴우! 절대 아냐. 덕분에 나도 가끔씩 찾아오는 향수로 절인 몬스터들을 상대 안 해도 되게 되었으니깐."

사람이라는 게 이미지가 있다. 아무리 겉모습이 정상적으로 생기면 뭐 하나? 성격이 엉망이면 입에서 나는 구강 청정제는 구울의 입 냄새보다 더 심하게 느껴지고 향수는 오거의 꾸리한 암내 그 이상이었다. 하지만 그런 사람들을 상대해 주는 게 또 호스트의 숙명이다 보니 이제껏 버텨온 것이고.

그러고 보니 방금 이를 아득 하고 갈 정도의 케미 아줌마도 냉정하게 생각해 보면 좋은 손님에 속했다. 장난이 너무 심해서 그렇지.

"일 년에 한번 해주는 봉사도 그렇고. 그럼 잠깐 놀러 갈까? 뭐든지 말해 봐. 수고료도 받아서 주머니가 두둑하거든. 뭐든지 들어줄 테니깐."

"에헤! 정말?"

"응, 정말."

"헤헤, 그럼 나 안아줘."

"……."

물론 레이티아처럼 아름다운 아가씨가 이런 말을 하면 속으로는 이게 꿈이 아닐지 의심이 들고 당장 죽어도 여한이 없게 되는 게 남자다. 하지만 정말 그녀를 안아줄 수 있는 사람이 있을까?

엄밀히 말하자면 그녀는 미인이라는 가면을 쓴 괴물이었다.

그녀가 마음을 먹는다면 소드 마스터 10단위는 일도 아니다. 인간을 초월한 무신이란 그런 자들이다. 그녀를 안아준다는 행동은 악어가 입을 벌린 그 사이로 자신의 목을 집어넣는 것보다 몇십 배나 더 무서운 것이다.

군사 백만이 넘는 제국이 고작 전체 인구 수 십오만이 약간 넘는 신성왕국에 함부로 하지 못하는 까닭이 바로 그녀들에게 있었다.

하나 로빈은 두 팔로 아무런 망설임 없이 그 가녀린 몸을 안았다.

그 순간 두 명은 전혀 다른 서로가 하나가 되는 일체감을 느낄 수 있었다. 아무것도 담겨 있지 않은 두 개의 빈 그릇이 서로를 담았다고나 할까?

"저기 로빈, 그거 알아? 나 언니 말고 다른 사람에게 안긴 것은 로빈이 처음이다."

"지금껏 수도 없이 안아준 것 같은데 말이지. 덧셈은 안 배웠어?"

"그런 뜻이 아닌데……."

"그래그래, 우리 강아지."

"히이잉~ 나 강아지 아냐."

로빈은 머릿결을 따라 등까지 몇 번이고 레이티아를 쓰다듬어 주었다. 그 익숙한 손놀림은 마치 야생 동물을 길들이고 있는 것 같기도 해서 매우 흥미로웠다. 그렇게 제법 시간이 흘렀다.

"그런데 레티. 이거 언제까지 해야 하는 거야?"

애칭을 부르면서 유도를 해보지만 이번에는 효과가 없었다.

"오 분만 더."

"그 말 벌써 여덟 번째거든."

"그럼 마저 열 번 채우면 안 될까?"

하여튼 세상이란 이런 법이다. 귀여운 애완동물이든 후배든 조금이라도 잘 대해주면 금방 기어올라서 머리 꼭대기까지 올라가려고 하는 법.

뭔가 비유가 이상하긴 하나 그런 거 신경 쓸 여유가 없을 정도로 지친 로빈은 극단적인 방법을 쓰기로 했다.

"엑?"

레이티아의 얼굴이 당혹감에 물들며 슬머시 붉어지기 시작했다.

"저, 저기 로빈."

"왜?"

"호, 혹시. 지, 지금 내 가슴 만지고 있어?"

그 말을 내뱉는 동안 어느새 얼굴은 잘 익은 홍시가 되어 있었다. 얼굴 표정이 참으로 다양해서 놀리는 재미가 쏠쏠했다.

“응. 여전히 큰데. 느낌도 좋고. 모양새가 아주 좋아. 착한 엄마가 되겠어.”

가슴이랑 착한 엄마랑 어떤 관계가 있는지는 도저히 모르겠으나 일단 고맙다고 말하는 레이티아였다.

“로, 로빈, 언제까지… 만질 거야?”

“난 네가 좋아서 안 떨어지고 있는 줄 알고 있었는데?”

하아암. 정말 지루했다. 거의 한 시간 동안이나 서서 끌어안고만 있었으니 이젠 질릴 대로 질린 뒤. 이제야 겨우 끝이 났구나 싶었지만 곧 되돌아온 대답은 너무나 예상 밖이었다.

“그럼 오 분만 더. 에헤헤.”

모두가 화려하고 즐거운 축제에 빠져 정신이 없던 어느 날 밤.

어느 한 커플은 그렇게 어두운 골목에서 서로의 온기를 느끼며 긴 저녁 밤을 흘러보냈다.

새벽녘. 로미오 하우스에 돌아온 로빈은 매번 그러했듯이 자신의 눈 앞에 벌어져 있는 참상을 보고 한숨을 내쉬었다.

“늦었어! 둘이서 도대체 어디서 뭘 하다가 왔길래 이렇게 늦은 거야!”

술에 취한 징글맞은 술주정뱅이처럼 따지는 아름답고, 웃옷을 벗은 탓인지 약간은 대담한 나시 차림의 이십대 중반의 아가씨가 있었다. 흥미로운 것은 바로 그녀의 앞 바닥에는 한 병에 작게는 몇십에서 몇백 리온에 해당하는 빈 술병이 삼십 개 정도가 굴러다니고 있었고, 아직 테이블에는 비슷한 가격대의 따지도 않은 술병이 고급스러운 안주와 함께 올려져 있다는 것이었다.

그녀가 바로 케미. 이십대 젊은 여성으로 보이지만 저렇게 봐도 나이가 사십이 훨 넘은 사람으로 로빈이 말한 노처녀 아줌마란 바로 그녀를 뜻했다.

"늦었어."

그리고 그 앞에서 술주정뱅이를 거들어주는 딱딱한 말투의 또 한 명은 남녀노소를 가리지 않고 시선이 절로 갈 만큼 인형처럼 예쁘게 꾸민 소녀였다. 다른 것은 몰라도 이런 호스트바와는 절대 어울리지 않는 데에 한 표 주는 것에 모두 주저하지 않을 것이다.

"우웅~ 귀여운 로빈~ 내 아들 하지 않을래?"

"우읍! 으읍!"

남자라면 누구라도 한번쯤은 받아보고 싶은 공격. 뒤에서 쳐다보고 있는 레이티아의 가슴처럼 파묻히면 질식해 버릴 수 있는 큰 가슴 계곡은 아니지만, 무지막지한 힘이 숨을 쉴 수도 없게 밀착시켰다.

"……."

결국 로빈은 발버둥 치다가 몸이 축 늘어지고 질식사를 하기 직전에야 간신히 구원받을 수 있었다.

"어머나, 내 테크닉이 그렇게 가버릴 정도로 좋았어?"

"하아하아, 웃기지 마, 이 아줌마! 이 바보야! 너는 내가 다른 여자한테 안기는 게 싫다고 해놓고 정작 자기는 가만히 있으면 나보고 어쩌자는 거야!"

로빈은 죽다가 살아난 화풀이를 애꿎게도 레이티아에게 퍼부어보았지만 레이티아는 한결같이 웃는 얼굴로 밝고 힘차게 말했다.

"괜찮아. 케미 언니는 나의 엄마인걸. 로빈을 빼앗아가거나 하진 않아. 그치?"

"응. 난 레이티아도 로빈도 모두 좋아하니깐."

“하아. 세상에서 제일 죽이 잘 맞는 모녀겠군.”

로빈은 속으로 욕설을 내뱉었다.

실은 이곳에 모여 있는 이 세 사람은 믿지 못하겠지만 대륙에서도 단 네 명밖에 존재하지 않는 무신(武神) 급의 강자이자, 신성왕국의 수호신이라고도 불리는 왈큐레다.

우선 불의 왈큐레 레이티아. 자칭 로빈의 여자친구라고 하는 그녀는 상당히 멍한 성격에 비해 눈을 빼앗아가는 완벽한 몸매와 비견할 수 없는 아름다움으로 다수의 여성들로부터 섭취한 양분이 몽땅 가슴으로 간다는 평가를 받고 있다.

다음으로 바람의 왈큐레 케미. 왈큐레 중에서도 대장 같은 존재인 그녀는 다 좋지만 장난기가 심하다는 엄청난 문제점을 지니고 있는 사고뭉치였다. 거기에 밥보다 술을 좋아하는 성격임에도 왈큐레의 특성상 술은 물론 몸을 해치는 그 모든 것에 상당히 강한 면역을 지니고 있는 터라 보다시피 보통 사람은 수십 번 황천으로 갔을 법한 양의 술을 마셔야 겨우 지금처럼 알딸딸한 정도로 술에 취할 수 있다.

저 무지막지한 술값이 전부 시민들의 세금의 일부라 생각하면 그녀의 존재 자체가 신성왕국의 수호신이 아니라 신성왕국을 말아먹을 것 같은 불안감이 든다.

마지막으로 대지의 왈큐레 씨드. 어린 소녀로 보이는 그녀는 케미에 이어 두 번째 연장자 왈큐레라고 한다. 왈큐레 특성상 늙지 않은 외모를 지닌 덕에 어렸을 적 외모를 그대로 간직하고 있는데 그런 외모 탓에 일부 층에서는 그녀의 강력한 지지자들이 존재하고 있다는 소문을 얼핏 들은 적이 있었다.

성격은 과묵, 냉정, 침착. 다만 매번 귀찮을 것 같은데도 케미를 따라 항상 로미오 하우스에 오는 것으로 보아 남의 부탁을 거절하지 못하는 착한 성격이라고 로빈은 생각하고 있다.

즉 결과적으로 이 호스트바에는 신성왕국 전체의 전력 중 2/3가 현재 집결해 있다는 것이다.

설령 제국의 군대가 쳐들어와도 이곳 호스트바는 결코 함락시키지 못한다는 결론이 나온다. 너무나 어처구니없는 말이라 농담으로 들리지도 않았다.

"이 년 내내 하루도 빠지지 않고 이곳에 와서 매번 이 모양이라니. 아마 오 년만 더 반복되면 신성왕국은 망해 버릴지도."

"괜찮아. 걱정 마. 원래 정치라는 게 다 그런 거지만 뒤쪽으로 항상 자금이 들어오게 되어 있거든. 궁금하지 않아?"

"으아악! 됐어요! 도대체 이 나라의 기밀을 나에게 얼마나 더 들려주고 싶은 겁니까? 지금 현재로도 당장 교수대로 끌려가 사형을 당해도 당연할 정도인데. 하아, 그냥 호스트인 내가 어쩌다가 이 꼴이 된 거야, 정말."

로빈은 진심으로 자신이 비참하고 불쌍해졌다. 도대체 어쩌자고 이 무시무시한 여자들을 만나서 이런 고생을 해야 되는 것일까? 진정 하늘에 따지고 싶은 기분이었다.

제18장
글로리아 퀸(Gloria queen)

어째서 너지?

내가, 내가 너보다 훨씬 더 잘할 수 있는데.

왜 내가 아니라 네가 선택된 거냔 말이야!

각오해 둬. 나는 아직 포기 안 해. 나도 왈큐레가 되어 너를 이겨 보이겠어.

내가 너보다 훨씬 더 유능하다는 것을 사람들에게 알리겠어.

각오해, 레이티아.

어째서 그 강대한 제국조차 신성왕국을 함부로 할 수 없는 것일까?

그 이유는 아주 단순하게 힘에 있었다.

힘. 모두가 부정하나 이 세상을 움직이는 가장 단순하고 막대한 것.

전 대륙에 존재하는 군사력을 10이라 볼 때, 전문가들은 제국이 4, 이트루 제국이 2, 신성왕국이 2, 왕국연합이 2라고 조심스럽게 판단한다.

제국의 경우 이미 오래전부터 인재 양성에 힘을 쏟아 부어왔으며 그 거대한 땅에 인재가 흘러넘치게 된 지금에 와서는 이미 말할 필요도 없었다.

정치, 힘, 의지 이 모든 것이 이미 최고조에 달한 그들은 자신의 힘의 120% 이상을 발휘할 만큼 강력한 군사력을 자랑했다.

다음으로 이트루 제국.

사막의 나라답게 그들의 전사는 모두가 일당십이라 할 만큼 강력하고 가장 넓은 땅을 가지고 있다. 하지만 그 땅의 60% 이상이 인간이 살아갈 수 없는 땅이고 넓은 땅 덩어리만큼 도저히 법으로 규제할 수 없는 무법자들이 넘쳐흐르는지라 그 힘이 통합된 적은 단 한 번도 없었다.

그리고 왕국연합은 말할 필요가 없다.

제국, 신성왕국, 이트루 제국과 가장 가까운 곳에 있으며 동시에 가장 군사력이 뛰어난 코롬 왕국, 무역과 상업이 발달되어 있으며 특히 대장장이 같은 솜씨 좋은 장인들이 많이 모여 있는 미들랜드 왕국, 마지막으로, 작지만 최고의 황금 평야를 가지고 있는 호더 왕국. 이 세 곳은 절묘한 균형을 이루면서 강인하게 버텨오고 있었다. 하나 이 흐름만 깨뜨리면 쉽게 무너질 곳이라는 불안감이 드는 이유는 왜일까?

마지막으로 신성왕국.

신성왕국은 이미 앞서 말했다시피 상당히 특이한 나라이다. 종교로 한마음이 된 백성들의 힘은 더없이 강력함을 발휘하고 무엇보다 그들에게는 템플 나이츠와 십이추기경단 외에도 수호신이라는 발키리와 왈큐레라는 존재가 있었다.

하나 신성왕국에도 최고의 불안 요소가 존재하고 있었으니 그것은 바로 교황의 부재였다.

신성왕국은 이미 백 년이 넘도록 교황의 부재가 지속되고 있었다. 원래 교황은 신탁이라기보다 십이추기경단에서 콘클라베를 통해 선출하나 백 년 전, 신물이 인정한 자만이 교황이 될 자격이 있다는 신탁이 내려진 이후 아직까지 공석이 지속되고 있었다.

그런 이유로 원래대로라면 왈큐레 중의 우두머리인 '글로리아 퀸(Gloria queen)'이 교황의 직무를 대신 맡아야 했으나, 현 글로리아 퀸의 거부에 의해 현재 신성왕국은 십이추기경단의 손에 좌지우지하고 있는 실정이다.

신성왕국에 존재하는 라디언스 신전은 현재의 양식으로도 따라잡을 수 없는 놀라운 석조 기술과 아치들로 유명했다.

특히 아름다우면서도 절묘한 위치에 존재하고 있는 창들은 화려하면서도 동시에 채광 효과를 극대화하여 자칫하면 한 치 앞도 보기 힘들 정도로 어두워질지 모르는 거대한 신전 내부 구석구석에까지 빛이 닿도록 하고 있었다.

사람의 발걸음 하나마저 커다랗게 울릴 법한 거대한 복도에서 걸어가고 있던 레이티아는 누군가를 발견하고 웃으면서 손을 흔들었다.

상대방은 놀랍게도 동양인이었다.

허벅지까지 틔어 있는—비록 속바지로 인해 노출은 없었으나—파란색 차이나 드레스는 처음부터 그녀를 위해 만들어진 것처럼 아름다웠다.

검은색의 눈동자는 흑요석을 연상케 했고 비단같이 고운 검은색 머리카락은 비녀를 이용해 깔끔하고 보기 좋게 머리를 묶고도 엉덩이에 닿을 정도로 길었다.

외모로 본다면 레이티아와 함께 둘도 없이 아름다운 미녀임이 틀림없으나 표정에서부터 드러나는 도도함과 날카로움은 그녀의 성격을 그대로 대변하며 사람들의 접근을 일체 차단하고 있었다.

그녀의 이름은 네메시스.

왈큐레가 지니게 되는 네 가지의 엘레멘탈의 힘 중, 불의 속성인 레이티아와는 정반대로 물의 속성을 지니고 있는 또 한 명의 수호신이었다.

"안녕, 네메시스."

쪼르르 달려와 인사를 하는 레이티아의 얼굴을 본 적도 없다는 듯, 차갑게 몸을 돌리고 앞으로 걸어갔다.

"저기, 어제 축제 재밌었지? 나도 밖에 나가서 무척 재밌게 놀았다. 에또, 로빈이랑 맛있는 것도 사먹고, 풍선도 터뜨리고, 물 폭탄에도 맞고, 무지무지 재밌었어. 너는?"

탁!

그녀가 멈추자 지금껏 단 한 번도 들려오지 않던 발자국 소리가 들려왔다. 일종의 경고인 셈이었다.

" '너' 라니. 두 번 다시는 실수로라도 친한 척하지 말아줬으면 좋겠어."

차가운 한마디. 그리고 다시 아무 일 없이 앞으로 걸어가는 그녀에게서 발자국 소리는 여전히 들려오지 않았다.

그녀가 저 멀리 사라져서 더 이상 보이지 않자 레이티아는 스스로 달랬다.

"괜찮아, 괜찮은걸! 예전부터 미움받는 건 익숙하니깐, 당연했으니깐. 그러니깐 괜찮아."

조금 풀이 죽어 있던 레이티아는 주먹을 쥐고 살짝 기합 소리를 내며 다시 앞으로 걸어가기 시작했다.

오늘밤에, 로빈이 일하고 있는 가게에 들러서 자신이 먼저 아는 사람에게 인사를 했다고 자랑스럽게 이야기할 것을 마음먹으면서 말이다.

왈큐레 중 가장 연장자이면서 바람의 왈큐레이자 현 글로리아 퀸인 케미의 방 안에 들어가자 자신 말고도 네 사람이 더 있는 것을 보게 되었다.

한 명은 조금 전에 본 물의 왈큐레 네메시스. 또 한 명은 마지막 대지의 속성을 지니고 있는 왈큐레 씨드였다.

짧은 단발머리의 씨드는 언제 어디서나 자신의 손에서 인형을 놓는 일이 없었다.

게다가 무표정에 눈도 언제나 감고 있는 데다, 겉으로 보면 인형처럼 귀여운 열다섯 살 소녀로밖에 보이지 않지만, 실은 케미와 나이 차가 불과…….

챙강!

레이티아는 바로 자신의 옆에 있는 컵이 풍비박산나는 것을 보고 그대로 굳어버렸다.

"거기까지."

"네, 네."

거기에 보는 대로 성격은 대충 이러했다. 굳이 말하자면 네메시스의 언니라는 느낌일까? 쌀쌀함에서는 한 수 아래이시지만, 냉철함과 무표정에서는 오히려 한 수 위라는 것이 세상 사람들의 평가였다.

"…니미럴."

…참고로 그녀는 눈치가 빠를 뿐, 사람의 마음을 읽는 능력은 없다고 한다.

아마도.

"자자, 오랜만에 모였으니까 좀 더 과격하게 놀아도 돼. 신전이 절반 정도 날아가도 용서해 줄게."

로빈이 옆에 있었다면 '이 악의 원흉아!' 라고 소리쳤을지 모르겠지만, 이 자리에는 그다지 정상적인 사람은 없어 보였다.

아니, 있다.

책상에 팔꿈치를 대고 의자에 앉아 있는 케미. 그리고 그녀의 뒤에 서 있는 여섯 갈래로 나누어진 갈색 섞인 금발의 롤 헤어 머리를 하고 있는 소녀. 외모를 봐도 입고 있는 화려한 드레스를 보아도 결코 평범한 이로 보이지 않았다.

하지만, 낯선 이가 신전의 최고 핵심 부위라 할 수 있는 이곳, 글로리아 홀에까지 있는 것을 보아 어렵지 않게 소녀의 정체를 눈치챌 수 있었다.

"역시, 지금 왈큐레가 모두 모인 이유는 당신의 뒤를 이어 바람의 왈큐레가 될 이 아이를 소개시켜 주기 위함인가요?"

"음. 네메시스는 너무 성급하다니깐. 아무튼 뭐 그런 것도 있고. 이제 내 나이도 나이고 너희들과 달리 자질이 부족한 나는 이제 은퇴를 하지 않으면 더 이상 몸이 버틸 수 없을 것 같아서, 이쯤에서 너희 세 명 중 한 명이 다음의 글로리아 퀸이 되어주었으면 좋겠다 싶어서 말이지."

원래 '글로리아 퀸' 이라 함은 신성왕국의 최고의 전사 발키리들과 그들을 다스리는 우두머리이자 수호신이라 불리는 왈큐레들을 다스리는 장으로 십이추기경단과는 달리 오직 교황의 명에 따르고 움직이는 자를 뜻했다.

즉, 일인지하 만인지상의 위치에 있으나 백 년째 이어져 내려오고 있는 교황의 부재 탓에 현재로서는 십이추기경단에 맞서는 신성왕국 최고 권력자에 속하는 자리로 변모해 있었다.

케미 그녀의 경우에는 워낙 정치에 관심도 없었고 계속되는 평화로 놀러 다니는 데 그 지위를 이용해 먹었으나 과거에는 이 글로리아 퀸의 자리를 차지하기 위해 왈큐레들 간의 혈투가 벌어지기도 했을 정도로 영광스러운 동시에 가치있는 자리였다.

그래서 매번 이 글로리아 퀸을 정할 시기가 찾아오면 그 무엇보다 조심하고 주의해야 했지만… 어째 이번에는 그럴 필요를 느낄 수 없는 것 같았다.

"안녕, 내 이름은 레이티아라고 해. 재밌는 거 보여줄까? 무지 예쁘다. 메테오(운석 낙하 마법. 도시에서 사용했다가는 절대 혼나는 수준에서 끝나지 않는다)라고 하는데……."

"로빈에게 또 혼나기 싫으면 제발 거기까지 하렴."

살 떨리는 소리를 아무렇지 않게 하는 레이티아. 이 년 전 로빈과의 첫 만남에서 그가 일하고 있던 '로미오 하우스' 를 통째로 날려 버린 일이 주마등처럼 떠올랐다. 그때 사상자가 없었던 것이야말로 신성왕국에 존재하는 신의 가호를 직접 체험한 게 아닌가 싶다.

"후, 그거 듣던 중 반가운 소리군요. 겨우 무능한 대장의 밑에서 벗어나게 되다니."

"그런 이야기는 웬만하면 안 들리게 해주지 않겠니?"

독설가답게 말하는 네메시스. 여기서 만약 그녀가 자신의 입장을 이해해 달라는 말을 했다면 곧바로 '무능력하긴' 이라고 내뱉을 것이다.

"……."

"하아아."

여전히 무언과 무표정을 유지하고 있는 씨드.

남들은 매번 휴가만 떠나는 자신을 손가락질했을지 몰라도, 그 휴가마저 없었다면 자신은 분명히 미쳐 버렸을 거라 의심치 않았다. 지금껏 어떻게 버텼는지가 더욱 신기할 지경이니.

케미는 레이티아의 앞에서 곤란한 표정을 하고 있는 소녀를 불러냈다.

"자, 인사하렴. 이 아이가 바로 다음 대의 바람의 왈큐레 실피시라고 해."

"반갑습니다. 제 이름은 실피시, 올해 스물한 살입니다. 잘 부탁드리겠습니다."

"아?"

순간 실피시를 제외한 모두 의외의 소리를 자아냈고 씨드마저 놀란 듯 어느새 눈을 뜨고 있었다.

"하하, 너 제법 동안이구나? 가장 막내로 생각했는데 설마 이 두 애들과 동갑이었을 줄이야."

케미의 말대로 실피시는 열일곱 살 정도로 미성년자라 오해를 받을 만큼 어려 보였다.

왈큐레인 그녀들은 신성력(Divine power)의 가호를 받아 더욱 아름답고 늙지도 않는 외모를 지니고 있다. 그것은 곧 은퇴할 케미 역시 마찬가지였다. 왈큐레가 지니게 되는 힘은 다른 이에게 옮겨져도 애초에 워낙 거대한 힘이기에 외모를 유지하는 정도는 아무것도 아니었다. 실제로 선대의 왈큐레들 역시 늙어 죽을 때까지 젊은 모습을 유지하고 죽은 이가 대부분이다. 하지만 그런 그녀들도 여자다 보니 아주 조금은 나이와 겉모습에 신경을 쓰고 있는 것이 사실이었다.

"당신이 데리고 와서 모른다니 어처구니가 없군요."

"뭐, 그럴 수도 있는 거지. 아무튼, 모두 사이좋게 지내줘. 그보다 다음 글로리아 퀸의 건에 대해서 말인데. 이건 갑작스럽지만, 레이티아, 네가 맡아줘."

마른하늘의 날벼락 같은 소리에 레이티아의 두 눈이 동그랗게 떠졌다. 그리고 네메시스의 눈 역시 크게 떠졌다.

"제, 제가 글로리아 퀸을요?"

그리고 갑작스런 정적이 찾아왔다.

말을 안 한 것이 아니라 누군가의 거친 변화에 전부 입을 다문 것이다.

"하, 하하하. 실례지만 케미 레이 발시온님, 지금 장난하시는 겁니까?"

네메시스의 몸에서 살기가 피어오르기 시작했다. 그 숨 막혀오는 살기에 아직 엘레멘탈의 힘을 이어받지 못한 실피시는 고통스러운 얼굴로 주저앉고 말았다. 그리고 이것이 바로 인간을 초월한 무신 왈큐레의 힘이라는 사실에 경외와 공포감을 느꼈다.

"웃기지 마십시오. 무능력하고 무책임한 당신의 그 허접함에 이미 치가 떨릴 대로 떨어왔습니다. 거기에 저딴 바보 계집애를 글로리아 퀸에 임명한다니. 제정신인지 의심스럽군요."

"거기까지. 너는 지금 월권을 하고 있음을 깨달아라, 네메시스."

"그럴 수 없습니다. 글로리아 퀸은 우리 왈큐레 중에서도 가장 완벽하고 가장 뛰어난 자만이 될 수 있는 자리. 그런데, 그런데 당신은 지금 겨우 저깟 년이 나보다 더 강하다는 말씀이십니까?"

"그만 하라 하지 않았나!"

콰광!

보이지 않는 거대한 힘이 네메시스를 강타했다. 하나 약간 요란스럽기만 할 뿐, 그 누구 하나 다친 흔적이 없었다.

"좋아. 지금껏 네 성격을 스스로 잘 알고 있어서 말을 하지 않았지만 제대로 말해 주지. 그래, 레이티아는 너보다 강하다. 아니, 여기 모여 있는 우리들 중 그 누구보다도 강하다."

으드득!

섬뜩한 소리는 환청이 아니라는 듯 네메시스의 입가에서 선혈이 주르륵 흘러나와 바닥을 적셨다.

"용. 납. 할. 수. 없. 습. 니. 다."

"너의 용납 따위는 필요없다. 그것이 진실이니까."

글로리아 퀸의 자리에 오른 이가 거짓말을 할 리가 없었다. 당연히 그럴 만한 인품의 소유자 때문이기도 하나 가장 큰 이유는 거짓을 말하는 순간 오히려 신벌을 받게 되기 때문이다.

이것은 역으로 신조차 그녀가 레이티아보다 약하다고 인정한 것과 같았다. 더 이상 인내할 수 없는 분노가 네메시스의 정신으로 파고들어 갔다.

"절. 대. 용. 납. 할. 수. 없. 어. 차라리 그렇다면 정식으로 레이티아와의 결투를 인정해 주십시오. 저 멍청이를 쓰러뜨려 제가 더 강하다는 것을 증명하겠습니다."

"네메시스!!"

끼링!

이번에는 누구나 볼 수 있을 정도로 대기가 움직이며 거대한 힘이 모여드는 순간, 갑작스레 난입한 낯선 힘에 의해 순간적으로 소멸해 버렸다.

모두의 시선이 옮겨져 간 곳에는 레이티아가 손을 앞으로 내밀며 서 있었다.

“저, 전 그런 거 필요없어요.”

“레이… 티아.”

맹수가 으르렁거리며 이빨을 드러내는 듯하다.

방금 이 정도나 되는 힘을 튕겨내는 것 정도는 그녀도 쉽게 할 수 있었다. 하나 소멸시키기 위해서는 힘은 둘째 치고서라도 절대적인 힘의 컨트롤을 필요로 했다.

그러한 것을 아무렇지도 않게 해내고 오히려 도망치려는 모습에 네메시스의 얼굴이 더욱 험악하게 굳어졌다.

“레이티아, 왈큐레 중에서는 가장 강한 자가 글로리아 퀸이 되어야 하는 법이야. 그것은 누군가 하고 싶다고 해서 되는 일도 아니지만, 하기 싫다고 피할 수도 없는 일이란다.”

“싫어요. 누군가와 싸우는 것도, 책임져야 하는 일도 싫단 말이에요.”

“어린애같이 굴지 말란 말이야. 이 빌어먹을!”

어느샌가 소환한 네메시스의 애창(愛槍), ‘람세스’가 바람을 가르며 레이티아의 심장을 찔러 들어갔다.

“까아악!”

카룽!

눈을 감고 비명을 지르나 레이티아의 몸만은 자신의 검 ‘스팅’을 허리춤에서 뽑아 들며 본능적으로 휘둘렀다.

챙캉!

불꽃이 튀었다.

바위조차 꿰뚫어 버릴 것 같던 네메시스의 신창(神槍) 람세스는 약간만 힘을 주면 부러질 것같이 가녀린 레이피어 형태를 지니고 있는 스팅에 튕겨나고 말았다.

"네메시스, 그만두지 못해!"

"이런 덜떨어진 애보다 내가, 내가 더 잘할 수 있단 말입니다. 어째서 할 마음도 없는 이런 년 따위에게 당신은… 아니, 다들 그랬어. 왜! 왜! 저 아이만 감싸주는 거지? 나도 마찬가지로 불행했단 말이야. 저애와 같이 고아로 이곳 라디언스 신전에 들어오고 같이 고생했지만, 다들 레이티아만 감싸주지. 하하, 그래도 나는 노력했어. 언젠가, 언젠가는 저런 귀여움받기만 한 아이보다 더 높아질 거라고. 그런데 어째서… 인정 못해. 죽어도 인정 못해."

울지 않는다. 그녀는 이제 더 이상 힘없는 아이가 아니었다. 수호신의 힘을 받아들인 이상 이제 그녀는 그 누구보다 강한 자에 속해 있다. 이제는 불행했던 기억에 울지 않고 밟아 부숴 버릴 수 있었다.

그 목표가 지금 눈앞에 있다.

찔러라. 손에 든 람세스로 저 심장에 커다란 구멍을 뚫고 머리를 쪼개라고 육체가 말하고 있었다.

이대로 놔두면 둘 다 망가지는 것은 시간문제인 것 같았다. 자신이 잘못 생각했던 것일까?

…케미는 고개를 저었다. 만약 자신이 네메시스를 글로리아 퀸으로 임명했다면 그것은 문제를 뒤로 미루어서 상황을 더욱 악화시키는 것뿐, 결코 해결하는 방안이 될 수 없었다.

"휴우! 안 되겠군. 그럼 좋아. 칠 일 후, 세 개의 탑에서 대결로 글로리아 퀸의 자리에 적합한 자를 정하겠다. 그 승부에서 엘레멘탈의 힘을 금한다. 순수한 본신의 힘으로 승패를 결정할 것이며 만약 상대방에게 사망 내지 중상을 입힌다면 그 누구도 글로리아 퀸에 어울리지 않다고 보겠다. 알겠나?"

그칠 줄 모르고 피어오르던 살기가 점점 갈무리되어 갔다.

"네, 감사합니다."

"…싫어. 이런 건… 싫어."

레이티아는 그렇게 작게 말하고는 방문을 열고 밖으로 달려나갔다. 그 모습을 보고 미소를 짓는 네메시스.

"네메시스, 나도 한 발 물러섰으니 네게도 부탁하겠어. 이번 일이 끝나면 그 결과에 연연치 않고 저 아이를 받아주렴."

"알겠습니다. 승부에서 저는 당연히 이길 테니까요. 승자가 패자를 위로해 주는 거야 당연한 일이지요."

결국 그 말은 져도 이겨도 원한을 잊지 않겠다는 말과 별반 다를 것이 없었다. 그사이에 씨드도 문밖으로 나가고 있었다.

"…아무나 이겨서 내게 짐을 떠맡기지는 말아줬으면 좋겠어."

"씨드, 한 달 뒤에 있을 대(大) 미사(missa)에 참석하는 거 잊지 마. 나의 은퇴식과 더불어 이 아이의 계승식이 있으니까."

"…귀찮군."

그리고 등을 돌려 기다란 드레스의 뒷자락을 바닥에 끌고서 복도로 나갔다. 뒤이어 네메시스까지 방을 나가서야 겨우 평화가 찾아왔다.

"저기 저분들 매번 이런 식인가요?"

"휴우. 유감스럽게도. 유난히 이번 대에 개성이 넘치는 왈큐레들이 많아서 말이야. 어때, 너도 포함될 것 같지 않니?"

"그, 글쎄요. 저는 평범이라는 말을 워낙 좋아해서……."

"이런, 이런. 너도 벌써 저 아이들처럼 될 끼가 있구나."

"네? 네에?"

깜짝 놀라는 표정은 어찌 보면 순진한 강아지 같아서 키우는 맛이 제법 날 것 같다고 생각했다.

"휴우, 이야기 듣자니 성이 헤이스팅스라고 했지? 헤이스팅스 백작 가문의 딸이 왈큐레가 되다니. 아무리 자질이 뛰어났다 해도 너 역시 사연이 많은 아인가 보구나."

"아뇨. 저 같은 애가 결혼을 하는 것보다 왈큐레가 되는 게 더 집안을 위한 길이라고 결심했기 때문에……."

그것이 그녀의 진심이라면 뭐라 할 말이 없으나 과연 어떨까.

"다시 한 번 더 말해 두지만, 우리 왈큐레들의 힘은 불완전한 힘이야. 동대륙의 쥬신들은 불로불사를 받고 수백 년간 노력한 끝에 지금의 무신의 경지에 오르게 되었으나, 우리들은 단지 과거부터 존재하고 있던 신의 힘을 계속해서 전해주는 것뿐이지. 물을 담은 그릇이 낡아 새 그릇에 옮기는 것처럼 말이야. 한마디로 말해 우리들은 그 힘을 쓰기 위한 부품일 뿐이고 인위적으로 이어지는 힘에 따라오는 제약과 고통은 상상을 초월한단다. 가장 먼저 너는 여자를 잃게 될 거야. 그건 우리 전부 다 그렇지. 내가 듣기에 너는 외동딸이라고 들었는데 정말 괜찮겠니?"

실피시는 서서히 두 손으로 주먹을 쥐었다.

"네. 각오는 이미 오래전에 끝냈습니다. 가문은 지금의 어머님께서 낳은 동생이 이어갈 겁니다. 이것은 제 선택입니다."

외모는 어려 보이고 유약해 보여도 실은 방금 전까지 모여 있던 그 누구보다도 더욱 강한 마음을 가지고 있는 것 같아 보였다.

왈큐레들은 대개 신전에서 보살피고 있는 여자 고아 중에서 그 자질을 보고 선택되는 경우가 많았다. 아니면 자질있는 여자 아이를 사 오던지. 아마 그녀가 알기로 눈앞에 있는 이 소녀는 최초의 귀족 출신의 왈큐레가 될 것이다.

"그래, 장하구나. 조금만 더 일찍 너와 만났다면, 저 골칫거리들보다는 네게 의지했을 텐데. 자, 그럼 슬슬 가볼까? 참고로 힘을 전수하는 데 느끼는 고통은 차라리 죽는 게 나을 정도일 테니 단단히 각오해."

"네."

그렇게 두 사람은 라디언스 신전 내에서도 가장 비밀스러운 지하 신전으로 내려가기 시작했다.

화창한 오후, 이대로 누워서 잠에 빠져 버리는 것도 나쁘지 않을 어느 나무 그늘에 앉아 십여 명의 친구들과 함께—전부 여자—로빈은 점심을 먹고 있었다.

이십 년 전만 해도 꿈도 못 꿀 모습이었으나 제국에서부터 시작된 여성의 사회 참여는 여성의 사회적 지위를 상승시켰고 그 결과 이 학교의 학생 수도 남녀의 비율이 5:5로 이루어져 있는 실정이었다.

평소에는 제법 한적한 곳이었지만 이미 로빈이라는 존재가 이곳에서 점심 식사 중이라는 정보가 어느 사이에 퍼졌는지 지금은 점심 시간의 운동장만큼이나 많은 사람들로 가득 차 있었다.

로빈의 주위에 있는 같은 반 소녀들을 부러운 눈으로 바라보고 있는 소녀들, 허락을 받고 가까이에서 그의 모습을 캔버스에 담는 소녀들, 시를 짓고 그 시를 들려주는 소녀들 등등. 마치 수십 마리의 나비가 한 꽃에 몰려드는 광경이 아닐 수 없었다.

이미 마리아에 의해 밝혀진 그 놀라운 학습 능력은 여자들에 대해서는 얼굴만 보고 속마음은 물론 속옷 개수까지 맞힌다는 고수들로부터 비급과 진전을 이어받아 그 누구도 따라올 수 없는 유아독존(唯我獨尊)의 경지에 올라와 있었고 게다가 하늘로부터 받은 그 화사한 외모는 플러스 알파로 작용되며 또래 이성의 가슴에 불을 지핀다는 표현으로도 모자라는 경지에 이르러 있었다.

그로 인해 지금껏 로빈에게 여자친구를 잃은 남학생들의 수가 부지기수이며 그들 중 소수가 모여 만든 로빈 척살단이라는 존재는 이미 회원 수가 이천 명을 넘어서며 최단시간 최고의 동아리가 되고 말았다.

즉, 이 학교에 존재하는 남자의 절반이 로빈과는 한 하늘 아래에서는 살아갈 수 없는 불구대천의 원수와도 같은 관계를 이루고 있다는 것이다.

평범한 사람이었다면 심장마비로 여러 번 죽어도 죽었을 것이다.

하지만 이것은 어디까지나 로빈의 외모나 행동이 여학생들의 기호에 맞아떨어져 나온 현상일 뿐으로, 극단적으로 말해서 그가 하는 짓 혹은 성격이 재수없다거나 의도적으로 노리고 하는 짓도 아닌지라 소수의 로빈 옹호파도 존재하고 있었다.

대표적인 예로 프로이도 그런 이 중 한 명이었다.

"네, 네놈!"

"응?"

로빈이 고개를 돌린 곳에는 어제 유감스럽게도 눈이 마주치고 기절해 버린 심약한(?) 청년이 한 손에 두 자루의 검을 들고 서 있었다.

"이 녀석! 그런 파렴치한 짓을 저지르고도 이렇게 아무 일도 없었다는 듯이 나타나다니! 네게는 일말의 수치심도 없는 것이냐?"

뼈대있는 가문의 아들이라 그런지 말도 참 멋지게 한다고 로빈은 생각했다. 아니, 그러고 보니 어제 일은 이 많은 사람들이 모여 있는 곳에서 차마 할 이야기도 아니니 오히려 불쌍하달까.

"휴우, 잠깐. 그건 나도 어쩔 수 없는 상황이었어. 차마 여기서 나의 사정과 영업 방침, 그리고 손님과 팔리는 물건에 의한 상관 관계에 관해서 우리 차분한 대화를……."

"필요없어. 결투다!"

하고 청년은 자신의 손에서 흰 장갑을 벗어 그대로 로빈을 향해 집어 던졌다. 하나 운이 없게도 갑작스러운 바람에 흰 장갑은 로빈 옆에 있던 한 소녀를 향해 날아갔다.

"잠시 실례."

처음에는 장갑을 잡을 생각이었다. 하나 자신의 의도와는 다르게 몸은 가볍게 소녀의 손목을 끌어당겼다. 그리고 앞으로 중심이 이동하는 소녀를 살포시 껴안고 그대로 허리를 잡으며 힘껏 뛰어올랐다.

휘익!

주위에 있던 소녀들의 머리카락이 동시에 위로 나풀거렸다.

직접 보고서도 믿어지지 않는 움직임과 그림 같은 동작에 청년마저 자신의 장갑이 아무런 역할노 하지 못하고 떨어졌나는 사실을 깨닫지 못한 채 멍하니 나뭇가지 위에 올라가 있는 로빈과 안고 있는 소녀를 바라보았다.

"꺄아~ 나 몰라! 거짓말 같아!"

소녀들의 비명 소리가 들려왔다. 그 비명 소리에 이끌려 이차 삼차 더 많은 비명 소리와 관심이 집중되기 시작했다.

"시, 신성한 결투를 우습게 보는 게냐!"

뒤늦게 프로이가 외쳤다.

던진 장갑을 피했다는 예를 찾아볼 수 없는 어처구니없는 행동에 얼굴이 떨릴 정도로 분노했다.

거기에 비해 로빈은 그의 분노 이상으로 놀라움을 느끼고 있었다. 방금 이 움직임, 정말 자신이 해낸 일인지 도통 실감이 나지 않았다. 마나의 세계를 모르는 로빈은 자신이 한 번의 도약으로, 그것도 헝클어진 자세에 한 소녀를 안은 채 이 미터에 달하는 높이로 뛰어오른 이 사실 자체가 믿겨지지 않았다. 거기에 안 그래도 방황하고 있는 정체성은 로빈으로 하여금 큰 혼란의 씨앗을 심어준 꼴이 되고 말았다.

"네놈이 저지른 그 악행을 만천하에 알리고 싶지 않으면 당장 내려와서 이 검을 들어라!"

얼마나 화가 났는지 이제는 이성적인 판단도 되지 않는 것 같다.

"휴우~ 이봐, 진정 좀 해. 그러니깐. 그게 알려지면 곤란한 건 너잖아."

"크윽!"

그렇게나 흥분하는 그 마음을 이해 못하지는 않지만… 로빈은 아무래도 피할 길은 없어 보였다.

"알겠다. 하지만 너도 보다시피 지금은 곤란하다고 생각한다. 원하는 대로 결투든 뭐든 해줄 테니깐 일단 여기서는 이만 하는 게 어떨까? 날짜와 시간은 네가 정해주는 대로 따르겠어."

"흥! 진작 그럴 것이지. 그 잘나 빠진 면상을 으깨어 줄 테니 벌벌 떨면서 각오하고 있어라. 침대에서 한 일 년은 쉴 수밖에 없는 몸이 되게 만들어주지. 흥."

그 태도가 얼마나 진지한지 주위 소녀들의 등줄기가 절로 차가워졌다. 프로이는 그 말을 남기고 더 이상 할 말이 없는 듯 몸을 돌렸다.

"잠깐."

로빈의 단호한 한마디. 무언가 더 할 말이 있는가 싶어 등을 돌리자 거기에는 난처한 표정을 짓고 있는 로빈이 보였다.

"저기 미안하지만… 이 아이 좀 받아주지 않겠어?"

"……."

자신도 모르게 높은 나뭇가지 위에 올라간 로빈. 하지만 도저히 한 명을 안고 내려올 자신이 없었던 것이다.

프로이는 기껏 모아놓은 독기가 빠져나가면서 허탈감에 맥이 빠지고 말았다.

신성왕국의 한구석에는 제대로 만든 게 아닌 것 같은 건물들이 서로 마주 보고 있는 형태로 일렬로 쭉 들어서 있는 장소가 있었다.

골목도, 하수도도 제대로 정비되어 있지 않은 이곳이 바로 세상 사람들이 소위 말하는 유곽이라는 곳이었다.

그 유곽의 가장 깊은 곳에, 밖의 모습과는 비교도 할 수 없는 허름한 건물들로 가득 차 있는 공간이 있었다.

그나마 화려하고 거리낌이 느껴지지 않는 밖의 건물들이 이곳에서 살고 있는 자들의 '가게'라면 이곳은 바로 그들이 모여 사는 '집'이었다. 그리고 이곳은 현재 로빈이 살고 있는 거처이기도 했다.

"와아아! 로빈 형이다!"

"로빈 형이 왔어!"

아이들이 손을 들어 가리키는 곳에는 낡은 로브로 모습을 가린 채, 양손에 무언가가 가득 차 있는 커다란 봉투를 잔뜩 들고 걸어오는 사람이 있었다.

그 모습을 본 순간 유곽에 살고 있는 모든 아이들은 앞 다투어 그에게 달려갔다.

"헥! 헥! 으헥! 엄마 말 잘 듣고 있었냐, 이 꼬맹이들아? 헉헉!"

"네에~"

로빈이 후드를 벗으며 말하자 이구동성으로 외치는 꼬마 아이들.

이 중에는 어머니가 있는 아이들도 있었지만 절반이 넘게 갈 곳 하나 없는 고아들을 이곳에서 받아준 것이었다.

하나같이 허름한 옷을 입고 있었으나 그 순진무구한 모습만은 여느 동네의 아이들과 다를 바 하나 없었다.

"자! 그럼 착한 꼬맹이들에게 주는 선물이다."

"와아아아아~!"

라면서 아무렇지 않게 어린아이들에게 던져 주는 것의 정체는 다름 아닌 아주 곱게 포장되어 있는, 심지어 어떤 것에는 보존 마법까지 걸려 있는 화려한 선물 꾸러미였다.

그 선물 꾸러미의 정체는 다름 아닌 소녀들의 마음과 정성이 가득 담겨 있는 러브 레터와 선물들로, 커다란 봉투를 하나 뒤집자 마술처럼 선물 상자가 우두두 하고 쏟아져 나왔다.

"와아! 초콜릿이랑 캔디야!"

"애플파이도 있어. 아직 따뜻해."

"뭐지, 이거? 향수 세트? 쳇, 먹는 게 아니잖아."

"거기! 준 사람의 성의를 생각해서라도 선물을 함부로 대해서는 안 된다고 내가 몇 번이나 말했지. 조심히 해. 어허, 못 먹는 것은 대부분 팔면 비싼 값을 받을 수 있다는 것도 잊지 말라니깐. 포장을 뜯을 때도 형체가 최대한 남도록 조심히 뜯어서 겨울이 오기 전까지 잘 모아놓아야지."

그러고 보니 주위의 집들은 하나같이 알록달록한 느낌이 풍겨오고 있었는데 바람이 들어올 법한 틈새에 포장지를 붙여놓은 것이 보였다.

"호호, 여전히 인기 좋은데, 로빈."

고혹적인 웃음을 지으며 다가오는 여자는 가슴과 허벅지가 확 드러나는 정열적인 붉은색 드레스를 입은 젊은 미인이었다. 그녀는 유곽에서도 가장 인기가 좋은 쉐리라는 이름의 창기로 그녀를 한번 안기 위해 몰려드는 이는 많으나 외모답게 까탈스러운 취향으로 수많은 남자들을 눈물 흘리게 만든 장본인이다.

어느새 아이들이 비스킷 부스러기에 몰려드는 개미처럼 우르르 달려들어서 선물들을 전부 들고 어디론가 사라지자 매일 그러하듯 다음으로 로빈을 반기는 이들이 있었다.

하나같이 얇고 몸이 드러나는 나삼을 입고 있는 그녀들은 이곳의 주민이자 주인, 그리고 모든 아이들의 어머니들이었다.

"그다지. 평소 관리에 충실한 것뿐이지. 흠흠."

속마음은 하나도 자랑스럽지 않으면서 겉으로는 오버하면서 제 얼굴에 금칠을 하는 모습이 괜히 우스워 보였다.

"매번 고마워. 네 덕분에 우리 아이들이 저렇게 건강하게 자라고 있으니… 이 은혜를 어떻게 다 갚아야 할지."

가슴 부위가 커다랗게 파여 금방이라도 그 커다란 가슴이 드러날 것 같은 여자의 이름은 페트. 저렇게 젊어 보이지만 어린 나이에 아이를 낳아 지금은 여섯 살의 아들을 둔 한 아이의 어머니이다.

그녀는 로미오 하우스의 빅마마와 같은 역할을 하는 존재였다. 그렇다 보니 로빈에게 더욱 고마워하고 있는 것 말할 필요도 없었다.

"이 년 전에 제게 살 곳을 주신 여러분에 비하면 이런 건 아무것도 아니죠."

그 살 곳이라는 게 객관적인 눈으로 볼 때, 집 안에서 말 한마디를 내뱉으면 건너편에까지 들려오고 언제 무너질지 몰라서 불안감에 잠도 잘 오지 않는 곳에 불과하지만, 이곳에서는 대부분의 사람들이 그런 곳에 살고 있었고 로빈 역시 불만은 전혀 없었다.

과거 이 년 전 로빈이 처음 이곳 신성왕국에 왔을 때, 빅마마로부터 가장 먼저 들은 말이 자신이 살 곳은 스스로 마련해라였다.

대부분의 친구들은 빅마마로부터 받은 돈을 모아 함께 살거나, 자신의 능력으로 싼 집을 운 좋게 구했지만 로빈만은 유독시리 사회에서 소외받은 듯한 이곳이 마음에 들었다.

"그땐 처음에 정말, 웬 겉만 멀쩡한 미친 인간이 왔는지 궁금했었다니까. 호호."

"하긴, 그리고 그 다음 더 놀랬지. 예전에는 천막을 쳐놓고 장사를 했는데 갑자기 평소에 만질 수도 없는 큰돈을 들고 와서는 이곳에 이렇게 멋진 가게들을 지어줄 거라고는 꿈에도 생각 못했으니까."

"그건 약과였어. 어떻게 돈 벌었냐는 질문에 이렇게 말했잖아."

"몸 파는 게 제 일이에요."

"몸 파는 게 제 일이에요."

"몸 파는 게 제 일이에요."

쉐리를 필두로 유곽에서 가장 젊고 예쁜 창기들인 일명 쉐리 세 자매들의 막간에 다시 웃음꽃이 활짝 피었다.

"정말 그때, 올챙이가 개구리 앞에서 까부나 했는데, 누가 올챙이였는지 알고 충격 먹었지 뭐야."

확실히 로빈 혼자 일주일에 벌어오는 돈은 그녀들이 한 달에 버는 돈의 전체 액수와 비슷했다.

무엇보다 허름한 곳에서 몸을 파는 하류와 환경도, 여건도 최상위층의 사람들을 전문으로 장사하는 일류 간의 문제였기에 어쩔 수 없는 일이기도 했지만, 로빈은 자신이 번 돈을 모두 이곳을 가꾸는 데 아낌없이 쏟아 부었다. 그 덕분에 과거 더럽고 어두운 이미지는 점점 사라지고 있었고 최근에는 손님들도 더욱 늘어나게 되어 이제는 그가 없더라도 굶어 죽을 정도로 딱한 이들은 찾아보기 힘들었다.

그의 이러한 행동이 아무런 이유도 없는 변덕에서 나온 선행인지, 아니면 무언가를 노리고 있는지는 전혀 알 수 없으나 이미 이 년간 함께 생활하고 함께 밥을 먹으면서 이제는 한가족이나 다름없는 사이가 되고 말았다.

"하아아암. 이젠 더 이상 안 되겠다. 어제 출장 갔다가 곧바로 학교에 가서 말이야. 분 냄새랑 향수 냄새가 날까 봐 하루 종일 조심하다 보니 너무 지쳐 버렸어."

거기에 두 사람도 끙끙거릴 정도의 무게를 혼자서 들고 이곳까지 왔으니……

"후후! 로빈, 내 침대 이번에 푹신푹신한 걸로 바꿨는데 와서 안 누워볼래?"

"무슨 소리야? 로빈, 내가 포근한 침대가 되어줄게 내 방으로 안 갈래?"

"하여튼 피곤한 사람 잡고 뭐 하는 짓이야. 이 푹신푹신한 가슴에 안겨서 잘 생각 없어, 로빈?"

노골적인 유혹은 그 누구도 거절하지 못하게 만드는 매력을 분명히 짊어지고 있었지만, 과도할 정도의 피곤함으로 인해 로빈은 일말의 휴식을 원했다.

"아아 미안, 너희들이랑 자면 절대 잠만 잘 수 없을 것 같으니깐 포기할래."

"꺄르르르! 역시 현명하다니깐, 로빈은."

슬슬 장사를 준비할 시간이 되었다 보니 로빈은 활력이 넘치는 그녀들을 상대하기가 점점 힘에 부쳐 옴을 느끼면서 얼른 자신의 집 안으로 들어갔다.

딱딱하기 그지없는 침대에 몸을 눕힌 로빈은 제법 긴 시간 동안 의미없게 천장을 바라보았다. 그러는 사이에 어느덧 밤이 찾아왔다.

그동안 로빈은 낮에 그 놀라운 움직임을 떠올리고 다시 또 떠올리기를 반복했다.

너무나 갑작스럽게 벌어진 일, 마치 몸이 깃털이 된 착각에 빠져서 스스로 해놓고도 놀라 버린 그 행동을 그 후로는 몇 번이나 시도해 보았으나 허탕만 칠 뿐이었다.

하지만 그때 한순간 느낀 일체감은 도대체 무엇일까? 혹시 자신의 잃어버린 기억과 관계가 없진 않을까?

아무리 생각해도 답이 나올 리 없는 문제에 한숨을 크게 내쉬었다.

"휴우, 문제는 그게 아니잖아. 그나저나 삼 일 후에 있을 결투는 어떻게 하지……."

현재의 기억상에서 로빈이 딱히 강해지기 위한 단련을 한 적은 단 한 번도 없었다. 건강을 위한 조깅 정도 이외에는 그 어떤 운동도 빅마마에 의해 철저하게 금지당했기 때문이다.

로빈의 현재 테마는 나약한 미소년이라 이미지에 맞지 않는다는 것이 그 이유였다.

"프로이 메르암, 올해 열일곱 살로 자격은 없으나 기사와 동급의 실력을 지니고 있음. 신성왕국 태생으로 독실한 라디언스 교의 신도이며 제국 검의 신동이라 불리는 크로첼 에딕을 목표로 삼고 있다… 라. 젠장, 이런 인간이랑 결투가 가능할 리도 없잖아."

크로첼 에딕이라는 이름은 귀동냥으로 한두 번 정도 들어본 기억이 있다. 간단하게 한마디로 인간이라고는 믿겨지지 않는 생물이라던가.

열 살 때 이미 기사의 자격을 받아냈고 불과 삼 년 후에 소드 마스터가 되었다는 하늘이 내려준 신동의 위명은 이미 이곳 신성왕국에서도 자자했다. 비록 삼 년 전 모종의 이유로 집안의 위세가 한풀 꺾인 것과 더불어 그 쟁쟁하던 위명이 줄어든 것은 사실이나 최연소 소드 마스터라는 사실은 결코 변하지 않았다.

귀족들은 절대 말을 함부로 하지 않는다. 목표라는 말을 썼다면 근시일 내에 따라잡겠다는 확신이자 최소한 신동이라는 위명에 준할 만큼의 실력을 갖추고 있다는 말이다.

솔직히 말해 겁이 나기도 한다. 그런 인간이랑 결투한다면 과연 얼마나 버틸 수 있을까? 일격에 죽지 않으면 다행일 것이다.

"안 돼. 얼마 안 있으면 또 일하러 갈 시간이란 말이다. 잠들어라, 로빈. 잠들어라……."

아파오는 머리에 로빈은 결투에 대해 나은 가능성을 포기해 버리며 이불을 뒤집어쓰고 잠을 청했다.

누가 말했던가. 인간의 목소리야말로 신이 만든 최고의 악기라고.

지금 그 말은 그야말로 진리처럼 이곳에 모여든 사람들의 귀와 마음을 차분하게 정화시켜 주고 있었다.

신비로운 옷차림의 소녀. 화려한 금색 롤 가발을 쓴 상태로 부르는 노래.

그 매혹적인 목소리는 다채로운 화음과 어울려지며 사람들을 그 새로운 세계로 빨아들이고 있었다.

혼신의 힘을 짜내는 것이 느껴지는 파워, 정열, 그리고 절박감.

이리도 아름다운 목소리를 가졌으면서, 이리도 멋진 노래를 부르면서, 왜 그녀는 이토록 사람들을 애타게 만드는 절박감을 가지고 노래를 부르는 것일까?

그리고 노래가 끝나자 놀라울 정도의 박수 소리가 들려왔다.

홀 안의 사람들 중 대부분은 귀부인이라는 것을 감안했을 때, 이런 반응은 실로 대단한 것이었다.

자신들이 이곳에 온 진짜 이유를 망각할 정도로 노래에 빠져든 그녀들을 당분간 식을 수 없을 정도로 뜨겁게 달궈놓고 그 목소리의 주인공은 인사를 하며 무대 뒤로 들어갔다.

그리고,

"푸하아아아~"

신비로운 미소녀는 평범한 미소년(?)으로 탈바꿈되었다. 이 모습을 본 누군가가, '입만 벌리지 않으면 완벽하다' 라는 명언을 남기기도 했다.

"수고했어, 로빈. 볼 때마다 정말 네 노래 부르는 모습은 신기하다니까. 사람이 완전히 바뀌어 보이는 정도라니. 만약 너를 몰랐다면 나는 네 노래 부르는 모습에 반해서 상사병에 걸렸을지도 몰라."

예전에 함께 이곳으로 끌려왔던 한 동료가 그렇게 말하자 여기저기에서 동조하는 소리가 들려왔다.

"그렇게 쉽게 말하지 말라구. 이제 슬슬 변성기가 찾아오는지 노래 부르는 것도 힘들어. 하아, 괜히 그놈의 화이트 로즈니 해서 이게 무슨 꼴인지."

"그거야 잘 어울리니 상관은 없는 것 같지만 변성기는 곤란하네."

"지독하게 곤란해. 빅마마가 널 거세시킨다는 말은 단순한 소문이 아닐지도 몰라, 로빈."

"하하하하!"

동료들 간에 웃음보가 터졌다.

변성기가 오기 전에 거세를 시키면 소년은 남자가 되지 못하는 대신 정체(停滯)되어 버린다. 육체도… 마음도… 라는 주제로, 유명한 비극에 빗대어 농담을 한 것이다.

확실히 그의 노래에 대한 가치를 생각하면 심각하게 생각해 볼 만한 문제라는 것이 로빈을 웃을 수 없게 만들었다.

딩동.

"로빈, 지명이야. 손님은 네가 잘 알고 있는 케미님."

"케미 아줌마? 최근에 일 때문에 바쁜 것 같더니 오랜만에 놀러 왔네."

케미는 현 글로리아 퀸이지만 틈만 나면 이곳 호스트바에 놀러 오는 숨겨진 특VIP 손님 중 한 명이기도 했는데, 솔직히 말해 로미오 하우스가 지금만큼 성장한 데에 그녀가 없었으면 불가능했을지도 모르는 일이었다. 오죽하면 이 년 전 첫 개업 손님이 바로 그녀였을까?

예전에 한번 로빈은 그녀에게 이런 곳에 놀러 오는 것은 신앙에 위배되는 행동이 아니냐고 질문한 적이 있었다. 그때 그녀는 갑자기 두 손을 모으고,

‘빛의 신이시여 당신의 딸인 제가 부정하다고 생각하시면 지금 제게 벼락을 내려주소서. 대신 자식의 잘못은 부모의 잘못이니, 벼락의 절반은 대신 맞아주소서.’

라고 기도하고, 잠시 후 아무런 일도 안 일어나자,

‘괜찮다는데? 자기 몫까지 더 즐기라고 하시는군.’

라는, 누군가 들었으면 신성 모독죄로 백번은 더 교수형에 처할 법한 말을 서슴없이 답했다(물론 그녀를 교수대에 몰아넣을 정도로 간 큰 인간은 존재하지 않으리라 확신한다).

VIP인 그녀이기에 로빈은 평범한 홀이 아닌 2층에 마련되어 있는 룸으로 향했다.

“우리 귀염둥이 로빈 왔정?”

“…….”

방 안에는 미리 이야기를 들었듯이 케미 혼자 있었다.

설마 오늘 하루의 업무가 제대로 시작도 하기 전부터 이렇게 힘든 임무를 받게 될 줄이야. 얼굴이 달아오른 것을 보니 벌써 최소한 고급 브랜디 이십 병 이상은 마신 듯이 보였고 혀가 꼬인 걸 보니 간혹 안주 삼아 럼주도 한 열 병 정도 마신 것 같았다.

그런데 의외로 테이블 위에 놓여 있는 술병은 두 개에 아직 하나는 뜯지도 않은 것이었다.

약간 이상한 기분도 들지만 취한 것은 마찬가지라 마음속으로 오늘 또 시달릴 것에 각오를 단단히 하고 입을 열었다.

“오늘은 드물게 혼자 오셨네요?”

여성의 몸으로 신성왕국 최고의 직위를 지니고 있는 그녀는 로미오 하우스에 들를 때마다 혼자 온 적이 없었다.

레이티아 역시 그때 그녀를 통해 처음으로 만나게 된 것이다.

"가끔씩은 혼자 술 마시고 싶을 때도 있는 법이거든. 앗, 참! 로빈, 혹시 레이티아랑 안 만났어?"

"아뇨, 오늘은 한 번도 못 봤네요."

왈큐레들은 신성왕국의 수호신이라는 입장 외에도 여러 가지 임무가 있었다. 그중 가장 대표적인 것이 바로 발키리들을 육성시키는 것이다.

발키리는 그녀들과 비슷하게 어렸을 적부터 자질이 뛰어난 소녀들만을 모아 만든 단체였다.

즉, 글로리아 퀸 밑으로 세 명의 왈큐레가 있고 그 밑으로 일 인의 왈큐레에 총 열 명에 달하는 발키리라 일컬어지는 여전사들이 존재한다.

비록 교황의 오랜 부재와 십이추기경단이 만든 템플 나이츠의 활약으로 인해 점점 그 위명이 줄어들었으나, 여자의 몸으로도 왈큐레들을 보조하기 위해 왈큐레늘로부터 상상도 할 수 없는 고된 수련을 받고 하나하나가 마법 무기로 완전 무장을 갖춘지라 그 힘은 소드 마스터를 능가한다고 한다.

잠깐 이야기가 옆으로 빠졌으나 결론적으로 말해 왈큐레란 결코 한가한 직업이 아니라는 말이다.

"안 그래도 레이티아에게 부탁할 것이 있었는데 보면 제게 와달라고 말 좀 전해주시겠어요?"

당연한 말이지만 로빈 같은 일반인이 왈큐레를 만난다는 것은 지극히 현실성이 없는 이야기였다. 무엇보다 로빈의 신분으로는 신전 안에

조차 쉽게 들어갈 수가 없으니 말이다.

"으음, 그건 우리 로빈 부탁이라 해도 힘들겠는걸. 레이티아는 지금 바쁜 일 중이라서. 왜, 무슨 일이야? 이 누나가 대신 몽땅 들어줄게. 로빈이 원하면 가슴도 만지게 해줄 수 있다. 최근에 네 별명이 연상 킬러라던가? 캬하하하."

연상 킬러라… 갑자기 자괴감이 몰려오기 시작했다.

로빈은 그 연상 킬러라는 말과 관련되어 오늘 낮에 학교에 있었던 일 중에서 핵심 부분만 모두 털어놓았다.

"하하하하, 그, 그래서 결국 친구 엄마한테 당하고 있는데 갑자기 그 친구가 들어와서 모두 들통났는데 이번에는 결투를 받게 되었다고?"

"친구라 할 만큼 친한 사이는 아니었지만. 대충 그렇게 생각하면 될 것 같네요."

"훗, 하여튼 로빈은 뭔가 완벽할 것 같으면서 매번 사고 치는 것이 귀엽다니깐. 그래서, 그 부탁할 것이란?"

잠시 뜸을 들인 후에 로빈은 부끄러워하며 말을 이었다.

"일단 결투 날짜는 삼 일 후로 잡아놓았는데, 실력의 차이는 명백해요. 그래도 가만히 당할 수만은 없으니깐 최소한 방어 정도는 가능하게 검을 가르쳐 달라고……."

"……."

기사에게 검을 가르쳐 달라는 말은 스스로 어리석음을 남에게 알려 주는 것과 같았다. 그대로 폭소하며 뒤집어지거나 아니면 어리석은 행동을 충고해 줄 거라 생각했던 케미는 의외로 무언가 골똘히 생각하는 표정을 지으며 고개를 흔들었다.

"그건 안 좋은 생각인 것 같구나. 아무리 너라도 자세히는 말해 줄

순 없지만, 우리들의 기술은 너뿐만 아니라 평범한 인간에게는 가르쳐 주다고 쓸 수 있는 종류의 것이 아니야. 반대로 평범한 검술 역시 우리들에게 필요가 없기에 배운 적도 없지. 차라리 그런 용도라면 평범한 병사나 기사들에게 배우는 것이 좋아. 그러고 보니 딱 적임자가 있잖아!"

"적임자?"

"그래. 음음, 안 그래도 너한테도 곧 소개시켜 주려고 했는데 이거 잘됐구나. 내일부터라도 시간 괜찮아? 좋아, 그러면 그 사람에게도, 탑지기에게도 미리 말을 해놓을 테니까 '수련의 탑' 제7개인 연무장으로 오도록 해."

수련의 탑은 라디언스 신전을 둘러싸고 있는 세 개의 탑 중 하나로 그 안에는 층별로 수준을 정해서 함께 수련을 하는 곳으로 알려져 있었다. 도대체 그녀는 누구를 소개시켜 주려고 하는 것일까? 당연히 고맙다고 엎드려 절을 해야 할 판국이지만 그녀가 알선했다는 사실 하나로 심히 불안감을 느끼는 로빈이었다.

한 여자 아이가 있었다.

그녀는 아주 어렸을 때부터 헤이스팅스 가문을 이어갈 가주로 지목되었다. 하나 그것은 어디에나 존재하는 눈속임일 뿐. 실은 그녀는 하나의 정략적 도구로 이용되고 있었다. 바로, 뛰어난 데릴사위를 얻는다는 목적을 위해서.

흔하다고 말할 수는 없지만 이런 일은 빈번히 벌어진다. 그것은 어디까지나 귀족의 여인으로 태어난 운명이기에 어쩔 수 없었던 것일지도 모른다.

"바로 저 아가씨군요."

"헤이스팅스 가문의 새로운 가주 말이지요? 어차피 눈 가리고 아웅 아니겠어요?"

"데릴사위를 얻는다니 불쌍해라."

그 누가 뭐라 말을 해도 그녀는 신경 쓰지 않았다. 그녀에게는 그런 말에 신경을 쓰는 것보다 비록 데릴사위를 얻기 위함이지만, 자신에게는 아버지의 영지를 더욱 아름답고 훌륭하게 발전해 나갈 거라는 자부심을 가지고 있었다.

하지만, 그녀 또한 그 운명의 피해자라고 한다면 피해자.

철이 들 때부터 데릴사위를 얻기 위해 자신이 존재하는 것을 깨달은 그녀는 무가(武家)의 딸답게 여러 종류의 무기와 기마술 등등을 모조리 익혀왔음에도 몸의 성장과 함께 마음의 성장을 이루지 못했다.

그 결과 그녀의 인생은 단 한 사람, 자신의 의붓 동생이 나타나면서부터 모든 것이 무너져 내리기 시작했다.

돈 많고 능력있는 누군가와 결혼하여 영지를 잇는다. 지금껏 살아온 반평생 동안 자신의 모든 것이었던 이 계획은 이제 갓 한 살인 어린 남동생에 의해 물거품으로 변한 것이다.

그 이후, 그녀의 결혼에 대한 절차는 더욱 빨리 진행되어졌다. 이제 제대로 된 후계자가 나타난 이상 그녀의 존재는 단순한 짐 그 이상도 그 이하도 아니게 되었기 때문이다. 어정쩡한 카드는 빨리 쓰는 것이 좋다. 그것이 득이 되든 해가 되든 간에.

꿈이 사라진 그녀는 생각했다. 자신은 이대로 가문에 아무런 도움이 될 수 없는 것인가? 자신은 아버지에게 아무런 도움이 될 수 없는 것인가?

그런 고민에 빠져 있을 때, 그녀는 운명처럼 자신을 필요로 하는 사람을 만나게 되었다.

"제법 쓸 만한 소질을 가지고 있구나. 나는 케미 레이 발시온. 신성 왕국의 글로리아 퀸이지. 네 이름을 내게 말해 줄 수 있겠니?"

"실피시리안 헤이스팅스. 실피시라고 불러주세요."

자신의 새로운 운명과 새로운 길. 그것은 바로 케미와의 첫 만남에서부터 시작되었다.

"……."

고요한 어둠이 존재하는 암실.

그 속에 하나의 촛불이 있고 그 앞으로 실피시는 한 자루의 검을 든 채 약간의 미동도 없이 서 있었다.

가끔씩 흔들리는 불꽃의 움직임만이 시간이 멈추어져 있는 게 아니라는 것을 증명할 뿐, 보면 볼수록 위화감이 드는 그녀의 모습은 그 후로도 오랫동안 계속되었다.

그러나 어느 순간 촛불은 서서히 원래 있던 위치에서 오른쪽으로 움직였다. 그리고 오른쪽에서 위로, 아래로, 다시 좌우로. 결코 느리지도 빠르지도 않은 작은 불꽃은 어두운 공간에 잔영을 남기며 점점 불의 축제와도 같은 장엄한 광경을 자아내기 시작했다.

새까만 캔버스에 붉은색 물감을 칠하는 듯한 신기한 광경은 그녀의 주위로 둥글고 붉은색의 원을 새긴 후에야 가장 먼저 움직였던 오른쪽으로 돌아왔다.

"라이트(Light)."

그녀의 음성이 들리자 어둡던 공간이 불빛이 들어오면서 화악 밝아졌다. 그리고 가장 먼저 눈에 들어온 것은 휘둘러진 검끝에서 조금 남은 심지에 타오르고 있는 불꽃이었다.

검의 달인이라면 촛불의 불을 베어버리는 것은 가능했다. 하지만 방금 그녀처럼 소리, 움직임조차도 없이 심지를 베고 그 심지를 다시 검 끝으로 찌르며 그것으로도 모자라 그 바람 한 줌이면 꺼져 버릴 작은 불빛을 휘둘러 산불과 같은 느낌을 주게 할 수 있는 인간이란 과연 존재하는 것일까?

불꽃이 타 들어가면서 재가 되어버린 심지가 바닥으로 떨어지자 실피시는 감흥도 없이 자신의 검을 검집에 집어넣었다.

"너무 쉬워. 이런 것은 더 이상 수련에 도움도 되지 않겠어. 정말 케미님의 말대로 나는 인간을 버린 것이로구나."

어제부터 시작한 힘의 전수와 그 중간에 받은 고통이 떠오르자 이제야 어느 정도 실감이 들었다.

대 미사까지는 앞으로 한 달, 그 한 달간 오 일에 한번씩 케미로부터 서서히 엘레멘탈의 힘을 이어받게 된다.

그러나 겨우 어제 한 번 힘의 전승을 받았을 뿐인데 그 실력은 이 정도, 그렇다면 완전한 힘을 얻게 되면 과연 자신은 얼마나 더 무시무시한 괴물이 되는 것일까? 심히 두려움이 앞섰다.

똑똑.

스스로의 정체성에 대해 고민에 빠져 있을 무렵 노크 소리가 들려왔다.

오늘 그녀가 이곳 수련의 탑에 온 이유는 이어받은 힘을 자신의 것으로 만드는 수련을 위함도 있었지만, 더 큰 이유는 케미의 부탁과 관련된 일이었다.

이윽고 문이 열리고 들어오는 예쁘장한 소.녀.가 있었다.

"에… 아, 안녕하세요. 저기, 로, 로빈이라고 합니다."

소녀는 다름 아닌 여장을 한 로빈이었다.

라디언스 신전은 세 개의 탑이 보호하고 있는 형태로 이루어져 있었다. 이 세 개의 탑의 이름은 각각 수련의 탑, 전사의 탑, 휴식의 탑으로 그 탑이 하는 일은 이름과 유사하다고 볼 수 있다. 단, 문제는 이 탑을 쓸 수 있는 것은 바로 왈큐레들과 직속의 발키리들뿐, 즉 여자들밖에 사용할 수 없다는 데에 있었다.

그래서 어쩔 수 없이 여장을 하고 약속 장소로 간 로빈. 불안감의 정체를 알게 된 로빈은 속으로 '절대 혼자 죽지 않을 물귀신 같은 인간' 이라고 케미를 욕하며 이를 바득바득 갈고 있었다.

"예, 안녕하세요, 로빈. 제 이름은 실피시라고 합니다. 검을 배우고 싶다고 하셨죠? 남을 가르친 적은 한 번도 없지만, 일단 잘 부탁드리겠습니다."

"아뇨, 저야말로 괜히 귀찮게 해드린 게 아닐지."

케미가 소개시켜 준 사람치고는 의외다 싶을 정도로 정상적인 면이 존재하는 사람이기에 괜히 감동까지 느껴졌다.

"그런데 갑자기 검은 왜 배우려고 하시는 건가요?"

"아 저, 그게… 아무런 이야기도 못 들으셨나요?"

고개를 끄덕이는 실피시의 모습에 절로 한숨을 내쉬고 싶어졌다. 차마 있는 사실대로 말할 수 없기에 로빈은 대충 이틀 뒤에 누구가와 결투를 하기 위해서라고 간단하게 대답했다. 무언가 확실히 말을 못하는 태도였지만 배려가 깊은 사람이었는지 굳이 꼬치꼬치 캐묻지 않아서 마음이 편해졌다.

"이틀이라……."

"저도 많은 것은 바라지 않아요. 단지 전혀 모르는 것보다 조금이나마 배워놓으면 그만큼 낫지 않을까 싶어서 그러거든요."

"하지만 굳이 직접 싸울 필요는 없는 것 같은데?"

들릴 듯 말 듯한 목소리로 그녀가 말했다.

여자 귀족들의 경우 아무리 서로 모욕받는 일을 당했다고 해도 결코 자신이 나서 싸우지 않았다. 보는 구경꾼의 입장에서야 여자들끼리 싸우는 구경거리만큼 재밌을 것은 없어 보이지만, 집안의 명예를 위해서라도 자신을 위해서라도 대리인에게 맡기는 것이 훨씬 나았다.

로빈의 외모를 보고 착각한 실피시는 이런 생각을 하고 있었던 것이다.

실피시는 로빈에게 목검을 건네주고 몇 가지 움직임을 지시하며 간단한 기초 체력과 움직임을 살펴보았다. 그리고 모든 것을 본 판단은 이러했다.

'그랬구나, 로빈이라는 아이는 검을 배운 적이 있었어. 확실히 아무 것도 모르는 사람이 죽어라 고생해도 이틀 동안 얻을 수 있는 것은 거의 없지만 그녀 정도라면 충분히 가능할지도 몰라.'

만약 이 말을 로빈이 들었다면 영문을 몰라 할 터였다.

로빈은 이제껏 검을 써보기는커녕 오늘 처음으로 목검을 들어보았다. 물론 예상외로 검이 잘 휘둘러지는 것 같았지만, 그것은 거울을 보면서 자신의 외모가 평균 이상이라고 믿고 있는 것과 다를 바 없다고 생각했다.

하지만, 그 자신도 깨닫지 못하는 것을 실피시는 모두 알아볼 수 있었다. 목검을 쥐는 방법이라던가 손에 은연히 남아 있는 굳은살의 흔적들은 검이나 활 등의 병기를 오랫동안 쥐어본 자만이 가질 수 있는 일종의 훈장 같은 것이었다.

여자의 몸으로 이 정도 이루어냈다는 착각은 실피시로 하여금 로빈에게 묘한 동질감을 느끼게 하는 계기가 되었고 그 동질감은 얼마 못 가 친근감으로 변하며 두 사람의 사이를 단번에 친하게 만들어주었다.

만약 로빈이 여장을 하고 있지 않았다면 결코 이렇게 빨리 친해질리 만무했다.

그렇게 몇 시간 후.

"아니지, 그렇게 마음대로 휘두르는 게 아니고 좀 더 힘과 균형을 제대로 잡아야 해. 이것이 완성된다면 휘두르는 공격에 자신의 머리카락 한 올의 무게까지 담아낼 수 있어. 바로 이렇게!"

파직!

실피시의 몸이 위아래로 크게 요동치며 목검을 휘두르자 앞에 놓아둔 훈련용 목책과 부딪치면서 놀랍게도 목책의 밑부분이 썩은 나무처럼 부서져 나갔다.

"이것이 완성형. 순수한 근력만으로도 가능한 거지. 여길 봐야지 어딜 보고 있는 거야? 어라? 왜 그래, 로빈?"

가볍게 이야기를 할 정도로 사이가 좋아진 실피시는 시선을 피한 채 얼굴을 새빨갛게 물들이고 있는 로빈을 보며 걱정스럽게 말했다. 곧 로빈이 힘겹게 되물었다.

"너, 너 설마 속옷 안 입었어?"

"난 또 뭐라고. 훈련 중이니깐 당연하지. 지금은 거의 습관적이기도 하지만."

상위 계층인 그녀는 평범한 속옷이 아닌 코르셋과 하나로 되어 유방을 눌러주고 고정시켜 주는 속옷을 당연히 입어왔고, 몸의 체형을 강제로 바꿔 버릴 정도로 꽉 조이는 코르셋은 격한 운동을 할 때 최고의 장애와 다름없었다. 그리고 남자와 여자의 구별 없이 기사들은 대련을 할 때 몸의 감각을 가장 활발하게 만들기 위해 최소한의 가리는 것을 제외하고 속옷은 벗는 것이 일반적인 관례로 내려오고 있었다.

"그게 당연한 거야?"

로빈은 방금 전 유난히도 흔들거리는 가슴의 움직임에 놀랍다는 듯이 되물었다. 저번에 레이티아를 따라 이곳에 왔을 때, 발키리들이 입고 있는 갑옷에는 정조대가 하나로 이어져 있다는 사실에 놀란 적도 있지만 직접 눈에서 아른거린 탓인지 이 경우가 더 놀랍게 느껴졌다.

"자자, 시간도 없는데 그런 쓸데없는 잡담은 금물. 자, 다시 십 분간 자유 대련."

서로 목검을 손에 쥔 두 사람은 다시 맞부딪쳤다. 두 손으로 안간힘을 다해 공격하는 로빈과 그 공격을 여유로운 모습으로 한 손으로 가볍게 흘려버리는 실피시. 조금 전부터 계속 반복해 오고 있었고 시간이 흐를수록 빨리 늘어나는 로빈의 실력에 감탄하고 있었으나 이번에는 오히려 움직임도 실력도 팍 줄어버리고 말았다.

"뭐 하는 거야, 로빈. 그렇게 느리게 움직여서는 아무것도 할 수 없어. 좀 더 정신을 집중시켜."

하지만 로빈은 계속해서 좌우로 커다랗게 움직이는 그녀의 가슴에 도통 정신을 차릴 수가 없었다.

조금 전까지야 눈에 띄지도 않았지만, 속옷을 입고 있지 않다는 사실을 알게 된 이후 계속해서 신경이 쓰일 수밖에 없었다. 그것이 바로 수컷이라는 짐승의 슬픈 숙명과도 같은 일 아니겠는가?

"잠시 거기까지. 자세가 흐트러졌잖아. 그대로 있어봐."

실피시는 로빈의 등 뒤로 돌아서 다시 올바른 자세로 바꾸어주었다. 그 도중에 두 사람의 몸은 필연적으로 점점 밀착되듯이 달라붙을 수밖에 없었고 등 뒤로 느껴지는 리얼한 감각으로 인해 식은땀이 줄줄 흘러내리기 시작했다.

"아니, 그게 아니라니깐. 어? 열이 있잖아. 그리고 언제 땀이 이렇게… 힘들면 힘들다고 말을 하지 않고 하여튼. 좀 쉬어야겠어. 자, 이쪽으로 와."

"자, 잠깐."

무슨 여자의 힘이 저렇게도 강한지 거의 끌려가다시피 한 로빈은 그대로 어느 문안으로 들어갔다.

그 장소는 다름 아닌 탈의실이었고 또 하나의 문에는 새하얀 김과 함께 따스한 공기가 느껴지고 있었다.

"잠깐 쉴 겸 몸도 씻어. 그동안 나는 잠깐 다른 일을 하고 있을 테니까. 다시 체력이 생길 때까지 푹 쉬어."

조금 막무가내이긴 하지만 그래도 남을 배려하는 모습이 참 좋았다. 혹시 목욕하고 있는데 그녀도 들어오는 게 아니냐는 걱정이 앞서기도 했지만 다시 밖으로 나가서 자신의 수련을 하고 있는 모습을 보며 로빈은 안도의 한숨을 내쉰 후, 먼저 자신의 머리를 묶어서 위로 올린 뒤에 옷을 벗고 혹시나 모르니 수건을 허리에 두른 뒤에야 조심스럽게 목욕탕 안으로 들어갔다.

"우와, 역시 대단한걸."

태어나서 처음으로 보게 된 호화로운 욕실. 로빈은 씻어야 한다는 것을 잊고 감탄을 계속 내뱉었다.

보통 일반 귀족집에서도 2층에서 목욕을 하려면 1층에서 물을 데우고 그 물을 계속해서 2층으로 올려 보내는 방식을 해야 한다. 목욕하는 자야 남이 물을 길어다 주니 아무것도 모르고 물이 뜨겁니 미지근하니 불평을 할 수 있겠지만 그 일을 하는 사람들은 여러 사람을 생고생시켜야 가능한 일이었다.

한 사람이 2층에서 목욕하기 위해서 그만큼 고생을 하게 되는데 다름 아닌 높은 탑에서 이렇게 거대한 장소에 뜨거운 물을 채우려면 얼마나 고생을 해야 하는 걸까?

"이만한 물을 데우려면 그만큼 돈도 사람도 많이 들 텐데. 하긴 신성왕국의 수호신이라 칭해지는 왈큐레들과 발키리들이 있는 곳인데 이 정도는 당연한 걸지도 모르지."

로빈은 이 목욕탕을 관리하는 자 중에는 마법사가 있다는 사실을 몰랐지만 방금 로빈의 말대로 그 귀한 마법사를 고작 뜨거운 물 관리하는 데 투자할 만큼 신성왕국은 그녀들을 귀하게 여기고 있었다.

한가운데에 위치한 가장 커다란 탕은 동시에 오십 명까지 들어갈 수 있을 만큼이나 거대해 보였고 탕의 중심에는 커다란 바위가, 그 바위를 중심으로 동서남북으로는 물병을 든 여신상에서 계속하여 뜨거운 물이 흘러나오고 있었다.

뜨거운 물에 몸을 푹 담그자 절로 기분이 좋아지면서 감탄의 소리가 흘러나왔다.

"휴우, 그러고 보니 이제 내가 남자라고 밝히는 것도 참 뭐하게 됐잖아. 이 아줌마 나보고 여장해서 오라고 할 때부터 수상하더니, 오늘 만나기만 해봐라."

뭐, 이런 일이 하루 이틀이 아니지만 이제는 더 이상 한계다라고 생각할 때, 갑자기 오른쪽에서 소란스러운 소리가 들려왔다.

이 탑은 여자만이 들어올 수 있는 곳이기에 혹시 자신 말고 누가 들어오는 게 아닐지 신경을 쓰고 있던 로빈은, 그가 들어왔던 훈련실에는 실피시 그녀밖에 없었기에 어느 정도 안심을 하고 있었다. 하지만 수증기에 가려진 왼쪽과 오른쪽에 있던 문의 존재에 대해서는 전혀 알지 못했었다.

그 소리에 허둥지둥하고 있을 동안 문이 열리면서 들어오는 것은 십여 명의 발키리들. 그녀들의 행동이 너무나 재빠른 탓에 차마 밖으로 나갈 타이밍을 못 맞춘 로빈은 패닉을 일으키면서 빨리 이 난관을 빠져나갈 방법을 찾기 시작했다.

"별수없군. 빨리하지 않으면."

그녀들이 욕탕 가까이 오기 전까지의 시간 동안 로빈은 서둘러 자신의 머리를 푼 뒤에 욕탕 밖으로 머리를 내밀고 물을 끼얹었다. 그러자 갈색 염색약이 금방 물에 씻겨 흘렀다. 염색약은 가볍게 발라주는 것만으로도 가능해 편하기는 하지만 물만 닿으면 씻겨진다는 단점이 있었던 것이다.

아무튼 젖은 머리를 앞으로 내려서 가슴 부위를 덮고 그 위로 수건으로 가리자 실루엣만은 영락없는 여자로 둔갑했다.

"어머, 누가 먼저 있는 것 같은데 누구지?"

여기서 남자라는 것을 들키면 재판으로 끌려가기도 전에 그대로 맞아 죽는 불상사가 벌어지게 될지도 모른다. 그만큼 그녀들은 걸어다니는 흉기 그 자체라 볼 수 있었고 일반인인 로빈에게는 하늘의 별들과도 같은 존재였다. 욕탕 안에 들어있던 로빈은 최대한 마음을 진정시키며 대비했고 그러는 동안 그녀들은 계속해서 로빈이 있는 곳으로 걸어오고 있었다.

"안녕하세요? 처음 보는 분이신 것 같은데……."

"아, 안녕하세요. 저는, 그러니깐, 케미님의 초청으로 이곳에 왔습니다. 조금 전까지는 실피시라는 분과 함께 있었고요."

"아아, 오늘 찾아온다는 외부인이 바로 당신이군요. 부디 편하게 지내시다 가시길."

하나같이 탑에서 처음 보는 외부인에 신기해하면서도 어째 모르게 다들 거리를 두며 최대한 로빈 쪽으로 다가오지 않았다. 로빈은 그냥 하늘의 도움이려니 생각했지만 이번에 오는 손님의 근처로 가지 말라는 케미의 엄중한 지시가 내려졌다는 사실을 알 턱이 없었다.

"저 혹시 저분, 이 년 전에 화이트 로즈로 뽑힌 바로 그분 같지 않아요?"

"그러고 보니 머리가 하얀색이잖아. 하얀색이라는 독특한 머리카락을 가지고 있는 사람은 신성왕국에서 이번 대 화이트 로즈밖에 없는 걸로 알고 있는데."

"세상에나. 저런 분을 이곳에서 만나게 될 줄이야."

목욕탕이다 보니 아무리 작은 소리도 귓가에 울렸고 덕분인지 로빈의 귓가에 계속해서 들려오고 있었다.

거기다가 어떻게든 시선을 피해보려고 해도 우연을 가장하며 그녀들이 로빈과 눈을 한번이라도 더 마주치기 위해 노력을 하는지라 이성이 날아가 버릴 것 같은 광경이 계속해서 눈앞에 아른거렸다.

거기에 어찌 된 탓인지 처음으로 보는 발키리들은 하나같이 미인들 투성. 이 무시무시한 성고문에 버틸 수 있는 남자라면 갓난아기와 고자뿐일 것이라 확신했다.

가시와도 같은 시선은 계속해서 로빈을 찔러왔고 로빈은 묵묵히 욕탕 속에서 그렇게 한 시간여를 가만히 앉아 있을 수밖에 없었다.

"얼굴 좀 봐. 엄청 부끄러움이 많으신가 봐."

"그러니까 접근하지 말라고 그랬나?"

점점 현기증으로 인해 눈앞이 노래지고 있었다.

그리고 드디어 한두 명을 시작으로 모두 밖으로 나갔음에도 안심할 수 없는 로빈은 이윽고 탈의실에서도 와자지껄 떠드는 목소리가 모두 사라지고 나서야, 정확히 말하면 두 시간 동안 욕탕 속에서 남자로서 인간으로서 결코 이루어내기 힘든 번뇌를 모두 쫓아내고 해탈의 경지에 오른 기분을 만끽하며 욕탕에서 빠져나왔다.

촤아악!

"……."

"……."

유령인가? 움직이는 소리는커녕 인기척조차 느껴지지 않았는데 로빈의 앞에는 봉사조차 눈이 번쩍 뜨일 정도로 아름다운 동대륙의 여인이 서 있었다.

완전히 풀어헤친 덕분에 피어오르는 수증기에 촉촉이 젖어, 몸에 달라붙은 머리카락은 고혹적이다 못해 보는 것만으로도 녹아내릴 것 같았다. 도도하기에 더욱 아름답고 프라이드 높은 외모가 놀람으로 물들어 있는 표정을 볼 수 있는 것은 그야말로 신의 축복이라 할 정도. 거기에 천 한 올 걸치고 있지 않은 채 적나라하게 드러난 완벽한 선과 풍만한 가슴, 길쭉한 배꼽과 푸딩과 같은 탄력이 있을 법한 매끄러운 다리는 보는 이의 이성을 마비시키는 것이 당연하게 보여졌다.

아름답다. 아름답다. 표현력 부족 때문이 아니라 도저히 아름답다라는 말 말고는 그 어떤 생각도 나지 않았다.

조그마한 발부터 몸 전체에 이르기까지 군살 하나 보이지 않는 라인은 물이 오를 대로 오른 물고기 같아 저도 모르게 마른침이 삼켜졌고 여신의 조각상을 만든 듯이 완벽한 황금률로 이루어진 몸매는 같은 여성이 봐도 반하는 게 당연했다.

발키리들이 하나같이 백 명 중 한 명 꼴의 미인이라면 그녀는 레이티아나 실피시처럼 평생 살아가는 동안 단 한 번도 마주치기 힘들 정도의 미녀인 것이다.

그 미모에 찬양하고 숭배하지 않으면 남자가 아니었다. 하나 그동안 참고 참았던 힘은 터져 버리고 만 저수지처럼 강렬한 기세로 가운데로 몰려들기 시작했다.

자신이 보고 있던 물건의 색다른 변화에 이것이 꿈이 아니라는 사실을 깨달았는지 물망초처럼 신비한 남색의 이미지를 지니고 있던 여인의 얼굴이 경악으로 일그러졌다.

"로빈, 아직 씻고 있어? 설마 욕탕에서 쓰러진 건 아니… 까아악!"

그리고 여기, 또 괴이한 물건을 본 한 여인의 비참한 말로. 잠시 동안 말없이 가만히 서 있던 검은색 머리의 여인보다 상황 판단이 빠른지 실피시의 비명 소리가 시끄럽게 목욕탕 안에 왱왱 울려댔다.

아아, 설상가상이라는 말은 바로 이것을 두고 하는 말인가? 그야말로 엎친 데 덮친 격인지라 그 순간 로빈은 죽음을 각오할 수밖에 없었다.

"람세스!!"

신기(神器)라 일컬어지는 네메시스의 창 람세스가 그녀의 부름에 소환되자 동시에 수증기에 서리가 되어 땅으로 투드득 하고 떨어져 내렸다.

살기가, 말 그대로 살이 얼어붙을 정도로 로빈에게 쏟아지기 시작했다. 그리고,

"차디찬 죽음의 안식!"

외침과 함께 빛으로 이루어진 검기가 로빈의 몸을 꿰뚫는 것처럼 보였다.

콰과과과과광!

그날, 신성왕국에는 무시무시한 파괴력을 지닌 공성기라도 부수기 힘들다고 전해지는 신성의 가호를 받는 세 개의 탑 중 하나인 수련의 탑에서 거대한 고드름이 일부분 길게 튀어나오며 사람들의 관심을 모았다고 한다.

잠시 후.

"킥킥킥킥!"

"웃을 일이 아닙니다! 아무리 당신이 글로리아 퀸이라 해도 어떻게 외부인을, 그것도 남자를 탑에 들여놓다니. 생각이 있는 겁니까, 없는 겁니까?"

쾅! 쾅!

현재 케미는 책상에 앉아 자신의 앞에 있는 세 사람을 보며 주체하지 못하고 웃음을 터뜨리고 있었다.

참고로 세 명은 혼자 보기는 무척 아까운 모습을 하고 있었는데 우선 먼저 실피시는 한쪽 소파에서 머리에 물수건을 하고 정신을 잃은 채 누워 있었고, 네메시스는 보다시피 당근인지 얼굴인지 구별이 되기 힘들 정도의 모습을 한 채 따지기에 여념이 없었고, 이 모든 일의 시작인 로빈은 반쯤 찢어진 옷으로 민망한 부분만을 가린 채 반쯤 넋을 잃

고 있었다.

"크, 킥킥, 푸히히히히!"

"케미님! 웃을 일이 아니라고 하지 않았습니까!!"

"하, 하지만 웃기잖아. 안 그래?"

"젠장! 따지러 온 내가 바보지!"

쾅!

네메시스는 그대로 부서질 정도로 강하게 문을 닫으며 밖으로 걸어 나갔다. 그러자 가만히 놔두면 해가 저물어질 때까지 웃을 것 같던 그녀는 놀랍게도 뚝 하고 웃음을 멈췄다.

"휴우. 저 골치 아픈 애를 생각보다 빨리 보내서 다행이야. 푸훗, 어때? 재미있었니, 로빈?"

로빈은 저 사람 머리 꼭대기에 올라가 있는 여자를 향해 화를 내야 할지 아니면 같이 장단을 맞추어야 할지를 잠깐 고민했다. 하지만 답은 애초부터 존재하고 있었던 것.

"재미는 얼어죽을! 당신 눈에는 이 상처 안 보여? 그때 우연히 다리에 힘이 풀려서 피할 수 있었지, 만약 그대로 있었다면 그대로 배에 커다란 구멍이 나면서 죽었을 거라고! 알겠어!"

로빈의 본 성격을 누구보다 잘 알고 있는―반대로 말하자면 누구보다 그 성격을 더 많이 건드린―그녀이기에 남들이라면 충격에 굳어버릴지 몰라도 그녀는 태연히 말을 이었다.

"하하하, 원래 애들은 다치면서 크는 거잖아. 그보다 저 애를 만나고도 살아 있으니 의외이면서 한편으로는 반갑구나, 로빈."

애초에 이런 결과를 예상하고 있던 터라 로빈은 이번에 쏘아붙인 것으로 끝내기로 마음먹었다.

다행히 혹시나 대기하고 있던 케미의 빠른 정리로 인해 탑 안에 남자가 들어왔다는 것은 로빈을 합쳐서 네메시스와 실피시, 그리고 케미이 네 사람 간의 비밀이 되었고 그로 인해 로빈은 목숨을 건진 채 건네받은 옷을 입고 집으로 돌아갈 수 있었다.

그렇게 잠깐 시간이 흐르자 이번에는 정신을 잃고 있던 실피시가 깨어났다.

"여, 여기는?"

정신을 차린 그녀는 케미에게서 얼마간의 시간이 지났다는 것을 들었다.

"…그랬군요. 아! 그녀, 아니, 그는?"

"아, 그 아이는 집으로 돌아갔단다. 만약 네메시스와 비슷한 일을 할 생각이면 부디 봐주렴. 내 장난기 때문에 많이 놀란 것 같아서 정말 미안하구나."

어느 정도 케미에 대해서 알고는 있었지만 실제로 당하니 네메시스의 반응도 충분히 이해할 수 있을 것 같았다.

"아니요. 그것 때문이 아니라. 도대체 그는 누구죠?"

"응?"

"처음에는 분명히 자기 입으로 검은 한 번도 배워본 적이 없다고 그랬어요. 그래서 약간이라도 익히면 완전히 모르는 것보다 낫다고. 하지만 이내 저는 그가 거짓말을 하는 거라고 생각했습니다. 그게 케미님도 아시겠지만 검에 능숙한 사람과 초보자는 검을 쥐는 법에서부터 큰 차이가 나는 법이잖아요. 그게 너무나 능숙해서 많이 배우기는 했는데 무언가 사정상… 그때는 여자라고 알고 있었으니, 어느 정도 자질이 있어서 배웠는데 집안의 반대 같은 것으로 인해 그만두었다가 다시 살짝 배우는 걸로만 생각했어요. 그런데, 그런데……."

"…그런데?"

"피했습니다."

케미는 알아들을 수 없었지만 아직도 혼란스러워하는 실피시의 모습에 잠시 입을 다물고 기다렸다.

"피했어요. 그녀의 그 빠르고 강맹한 공격이 단숨에 그의 심장을 노렸는데 갑작스레 그의 눈동자가 일그러지더니 지금의 저조차도 피해내기 힘든 그 공격을 아슬아슬하게 피해냈습니다. 그건 우연이라던가 하는 그런 게 아니었어요, 절대."

네메시스는 자신의 힘 중 절반도 쓰지 않았다. 그것은 공격의 흔적을 보면 쉽게 알 수 있었다. 하지만 그 공격도 지금의 실피시에게는 피하기도 막기도 힘든 공격임이 분명했다. 그것을 소드 마스터도 아닌 평범한 로빈이?

"그거 믿을 수 없구나. 그 애는 내가 자주 가는 호스트바의 유능한 호스트일 뿐인데 말이지. 잘생기고 똑똑해서 흔히들 혼을 팔아서라도 어깨 위에 있는 물건을 바꾸고 싶다는 말을 자주 듣곤 하지."

"에? 호스트… 라니요?"

자신의 귀를 의심하며 되묻는 실피시. 하나 유감스럽게도 귀가 잘못된 것이 아니었다.

"로미오 하우스라고 내가 자주 가는 신성왕국의 유일한 호스트바가 있거든. 거기 넘버원이 바로 로빈이란다."

"마, 말도 안 돼……."

무언가 큰 충격에 혼란스러워하는 실피시를 보니 도저히 착각했다는 생각이 들 수가 없었다.

케미는 로빈을 떠올렸다.

첫 만남에서부터 큰 호감을 갖게 된 아이. 처음에는 호기있는 외모와 멋들어진 화술(話術)에 이끌렸다고 생각했는데 연륜이 있는 그녀는 얼마 지나지 않아 호감의 정체를 깨달을 수 있었다.

그 호감의 정체는 바로 상실감. 그것도 마치 할로인에 장식으로 쓰이는 호박처럼 속이 텅텅 비어버린 공허한 상실감에 동류의 향을 느낀 것이다. 그렇기에 그녀는 끝내 거부하는 네메시스를 제외한 레이티아와 씨드도 로빈에게 소개시켜 주었다. 로빈의 과거를 알 수 없으나 진하게 느껴져 오는 껍데기만 남은 애절함을 함께 모여 치유받고 싶었기 때문이다.

그 결과 그녀의 예상대로 두 사람은 자신과 마찬가지로 로빈과 친해졌고 특히 지금도 정신 연령이 어리기 짝이 없는 레이티아의 경우에는 자신이 지닌 애정을 전부 로빈에게 쏟아 부었다.

하나 약간 비슷한 점이 있을 뿐, 이것만으로는 결코 네메시스의 공격을 피했다는 사실을 이해할 수 없었다.

"그것은. 나중에 로빈과 만날 때 듣도록 하지. 아! 시간이 되면 그때 너를 제대로 소개시켜 주마. 그보다 네가 기절한 것 말인데, 아직 완전한 계승식이 이루어지지 않았기 때문에 네 힘은 불완전하단다. 때문에 갑작스런 감정 변화에 힘이 날뛰어서 그 충격으로 정신을 잃게 된 것일 거야. 무언가 화가 나거나 크게 감정이 변하는 일이라도 있었니?"

"글쎄요. 이번이 태어나서 처음으로 기절을 경험해 본 거라 조금 놀랍기만 할 뿐 감정이 변한 일은……."

그 순간, 실피시는 자신의 머리 속에 번쩍! 하면서 로빈이 여자였을 때 모르고 같이 이야기하고 붙어서 자세를 고쳐 주던 일들이 떠올랐다.

"아! 아! 아아아아!!"

"실피시? 왜 그러니? 정신 차리렴. 실피시!"

케미는 당황하며 또다시 기절하고 만 실피시의 몸을 붙잡고 몸 상태를 점검하기 시작했다. 기절한 것 외에는 딱히 문제가 없자 다시 소파에 눕히고 힘이 빠진 모습으로 책상에 걸터앉았다.

"하루라도 빨리 이 자리에서 물러나던가 해야지, 짐이 또 하나 늘어버린 것 같으니, 나 원."

자신의 잘못은 조금도 생각 안 하는 뻔뻔함을 자랑하는 케미였다.

신전 화장실에서—어쩔 수 없게도 여자용—대충 머리를 염색한 로빈은 최근 한참 유행하는 것 같은 연분홍색의 치마를 입고 대로를 누비고 있었다.

신성왕국답게 속 알맹이는 남자이지만 그 겉만은 누가 봐도 눈에 절로 들어올 법한 미녀인 로빈을 귀찮게 구는 무례한은 없었지만 그래도 은근슬쩍 쏟아지는 시선이 상당히 부담스러웠다.

하지만 그것도 어디까지나 대로에서 일 뿐, 로빈의 집인 유곽의 근처에 가면 갈수록 느껴지는 끈적끈적한 눈빛에 온몸에 소름이 다 돋을 정도였다.

"거기 예쁜 아가씨, 그렇게 안 보이는데 설마 직업여성은 아니지?"

'죄송합니다만, 직업남성이랍니다.'

"이봐, 너 같은 아이가 이 근처에서 걷고 있으면 좋지 않아. 얼른 집으로 돌아가."

'친절은 감사히 받아들이지요.'

이런 저런 생각을 하면서도 로빈의 걸음은 유곽으로 향했고 그런 탓인지 그 뒤로는 수컷들이 하나둘 모이기 시작했다.

이십여 명이 넘는 이들의 마음속을 하나하나 전부 알 수는 없었지만 대부분 현재 가지고 있는 돈을 몽땅 써서라도 어떻게 한번 인연을 만들고 싶다는 생각들뿐임을 모를 로빈이 아니었다.

'징그러워. 이러니 여자들이 남자를 싫어하지.'

스스로 남자임에도 묘한 생각에 로빈은 자신의 성 정체성에 커다란 문제가 생긴 것이 아닌가 하고 걱정스러워졌다.

마침 시간은 해가 질 무렵, 그에 맞추어 장사 준비를 하고 있던 유곽의 사람들은 이 이상한 행렬에 하나둘 관심을 가지기 시작했다.

낯선 남자들은 물론 익숙한 사람들의 시선을 받으며 계속 걸어가던 로빈은 마침 저 옆에서 힘겹게 물통을 들고 오고 있던 페트를 발견했다. 이곳 유곽 근처에는 물을 떠올 만한 곳도 흘려보낼 만한 곳도 존재하지 않기에 매번 꽤 먼 거리를 손수 물을 퍼 날라야 했던 것이다.

"내게 줘요, 페트. 이런 일은 아이들 시키라니깐 왜 매번 당신이 해요?"

페트는 로빈에게 물통을 빼앗기고도 멍하니 그 얼굴을 오 초간 쳐다본 뒤에야 아! 하고 소리를 질렀다. 그 행동에 무언가 눈치를 챘는지 뒤이어 창기들도 하나둘 놀란 얼굴로 서로에게 귓속말로 무언가를 전달하기 시작했다.

"쉬잇! 사정이 있었거든요. 그보다 저 뒤에 온 사람들이 처치 곤란인데 어떻게 좀 안 될까요?"

찡긋, 하고 윙크. 겉모습은 미녀일지 몰라도 그 속은 여전히 악동의 모습이 담겨져 있었다.

손으로 입가를 가리며 살짝 웃던 페트는 목을 가다듬은 후에 크게 소리쳤다.

"모두 뭐 하고 있는 거야! 손님들 오신 거 안 보여? 자자, 빨리 안으로 모셔야지!"

왠지 상황이 재밌어지자 창기들은 앞 다투어 어느 사이에 근 오십 명 넘게 몰려든 남자들을 쉐리 세 자매를 필두로 유혹하기 시작했고 대개 상인과 함께 따라온 짐꾼이나 용병들로 보이는 그들은 눈앞의 유혹을 이겨내지 못하고 하나둘 짝을 지으며 집 안으로 들어갔다.

"거기 있는 아가씨는 역시 안 되는 건가?"

"호호, 죄송해요. 이 아이는 아직 나이도 안 되거든요. 이곳이 신성왕국만 아니라면 어떻게 손을 써드리겠지만, 이곳에서 법을 어기면 어떻게 되는지 잘 아시죠?"

신성왕국에서만은 법을 어기지 마라. 이 말에 지금껏 이 신성한 땅에서 법을 어긴 자 모두가 공감하는 것은 바로 무서운 형벌 때문이다.

말은 이렇게 해도 실은 신성왕국에는 구금(拘禁) 외에는 그 어떤 형벌도 존재하지 않는다. 그럼에도 사람들이 이토록 두려워하는 이유는 무엇일까?

우선 예를 들어 신성왕국에서는 같은 절도죄라도 신관들과 일반 시민에 의해 받아 마땅하다고 생각되는 자에게만 적용된다. 그렇게 해서 공정하게 죄가 있다고 판정된 자들만이 별도로 만들어진 지하 감옥에 갇혀지게 되는데 놀랍게도 단순 절도라 해도 그 징역형이 기본 오 년부터 시작된다. 게다가 주어지는 것이라고는 하루에 딱딱한 빵 반 조각과 맹물이 전부. 가끔씩 신전에서 벌어지는 축제날로 인해 평소보다 많이 얻어먹을 수 있는 날이 없다면 일 년도 지나기 전에 전부 굶어 죽을지도 모른다.

어떤 죄를 짓든 최소 오 년부터 햇빛도 잘 들어오지 않는 지하 감옥
에서 굶주림을 견뎌내야 하는데 그 고통이 얼마나 무시무시한지 겪어
본 자만이 알 수 있다.

거기에 그 어느 곳보다 신관들이 잔뜩 모여 있고 일설에 의하면 정
기가 가득 찬 땅이라 여기에서는 병으로 죽는 일도 미쳐 버리는 일도
지금껏 기록상 단 한 건도 존재하지 않았다.

설령 왕족이라 해도 법을 어기면 같은 형벌을 받아야 했고 그런 전
례도 있으며 보석금 같은 빼돌릴 수 있는 방법은 절대 존재하지 않는
다. 이러니 누가 신성왕국에서 법을 어기고 싶을까?

만약 무조건 이 아이는 안 됩니다라고 했다면 사정을 알 리 없는 그
들은 엉덩이에 뿔난 망아지처럼 날뛰었을지도 모르지만 페트의 적절한
대응에 대부분의 사람들은 불만을 잠재우며 다른 여자들을 찾을 수밖
에 없었다.

"뭐야? 기껏 부끄러움을 감수하면서 여기까지 따라왔는데 어쩌구
어째?"

세상의 이치가 그렇듯 꼭 이런 튀고 싶어하는 치가 있는 법.

말투부터 스스로를 난봉꾼이라고 주장하는 남자는 아직 스무 살도
채 되지 않았을 법한 청년이었다. 이 청년의 뒤에는 세 명의 장정들이
서 있었는데 하나같이 몸도 기도도 평범한 사람들로 보이지 않았다.

"난 옛날부터 법은 알지도, 알려고도 하지 않은 사람이야. 돈만 주면
꼬리를 흔드는 네년들에게 돈보다 더 좋은 게 뭐 있어. 원하는 대로 다
줄 테니 곱게 말할 때 침대로 가는 게 좋을 거다."

말하는 투로 보아 청년은 어느 유복한 상인의 귀한 아들로 보였다.

이 많은 사람들 중에서도 자신이 가장 돈이 많을 거라 확신하고 있

었고 곧 여장을 한 로빈을 몸 아래 깔아놓은 뒤 마음껏 유린하리라 의심치 않았는데 이렇게 자기 마음대로 되지 않자 결국 밴댕이 소갈딱지 같은 인내심이 폭발하고 만 것이다.

페트가 그 말에 눈을 흘기며 상대에게 뭐라고 외치려 했으나 로빈이 막았다. 저런 망나니 때문에 자칫 그녀가 다치기라도 한다면 그거야말로 최악의 손해였다.

"호호, 그렇게 말씀하실 정도로 돈이 많으신가 보죠? 그러면 또 이야기가 달라지는 법 아닐까요?"

이곳에 모여 있던 남자들은 물론 창기들까지 모두 눈이 휘둥그레졌다.

여자는 요물이라지만 조금 전까지만 해도 청순한 이미지의 그녀—실은 그—가 단번에 색녀로 돌변해 버린 변화에 정신이 아찔해 질 정도였다. 반대로 창기들은 로빈의 저 뛰어난 연기력에 자신들도 저런 기술을 배워야 한다 생각하며 유심히 그 모습, 그 행동 하나하나를 머리 속에 기억했다.

"크, 이제야 본색을 보이는군. 하긴 계집은 그래야 더 즐거움이 큰 법이지. 그래, 네 몸값은 얼마지?"

로빈은 손을 올린 뒤에 손바닥을 펼쳤다. 호스트 생활을 하기 위해 손질된 손은 여자 손으로 보이기에 충분했고 길쭉한 손가락과 다듬은 손톱의 아름다움을 알게 된 창기들은 오늘밤에 손톱 손질의 노하우를 받아내고야 말겠다고 다짐했다.

"후후, 오백 리온인가? 확실히 비싸지만 너 정도 되는 여자라면 그 정도로 충분할 것 같군."

그는 이제 로빈이 완전히 자신의 여자가 된 것처럼 그 내민 손을 잡으려 했지만 로빈은 곧 활짝 펼쳐 보인 손바닥을 모아서 유감이라는 듯이 검지를 흔들었다.

"제 말뜻을 제대로 이해하지 못하셨군요. 오백 리온이 아니라 오십 억 리온이랍니다."

쩌억!

입이 벌어지는 사내들. 천하에 둘도 없을 법한 미녀의 마음을 얻을 수 있다면 설령 오십억 리온이 아까울쏘냐마는 겨우 단 하룻밤의 화대 치고는 터무니없는 가격임이 분명했다.

"그 정도를 낼 능력도 없으면서 저를 지목했나요? 어머, 부끄러워 라."

"이, 이, 이 미친년이!"

덥썹, 농락당했다는 생각에 분을 이기지 못한 그가 로빈의 손을 덥 썹 잡았다. 처음에는 단순히 어느 정도 놀리는 수준에서 그치려고 했 던 로빈, 하지만 그 순간 로빈은 자신도 모르게 손목을 빠르게 휙 돌리 면서 붙잡힌 손을 풀고 눈에 보이지도 않을 정도로 빠르고 가볍게 상 대의 얼굴을 향해 주먹을 날렸다.

픽!

"컥!"

마음에 들지 않는다고 생각한 순간 저도 모르게 날린 주먹의 움직임 을 볼 수 있었던 사람은 현재 이곳에 모여 있는 사람들 중에서도 한 손 가락에 꼽을 정도였다.

'어라? 지금 내가 무슨 짓을 저지른 거야?'

로빈은 잠시 표정 연기 하는 것도 잊고 놀란 얼굴로 자신의 주먹과 눈앞의 청년을 번갈아 쳐다보았다.

완전히 부러진 청년의 코에서 피가 흘러나오고 있었는데 그것으로 보아 결코 가벼운 주먹이 아니었음을 알 수 있었다.

너무나 빠른 순간에 벌어진 일이라, 그때까지도 상황을 제대로 인식하지 못하고 있던 청년은 쉬지 않고 흘러나오는 자신의 피를 보며 비명을 질렀다.

"아아, 으아아악! 이, 이 빌어먹을 년! 당장 저년을 반쯤 죽여서 내 앞에 무릎 꿇게 만들어! 어서!"

고수는 고수를 알아본다고 했던가? 저 가녀린 소녀로 변장한 로빈이 방금 보여준 일격에서 숨겨진 실력을 짐작할 수 있었던 사내들은 무언으로 서로의 얼굴을 쳐다보며 의견을 교환했다.

"뭐, 뭣들 하는 거야! 감히 내 말을 안 듣겠다는 게냐, 하찮은 네놈들이!"

청년의 닦달에 사내들은 무표정한 얼굴로 앞으로 걸어나왔다.

어떻게 해야 하는가? 로빈은 슬그머니 다리가 떨렸다. 상대는 한눈에 봐도 평범한 용병이 아니었다. 하나같이 자신만의 용병단을 꾸리고 있어도 이상할 게 없는 실력자들.

'잠깐, 어째서 내가 이런 생각을 당연하게 하고 있는 거야? 크윽, 머리가 아파.'

이상했다. 지금 이 행동과 생각이 혹시 자신이 잃어버린 과거의 기억과 관련이 있는 것은 아닐까? 하지만 기억을 잃기 전이라 해도 많이 잡아봤자 불과 열다섯 살도 채 안 된 어린아이였을 터.

거기다가 더욱 이상한 것은 이 떨림이 결코 겁이 나서가 아닌 일종의 기대감으로 인한 것이라는 생각이 자신을 지배하고 있다는 것이다.

그리고 그 육체가 정신에게 말해 주고 있었다. 이자들과 맞서 싸워도 결코 지지 않을 것이라고.

상대는 여자, 거기에 검도 들지 않았으니 그들 역시 검을 들 수 없었다. 이 사실은 아직 자신이 없던 로빈에게 커다란 힘을 실어주었다.

속전속결. 여자에게 세 명이 동시에 덤빌 수 없다고 생각했는지 한 명의 사내가 먼저 로빈에게 달려들었다.

'느리다.'

그 움직임은 확실히 빠를지 몰라도 실피시와의 대련에 비하면 어린 아이와 어른의 걸음걸이 차이 정도가 있었다.

복부를 향해 내지르는 주먹까지 보이는 이상, 얻어맞는 것이 더 힘든 일이었다.

로빈은 상대의 주먹을 왼손으로 살짝 치며 옆으로 흘려버렸다.

경악으로 바뀌는 얼굴. 시험 삼아 자신의 오른손으로 주먹을 쥐며 이 정도다 싶은 힘으로 얼굴을 향해 날렸다.

그러자 자신의 몸이 즐겁게 휘둘러지는 느낌이 온몸을 통해 전해져 왔다. 사내의 얼굴과 맞닿은 주먹의 느낌도 크게 나쁘지 않다. 약간 딱딱한 베개를 주먹으로 살짝 쳐서 단단함만 느낀 성노.

그러나 상대는 달랐다. 공중에 뿌려지는 피. 그 사이에 점점이 부러진 하얀 이가 떠 있고 사내의 몸은 하늘을 날아가서 이윽고 코피를 흘리면서 굳어버린 청년을 덮쳤다.

쿵! 털썩!

손은 전혀 아프지 않다. 오히려 온몸에 느껴지는 타격감으로 인해 전율이 짜릿하게 느껴질 정도였다.

도대체 뭘까, 이 익숙한 느낌은? 온몸의 근육이 힘껏 달리고 싶어한다. 무언가를 휘두르고 쏘고 얽매고 있는 모든 것에서부터 자유로워지고 싶어한다. 이것이 흔히 말하는 인간의 파괴 충동이라는 것인가? 아니면 자신의 본능일지도.

"제법 하는군."

남은 두 명의 남자 중 한 명이 자신의 몸에 지니고 있던 무기와 방어구를 모두 벗으면서 말했다.

"철의 용병이라 칭해지는 나를 이기면 넌 강하다."

사내는 그 외 다른 말은 일체없이 곧바로 벌처럼 재빠르게 움직이며 일말의 망설임 없이 얼굴을 공격했다. 즉, 여자가 아닌 한 사람의 전사로 본다는 것이다.

그의 주먹은 앞선 남자보다 훨씬 빨랐다. 권법을 배운 자인지 쉴 틈 없이 연달아 몰아붙이는 주먹은 로빈을 계속해서 물러나게 만들었지만 어째 유리하다는 생각이 전혀 들지 않았다.

로빈은 현재 '관찰' 하고 있었다. 몸놀림과 스텝, 주먹을 쥐는 방법과 치고 빠지는 요령까지. 그리고 그 모든 것이 완성되는 순간, 그가 막 주먹을 휘두르는 타이밍에 맞추어 파고들어 갔다.

'사라졌다?

그 재빠른 움직임은 일순간에 그의 시야에서 로빈의 모습이 사라진 것처럼 보였다. 하지만 다년간의 수련으로 인해 그는 보이지 않으나 이상하게도 자신의 등 뒤에서 주먹을 휘두르고 있는 로빈의 모습이 살짝 떠오른 것 같은 기분이 들었다.

파악!

"크어어억!"

얼마나 강했는지 맞은 사내의 몸이 땅과 부딪치면서 그 반동으로 잠시 튕겨 올랐다가 다시 바닥으로 떨어졌다.

두근! 두근! 두근!

심장이 마구 요동쳤다. 이 정도면, 이 정도면 그와의 승부에서도 최소한 꼴사납게 맞아 나가떨어지지는 않을 것 같다.

'이게 하루 동안 받은 수업의 성과인가? 이 정도라면 꼴사납게 얻어맞지만은 않겠어.'

로빈은 지금 벌어진 일이 전부 오늘 받은 수업의 성과이기 때문이라고 믿었다. 확실히 가르쳐 준 이가 왈큐레라 하면 누구나 고개를 끄덕이겠지만, 실은 깊게 생각하니 머리가 깨어질 듯이 아파서 진실을 피하고 아무렇게나 납득하고 만 것이다.

아무튼 자신도 모르게 온몸이 달아오를 정도로 기분이 좋아진 로빈은 미소를 지으며 물었다.

"당신도 계속하시겠어요?"

잘 익은 탐스러운 과일을 연상케 하는 그 매혹적인 미소에 남자는 잠시 눈을 떼지 못하다가 애써 얼굴을 피하며 말했다.

"여기 있는 동료들과 고용주는 내가 처리하지. 여러모로 귀찮게 해서 미안했다."

"괜찮아요. 당신들은 어쩔 수 없었다는 것을 잘 아니깐. 하지만 한 번 더 이곳에 와서 귀찮게 한다면 그땐 그 누구도 용서치 않겠습니다."

"충분히 네 실력은 봤다. 이 호로자식이 또 덤벼들려고 하면 차라리 계약을 해지하겠어. 너같이 예쁜 아이를 적으로 뒀다가는 피해가 한두 가지가 아니니깐 말이야."

사내는 미소를 지으며 그렇게 말한 뒤에 쓰러져 있는 세 사람을 옮기기 시작했다. 몇몇 사내들은 그것을 도와주고 또 몇몇 사내들은 자신들과 전혀 상관없는 일에 그저 좋은 구경을 했다면서 그대로 창기들과 함께 안으로 들어가기 시작했다.

"로빈, 너 정말 괜찮니? 어디 다친 데는 없어?"

쉐리와 페트가 달려들어 걱정스러운 말투로 로빈에게 묻고 몸을 살폈지만 로빈은 약간 피곤한 것 외에는 어디 하나 아픈 곳이 없었다.

이상할 정도로 피곤해진 로빈은 잠시 쉬게 해달라면서 모두를 피해 얼른 자신의 집 안으로 들어가 곧바로 딱딱한 침대에 누워 잠을 청했다.

다음날, 그랜드 펠릭스 아카데미.

"드디어 내일이다. 잊지 말도록!"

프로이의 눈치를 보아하니 대충 이삼 일이 삼 년이나 된 것처럼 안달이 난 모습이었다.

뭐, 누가 안 그렇겠냐만은, 그래도 정작 당한 것은(?) 로빈 자신이었기에 억울함이 적잖았다.

"하아, 이것이 바로 남자의 또 다른 슬픔인가. 뭐, 내가 당한 것을 다른 사람이 믿어주길 원하지도 않지만… 휴우, 그래, 이것이 삶이라 생각하는 거야. 거짓도 진실도 모호한 부조리함에 언제는 벗어나 있었던가?"

이러니저러니 해도 남에게 미움받는 것에는 영 익숙하지 못한 로빈이기에 마음의 상처를 적잖이 받은 것 같다.

"아, 그리고 네 녀석도 공중인을 준비해 두는 것이 좋을 것이다."

"공중인?"

되묻는 로빈의 말에 앗차 하고 자신의 얼굴을 탁 쳤다.

"아무리 네놈이 죽을죄를 지었다 해도 네놈도 죽고 싶지는 않겠지?

그것을 위한 공중인이다. 그들은 시합으로 인한 승패의 결과를 증언해 줄 것이며 심하게 다치는 것을 방지하기 위한 존재들이다. 물론 시합에는 일체 끼어들 수가 없으니 걱정 마라. 난 입만 결투라 외치고 대리인을 내세우는 그런 겁쟁이가 아니니. 뭐, 죽고 싶다면 공중인을 데리고 오지 않아도 된다.”

프로이는 기사 수업을 받고 있으니 물어보나마나 당연한 말이었고 오히려 대리인을 내세워야 하는 이는 로빈 쪽이었다. 하지만 로빈은 아는 기사는커녕 검을 쓰는 용병조차 친하게 지내는 이가 없었다.

스스로의 능력도, 인맥도, 큰돈도 없다. 이것을 어느 정도 꿰뚫고 있는 프로이는 얄밉게 웃어댔다.

‘으음, 이렇게 인맥의 중요성을 다시 배우게 되는구나… 가 아니라 그럼 도대체 하루 만에 어디서 공중인을 찾으란 말이야!’

“너를 위해서 특별히 템플 나이츠의 연습장을 한곳 빌렸지. 그 누구에게도 방해받고 싶지 않으니깐. 크크, 내일이 무척 기대되는군.”

프로이는 그렇게 어머니의 원수(?)를 갚을 수 있다는 사실에 즐거워하며 저 멀리로 사라졌다.

“…나 어쩌지?”

어제의 수련과 그 후에 벌어진 가벼운 싸움은 로빈에게 어느 정도 자신감을 부여하는 데 큰 도움이 되었으나 겨우 하루 동안 수련을 받은 것으로 기사 수업을 꾸준히 받아온 프로이를 상대할 수 있다는 것은 말도 안 되는 사실이었다.

거기 저 복수심으로 똘똘 뭉쳐 있는 녀석이 공중인도 없는 상태에서는 마음만 먹으면 진심으로 자신의 목을 베어버릴지 모른다는 생각이 들자 위가 살살 아파올 정도였다.

"역시 이럴 때 의지할 수 있는 사람이라고는 레이티아 그 녀석뿐인데. 도대체 애는 이틀간 아무런 연락도 없이 왜 안 나타나는 거야!"

툭하면 소리, 기척 하나 없이 갑자기 나타나 사람을 놀래키면서 정작 찾을 때는 보이지 않다니, 정말 하나 있는 애완동물—누가 누군지는 의문이지만—이 너무나 제멋대로인 것 같아서 절로 한숨이 새어 나왔다.

지금껏 저축만 했다면 용병을 고용하는 것쯤은 문제도 아닌 로빈이었다. 하나 자신의 월급은 유곽 사람들을 위해 대부분 사용했다. 학비는 수석이라는 이유로 면제받고 있으나 대륙 최고의 명문 교육 기관이라는 말답게 그 외에도 돈이 들어갈 곳은 한둘이 아니다 보니 매달 말이 가까이 다가오면 지금처럼 무일푼 상태가 되어버리는 것이다.

또 이맘때가 되면 자신 말고도 대부분의 호스트 동료들 또한 같은 난관에 처해 있다. 그들의 씀씀이가 나쁜 것은 아니지만, 하나같이 호스트로 팔려올 정도로 기구한 인생을 겪은 치들이라 돈에 대해서 관계를 맺고 싶지 않았다. 유곽의 그녀들은 더 더욱 그렇고.

괜히 우울함에 빠져 버리며 이 난관을 어떻게 헤쳐 나가야 할지 고민하던 로빈은 결국 해결책을 찾지 못하고 맥없이 로미오 하우스에 도착했다. 빅마마의 성격을 모르는 것은 아니지만 어떻게든 가불을 받아 낼 생각을 하며.

"로빈, 오랜만에 네 여자친구가 찾아왔어."

로미오 하우스 뒤편에 있는 직원용 문에 들어서자마자 듣게 된 말에 로빈은 기뻐하며 그가 가르쳐 준 방으로 뛰어갔다.

"레이티아!"

"실례로군."

하지만 그 방에는 레이티아가 아닌 이미 술에 곤드레만드레 취해서 소파에 누워 있는 케미와 차가우면서도 짧게 대답하는 씨드가 자리에 앉은 상태로 로빈을 반겨주었다.

평소라면 이런 대낮부터 술판을 벌이는 이들의 머리 속은 어떻게 이루어져 있는지 해부 실험이라도 해보고 싶지만 제 코가 석 자인 상황에서 더 이상 그런 생각은 들지 않았다.

그리고 보니 이곳 동료들이 말하는 여자친구는 레이티아가 아니라 바로 씨드 그녀였다.

왜냐하면 베일에 감추어진 나이야 알 수 없으나 외모로만 따지면 딱 로빈과 잘 어울렸기 때문이다. 그 잘 어울린다는 기준에는 왈큐레 중에서 유일하게 로빈보다 키가 작기 때문이라는 뜻도 담겨져 있었다.

비록 레이티아는 아니었지만 로빈의 가슴은 안도와 감동으로 물들었다. 비록 손님에게 이런 청을 하는 것은 호스트로서 실격이나 다름없지만 지금 그런 것을 가릴 때가 아니다.

꿩 대신 닭. 아니, 꿩보다 훨씬 더 나으면 나았지 못할 리가 없는 그녀의 두 손을 잡으며 로빈은 애원했고 여전히 표정의 변화가 없는 씨드는 잠시 생각 끝에 고개를 끄덕였다.

이것으로 모든 것은 끝. 무신이라 칭해지는 자가 공중인으로 와준다는 데 그 누가 마음이 든든하지 않을까?

최강의 아군으로 인해 자신감을 얻은 로빈은 더 이상 내일 있을 결투가 두렵지 않았지만, 당장 눈앞의 일 때문에 왈큐레 중 한 사람의 등장으로 자신이 얼마나 더 많은 사람들의 입에 오르고 내릴지 차마 생각하지 못했다.

같은 시각.

"그 로빈이라는 아이는 아직 찾지 못했나?"

신관의 제복을 입고 있는 남자의 물음에 수행원 차림의 남자는 한숨을 내쉬었다.

"사방팔방으로 찾아보고 있으나… 제국에서 의도적으로 그 아이에 관해 숨기고 있는 것 같습니다. 거기에 갑작스레 그가 제3황자로 임명되는 바람에 그 반지를 되찾기란 더욱 불가능해졌습니다."

어느 정도 상황을 들어서 이미 알고 있었지만 이렇게 직접 들으니 그 무게감이 남다르게 느껴졌다.

"그분의 분노는 이제 더 이상 참을 수 없을 정도이거늘. 도대체 어떻게 해야 하는지……."

"지금으로서는 기다릴 수밖에 없습니다. 애초부터 그분께서 교황의 자리에 오르셨다면 왈큐레들을 사용해서 가볍게 일을 처리할 수 있었을 텐데."

그것이 가장 완벽한 방법이지만, '그분' 이라 불린 자는 결코 교황의 자리에 오를 수가 없었다.

왜냐하면 교황은 성물에 의해 선택을 받은 자만이 가능한 법. 하나 그분은 벌써 백 년이 넘도록 그 성물의 옆에 있었으나 성물은 단 한 번도 깨어나지 않았다.

"그 성물이 잠이 깨기 위해 그 반지가 필요한 거지. 이 세상에 존재하는 가장 강력한 힘들을 깨울 수 있는 열쇠인 바로 그 세라스의 반지가 말일세."

"좀 더 많은 인원을 제국으로 보내보겠습니다. 그만큼 신성왕국의 전력이 비게 되겠지만… 왈큐레들이 있는 이상 전혀 걱정할 일도 아니니 말입니다."

"그게 좋겠어."

그리고 깊은 침묵만이 흐를 뿐, 두 남자는 아무런 말도 하지 않았다.

라디언스 신전의 어느 깊은 곳에서 벌어진 대화였다.

『슬레이브 마스터』 제3권 끝

청어람 판타지 장편소설

마신의 불길보다 더 사나운 환염의 붉은 불꽃!

홍염의 성좌 / 아울 지음

THE CONSTELLATION OF BLAZE

『홍염의 성좌』

98년 『검은 숲의 은자』, 02년 『폭풍의 탑』, 04년 『겨울 성의 열쇠』
고품격 판타지 작품 세계만을 선보여온 작가 민소영! 그녀의 최신작!!

신세대적인 기발함과 경쾌한 문체,
풍부한 상상력이 빚어낸 판타지계의 명품 중 명품!
짙고 그윽한 그녀만의 농밀함이 빚어낸 장대한 스펙터클 드라마!

2005년 여름,
진한 감동과 짜릿한 전율이 시원하게 회오리친다!